dtv

»Sterben ist nicht lustig, es macht Angst. Dem, der stirbt, und denen, die zuschauen. Es ist wie russisches Roulette, man weiß, dass es knallt, aber man weiß nicht, wann. In dem Fall bin ich diejenige, die zuschaut. Und der stirbt, ist Hero Wieland, mein Vater. Er spielt den Helden, tut so, als ob er es nicht wüsste, oder wenn doch, als ob es ihm nichts ausmachen würde.«

Nele ist die Außenseiterin der Familie, unbeachtet und ungeliebt. Als ihr Vater Hero erkrankt, will sie einen letzten Versuch der Aussöhnung mit ihm wagen. Und tatsächlich: es gelingt. Zum ersten Mal findet ein Austausch zwischen den beiden statt. So ist es auch sie, der er zuletzt einen geheimnisvollen Karton anvertraut. Erst nach seinem Tod soll Nele den Inhalt an Mutter und Geschwister verteilen …

»Der Autorin ist in leisen, emotional tiefen Tönen ein Buch gelungen, in dem neben dem Tragischen und der Trauer heitere und ironische Momente für Lesevergnügen sorgen.« (Bensheimer Nachrichten)

*Root Leeb*, geboren 1955, studierte Germanistik, Philosophie und Sozialpädagogik. Sie war zwei Jahre als Lehrerin tätig, danach arbeitete sie als Straßenbahnfahrerin in München. Heute lebt sie als freie Schriftstellerin und Illustratorin in der Nähe von Mainz. Mit ihren Bildern hat sie sich vor allem im Buch- und Kalenderbereich einen Namen gemacht.

Root Leeb

# HERO

## Impressionen einer Familie

Roman

Deutscher Taschenbuch Verlag

**Ausführliche Informationen über**
**unsere Autoren und Bücher**
**finden Sie auf unserer Website**
**www.dtv.de**

MIX
Papier aus verantwortungsvollen Quellen
FSC® C019821

Ungekürzte Ausgabe 2014
Deutscher Taschenbuch Verlag GmbH & Co. KG,
München

Umschlagkonzept: Balk & Brumshagen
Umschlaggestaltung: Wildes Blut, Atelier für Gestaltung,
Stephanie Weischer unter Verwendung eines Fotos
von plainpicture/Jakub Karwowski
Gesamtherstellung: Druckerei C.H.Beck, Nördlingen
Gedruckt auf säurefreiem, chlorfrei gebleichtem Papier
Printed in Germany · ISBN 978-3-423-21523-7

# HERO

Die Personen dieses Romans sind frei erfunden.
Sollten sie Lebenden ähneln, so sind diese selbst schuld.

für
Ken Saro-Wiwa,
von dem ich einen Namen,
& für Samuel Beckett,
von dem ich ein Gesicht
geliehen habe.
Und für S.,
von dem ich mir nichts leihen muss

Murieron otros, pero ello aconteció en el pasado, que es la estación (nadie lo ignora) mas propricia ala muerte. Es possible que yo, [...] muera como tuvieron que morir las rosas y Aristóteles?
Andere sterben, doch dies geschah in der Vergangenheit, der (alle wissen es) günstigsten Zeit für den Tod. Ist es möglich, dass ich [...] sterbe, wie die Rosen, wie Aristoteles sterben mussten?
*Almoqtatir El Maghrebi (12. Jahrhundert)*

Doch ich sterb erst als Legende
an dem Tag an dem ich ende
gehe ich von dieser Welt
dann will ich sterben wie ein Held
wie ein Held
wie ein Held
dann will ich sterben wie ein Held
*Ex Nör Säx (»Sterben wie ein Held«)*

# HINAUS

# 1

Sterben ist nicht lustig, es macht Angst. Dem, der stirbt, und denen, die zuschauen. Es ist wie russisches Roulette, man weiß, dass es knallt, aber man weiß nicht, wann.

Die Luft flirrt. Ein kleiner glitzernder Fisch dreht sich direkt vor mir immer wieder um die eigene Achse.

In dem Fall bin ich diejenige, die zuschaut. Und der stirbt, ist Hero Wieland, mein Vater. Er spielt den Helden, tut so, als ob er nicht wüsste, oder wenn doch, als ob es ihm nichts ausmachen würde. Aber er ist kein guter Schauspieler. Und Held ist er auch keiner. Ich will weglaufen, doch es gelingt mir nicht.

Auch der kleine Fisch hier scheint zu sterben. Kurz treibt er mit dem Bauch nach oben, schnellt mit einem Satz wieder herum und bleibt reglos dicht unter der Wasseroberfläche stehen. Sieht aus, als ob er lacht. Und die nächsten Sprünge sehen aus, als ob er tanzt. Aber dann landet er wieder seitlich, fast auf dem Rücken, und treibt, diesmal beängstigend lang, mit dem Bauch nach oben. Die Sonne, selbst weißgolden, lässt ihn silbern aufblitzen.

Er schafft es noch einmal, dreht sich und verharrt ohne Bewegung. Das Meer ist ruhig und spielt leise mit Flossen und Kiemen. Ich stehe bis zum Bauch im Wasser und warte. Es ist kein Schwarm in der Nähe, er ist allein. Hat nur mich.

Bei Hero sind es viele, die zuschauen. Die Mutter, Geschwister, deren Männer und Frauen und Kinder. Und all die anderen, mit denen er zu tun hat. Er geht noch täglich in seine Firma, hat also auch da sein Publikum.

Ich glaube, jeder sieht etwas anderes. Manche schauen auch gar nicht richtig hin, wie mein ältester Bruder Walter zum Beispiel.

Und ich nehme an, dass Hero es weiß. Dass es nicht mehr lange dauert. Obwohl er so redet und sich so verhält, als hätte er noch viel vor sich. Weil Hero es also nicht sieht, oder vorgibt, es nicht zu sehen, schwanken auch wir hin und her, sind unentschieden. Als ob wir etwas entscheiden könnten. Niemand wird uns fragen.

In seinem Fall ist Sterben eigentlich keine Tragödie. Dafür ist er schon zu alt. Siebzig. Wir, seine Nachkommen, leben alle, er musste also niemandem von uns ins Grab schauen, und es hat vielleicht seine Richtigkeit, dass er als Ältester zuerst geht. So wie es in Ordnung war, dass Tante Josepha, seine Tante, nicht unsere, mit fast neunzig gegangen ist. Kurz nach seinem Geburtstag, den sie noch mitgefeiert hat, in Begleitung ihrer Tochter Klara, die meine Lieblingstante ist. Denn weil es ein runder Geburtstag war, gab es ein richtig großes Fest. Mit allen. Wir sind das, was man gemeinhin als Großfamilie bezeichnet, ein Wunschtraum meines Vaters. Nach seiner Vorstellung und mit historischem Vorbild. Die Sippe, die Sicherheit gewährt, und je zahlreicher ihre Mitglieder, desto größer der Schutz und die Sicherheit. Er hätte damals wohl besser sein Studium als Historiker abschließen sollen, statt die Firma *Baustoff Wieland* zu übernehmen und einmal angelesene Irrtümer für immer zu behalten. Und noch schlimmer, sein Leben darauf aufzubauen. So sind wir also fünf Geschwister geworden, alle verheiratet und selbst schon wieder Eltern – bis auf mich und meinen Bruder Johannes, der das gerade erledigt. Dazu gibt es jede Menge Onkel und Tanten und Cousins und Cousinen, alle jedoch mütterlicherseits, der Vater war Einzelkind. Was vielleicht seine Sehnsucht nach einer richtig großen Familie erklärt.

Wie ich da hineingeraten bin, ist mir schleierhaft.

Nur ein Brief, den mir Josepha hinterlassen und Klara vor Kurzem gegeben hat, erklärt einiges.

Der Fisch schwimmt jetzt direkt vor mir. Es könnte eine Meeräsche sein. *Cefalo* heißt sie hier. Sie beginnt wieder, sich zu drehen. Biegt sich zu einem Halbkreis und schnalzt mit einem schmatzenden Geräusch aus dem Wasser. Beim Zurückfallen taucht sie tief unter, fast bis vor meine Knie. Ich bewege mich nicht. Sie tänzelt. Die Sonne dringt noch nicht so weit nach unten, sie legt mit flachem Strahl ein schmales gelbgrünes Dreieck ins Wasser, darunter ist es blaugrün und klar. Wie die Luft jetzt so früh am Morgen. Der Sprachkurs beginnt erst um neun. Davor heilige Zeit. Die Luft ist wie Seide, kühl und geschmeidig, mittags wird sie zu schwerem Samt. Das liegt an der hohen Luftfeuchtigkeit hier. *Afoso*, schwül. Wenn ich nach Deutschland zurückkomme, werde ich so gut Italienisch können, dass ich einen Kurs überspringen kann. Mindestens.

Ich bin froh, nicht zur Hochzeit meines Bruders gefahren, nein, geflogen zu sein. Nach Mallorca. Alle anderen sind jetzt dort. Die ganze Familie, sogar Hero, obwohl er krank ist. Eine Hochzeit in Palma de Mallorca. Das Mindeste, was Johannes seiner neuen Errungenschaft bieten muss. Cleo, die mit ihrem amerikanischen Breitmaulakzent und gewölbten Bauch an einen Frosch erinnert. Nur die Farbe stimmt nicht. Die Haut ist zu weiß.

Der Fisch kommt wieder hoch. Sehr langsam, als ob er von etwas angesaugt würde. Liegt seitlich, als ob ein Kind ihn ins Bett bringen und zudecken wollte. Verletzt ist er nicht. Vielleicht krank. Oder zu alt. Fischen sieht man das nicht an. Jetzt berührt er die Oberfläche und wird, wie gegen seinen Willen, mit einem Ruck auf den Bauch gedreht. Und da bleibt er. Eine silberne Schuppe auf dem leicht gekräuselten Wasser.

Mir ist kalt. Ich tauche bis zum Hals ins Wasser und schwimme in großem Bogen an ihm vorbei hinaus ins offene Meer.

Es ist eine Sache, auf dem Rücken liegend in der Weite des Meeres Pläne zu schmieden, und eine andere, dann zu Hause vor der Schrankwand, auf den Sitzpolstern der Regionalzüge oder in Klaras alten Gartenmöbeln genau das zu sagen, was ich mir vorgenommen habe.

Gute Vorsätze wachsen hier am Meer in verwirrender Geschwindigkeit und Zahl. Auch nachts. Sie überlagern sich, manche werden dabei gelöscht, andere mutieren zu Wachträumen mit fantastischen Variationen. In denen Ken, der Mann, der vor wenigen Monaten in mein Leben, das heißt, erst einmal in meinen Zug gestiegen ist, die von mir für ihn ausgedachten Rollen spielt.

Vielleicht liegt dieses Flirren der Gedanken daran, dass ich alleine hier bin. Die einzige Ablenkung bietet der Sprachkurs. Die restliche Zeit bleibt zum Grübeln. Ich muss vieles ändern.

Zuerst mit Klara. Als Tochter von Josepha war sie mir nie alt erschienen, erst jetzt, seit Josepha tot ist. Eine Frau mit abgearbeiteten

Händen, gütigem Gesicht und Beinen, die aussehen, als seien sie Säulen aus fein geädertem Marmor. Weiß, mit unzähligen blauroten Linien. Seit sie mir nach der Beerdigung den Brief von Josepha gegeben hat, ist mir einiges klarer. Ich werde mich mehr um sie kümmern. Weil sie alleine lebt, wenn auch anders als ich.

Noch ist Sommer, ich werde sie besuchen, und wir werden wieder, wie vor meiner Abreise, Erdbeerkuchen essen. Nein, die Zeit dafür wird vorbei sein, bis ich zurückkomme, vielleicht Aprikosenkuchen. Wir werden nicht über Geld sprechen, sondern über uns. Ich will sie verstehen, und ich will, dass sie versteht, warum ich nicht zu dieser Familie gehören will. Außerdem werde ich ihre Gartenmöbel abschleifen und frisch streichen.

Die Sonne steht schon eine Handbreit über der Hügelkette hinter dem Dorf. Ich sollte zurück. Um mich aufzuwärmen, boxe ich wild ins Wasser, bis es schäumt und brodelt. Auch um mir Mut zu machen. Die Pläne für diesen neuen Mann sind kompliziert. Ich kenne ihn nicht gut genug. Ich weiß, dass er Ken heißt. Wir haben bis jetzt nur die gemeinsamen Zugfahrten auf dem Weg zur Arbeit von Neuburg nach Bernstadt. Er steigt in Walldorf zu. Und sucht mich, das geht schon drei Monate so. Eine halbe Stunde gemeinsamer Fahrt. Vielleicht riecht er, dass ich alleine bin. Ich will mit ihm schlafen (ausgerechnet ich). Dabei ist er mir doch fremd. Ein schwarzer Mann aus Nigeria, der gerne lacht. Obwohl er einiges hinter sich zu haben scheint. Hat erzählt, er habe vor ein paar Jahren seine Frau verloren, durch einen Unfall. Und auch die Kinder in gewisser Weise. Die haben überlebt, sind aber zurück nach Nigeria, zu den Großeltern. Er hat etwas sehr Gütiges und gleichzeitig Strenges. Und Augen, die in mich hineinsehen, ganz tief. Ich weiß nicht, was er sieht.

Ich tauche. Mit offenen Augen. Hero. Diesmal lasse ich mich nicht von der Schrankwand in seinem Arbeitszimmer einschüchtern. *Propyläen Weltgeschichte*, das ganze oberste Regal. Der Raum wird erdrückt davon. Darunter, Rücken an Rücken, Bände von Tacitus, Sueton und Velleius Paterculus und andere Werke über die römische Geschichte, dann Mittelalter und auf Augenhöhe die Gegenwart, nach 1945. Neben *Der Untergang des Abendlandes* etwas zurückgesetzt eine verblasste Schwarz-Weiß-Aufnahme in schlichtem Silberrahmen. Heros Vater. Die Mutter nirgends zu sehen. Beide waren schon tot, als ich zur Welt kam. Darunter zwei Schranktüren, abschließbar, mit Cognac, Whisky, Obstschnäpsen und den dazugehörigen, auf Hochglanz polierten Gläsern im oberen Fach. Wie ich es immer gefürchtet habe, in dieses Büro gerufen zu werden. Das Herrenzimmer. Wir Kinder hatten da nichts zu suchen. Außer uns Strafpredigten abzuholen.

Ich brauche dringend Luft, schieße nach oben. Meine Kondition war auch schon mal besser. Auf dem Rücken liegen hilft – gegen fast alles. Meine Ängste, die Panik, das Grauen können mir hier nichts anhaben. Hier gibt es keinen Cthulhu, keinen Satan, keine Schwärme, die mich in die Tiefe ziehen, keine unappetitlichen Wesen, die an mir Rache nehmen wollen, wofür auch immer.

Ich war nicht direkt schlecht in der Schule. Aber auf eine Weise verträumt und abwesend, dass es einige Lehrer zur Weißglut brachte. Und die riefen dann bei Agnes an. Man wendet sich erst an die Mutter. Die gab weiter an Hero, und der übernahm. Standpauke vor der Schrankwand.

Aber jetzt werde ich reden.

Eine Qualle! Da noch eine! Haben mich aber nicht erwischt. Gibt eine Menge Lungenquallen dieses Jahr. Zwar keine gefährliche Art, aber unangenehm wie Brennnesseln.

Ihn fragen, warum sie mir verheimlicht haben, dass ich mein erstes Jahr bei Josepha und Klara verbracht habe. Ich will aus seinem Mund hören, warum sie mich weggegeben haben. Josepha hat geschrieben, dass sie nicht darüber mit mir sprechen sollte. Warum? Und wie gibt man ein Neugeborenes an andere? Für ein ganzes Jahr. Und behauptet dann, dass man immer alle Kinder gleich geliebt habe.

Über das Internat brauchen wir nicht mehr zu reden. Wenigstens in diesem Punkt herrschte Gerechtigkeit. Jeder von uns musste für fünf Jahre in so ein Gefängnis. Wir haben lange gehadert und gestritten deshalb. Jetzt könnten wir Frieden schließen.

Hoffentlich reicht die Zeit, um alles zu besprechen. Die anderen haben sicher auch noch ihre Themen. Und Agnes auch. Aber die hatte ja die ganzen Jahre, so lange, wie die schon verheiratet sind. Jetzt sollen sie mich vorlassen. Mich kennt er am wenigsten.

Ich werde mich gut vorbereiten. Und dann werde ich ihn fragen, wie es ist, wenn man weiß, dass man stirbt. Ob er hofft, dass es schnell geht. Oder eher nicht. Aber vielleicht sollte ich damit noch warten.

Die Stranddusche ist ein Segen. Süßwasser direkt am Meer. Wenn ich mich beeile, kann ich noch einen Latte macchiato in der Bar an der Ecke trinken und trotzdem rechtzeitig da sein.

# 2

Mallorca war einfach eine Schnapsidee gewesen, in seinen Augen. Der Ventilator an der Decke surrt wie eine dicke Hummel und bringt dennoch kaum Kühlung. Hero liegt im Halbdunkel auf seiner Hälfte des Doppelbetts. Zum wiederholten Mal fragt er sich, warum ihm das passiert, warum sie ihm das antun und was er da erzogen hat. Fünf Kinder. Und keines so, dass er stolz darauf sein könnte. Der Schweiß steht ihm in kleinen Tropfen auf Nase und Oberlippe, auf Stirn und Brust beginnt er in flachen Rinnsalen zu fließen. Hero richtet sich auf, greift zum Telefon und bestellt an der Hotelrezeption eine große Flasche Mineralwasser. Dann schlüpft er in Hose und Hemd und wartet.

Die Älteste, Martha, seine große Hoffnung, und dann mit neunzehn ein uneheliches Kind, Annabelle. Von einem linken Ekel, Udo, der im Jahr darauf bei einem Autounfall ums Leben gekommen war. Gottlob. Mit diesem Kommunisten wäre Krieg in der Familie ausgebrochen. Stellte alles infrage, Sicherheit, Wohlstand und jegliche Art von Verpflichtung oder Verantwortung. Dabei war er selbst nur faul und voller Neid.

Aber der nächste Mann, den Martha sich ausgesucht hat, ist auch eine Zumutung. Andreas. Investmentberater, wirtschaftlich solide, aber ein kalter Rechner, der überall Streit anfängt.

Walter, der erste Sohn. Alles andere als ein Stammhalter. Lammfromm, um nicht zu sagen dumm. Und leider der Einzige, der für die Firma infrage kam. Oder andersherum: Leider kam nur die Firma für ihn infrage. Aber immerhin hat er eine richtige Familie, mit Frau und zwei Söhnen, von denen der jüngere den ersten Urenkel beschert hat. Allerdings mit einer Türkin als Mutter.

Die erste Urenkelin, Lena, war schon Jahre zuvor erschienen. Marthas Tochter Annabelle war mit siebzehn Mutter geworden und hatte mit diesem Kind alles durcheinandergebracht, die Familienverhältnisse sind seitdem unüberschaubar. Seine Urenkelin Lena ist älter als Kerstin, seine Enkelin, Marthas zweite Tochter.

Dann Nele. Seine, Heros, zweite Tochter. Ein Rätsel.

Es klopft. Hero steht auf und nimmt das Tablett mit der Wasserflasche und zwei Gläsern entgegen. Wenn wir durch die Klimaerwärmung in Deutschland demnächst auch so eine Hitze bekommen, na dann prost. Er gießt sich gleich ein Glas ein und leert es auf einen Zug.

Dann Johannes, der jetzt alles daransetzt, seine jüngste Schwester Tina mit dieser Hochzeit zu übertrumpfen. Sie hatte damals in Neuburg für Furore gesorgt. Hero denkt mit Schaudern an die Eskorte von Motorradfahrern in silbernen Glitzeranzügen auf dem Weg zur Kirche und anschließend ins Hotel Bellevue. Trotz alldem war bei ihr und Jens aber noch ein gewisser Ernst zu spüren gewesen, es gab diese andere Dimension, etwas Verbindliches, ewig Gültiges, das er hier vermisst.

Als ob Neuburg für Johannes und Cleo nicht auch gut genug gewesen wäre. Eine Stadt mit geschichtlichem Hintergrund, Wasserläufe, die an Venedig erinnern, schöne Kulisse. Vor der Michaelskirche eine majestätische Außentreppe für ihren Auftritt. Aber vielleicht schämen sie sich doch wegen des Bauches, der nun wirklich nicht mehr zu übersehen ist. Anonym ist also besser. Und das heißt weit weg.

Und was in der Ferne gesprochen und versprochen wird, muss zu Hause ja nicht unbedingt gelten. Johannes hat das sicher mit einkalkuliert. Der Frauenheld. Und Cleo ist eigentlich eine dumme Gans. So also das hier. Gluthitze und trockene Luft. Und jede Menge aufgekratzter Leute.

Wie ihm das alles zuwider ist. Ohne dass er es verhindern kann, ziehen immer wieder fein verästelte Wege vor seinen Augen vorbei, jede Abzweigung markiert eine Entscheidung, die er treffen muss und die sein Leben folgenschwer beeinflussen wird, das weiß er, genauso wie er weiß, dass er unzählige dieser folgenschweren Entscheidungen über viele Jahre hinweg bereits getroffen hat und dass deren Summe ihn jetzt in diese Situation gebracht hat: als Oberhaupt einer Großfamilie wieder einmal an einer oberflächlichen, von Eitelkeit und Ehrgeiz geprägten Feier teilnehmen zu müssen.

Er beschließt, ein bisschen zu schlafen. Der Flug hat ihn mitgenommen, und die kommenden Tage werden mit Sicherheit anstrengend.

Er liegt alleine, während die anderen draußen die Gegend erkunden. Agnes ist wie verwandelt. Aufgeblüht. Sie hat alle Reiseführer und Bildbände über Mallorca gelesen, deren sie habhaft werden konnte, hat sogar ein Video ausgeliehen und ist nur enttäuscht, weil Hero sich überhaupt nicht für die Insel zu interessieren scheint. Was er ja auch wirklich nicht tut. Er weiß, dass er nie wieder hierherkommen wird, und will diese Tage mit den Hochzeitsfeierlichkeiten nur hinter sich bringen. Außerdem ist er gekränkt, weil das Brautpaar mit der Wahl dieses Ortes eine gezielte Selektion vorgenommen hat. Klara, der eine Ablenkung nur gutgetan hätte, und die älteren Geschwister von Agnes haben sich die weite Reise nicht mehr zugemutet. Hier sind also überwiegend junge Leute. Aus seiner Sicht, die auch Walter und Martha mit einbezieht, die schon auf die fünfzig zugehen. Also auch von daher eine Schnapsidee, dieses Mallorca. Reine Zeit- und Geldverschwendung.

Hero nickt ein, träumt vom Herbarium an der Gewölbedecke von Sankt Michael, der Kirche, in der er als junger Mann Agnes zum Altar geführt hat. Der Orgelprospekt stammt noch aus der Spätrenaissance, und Agnes ist eine junge, quirlige Braut, zu aufgeregt, um sich den Ablauf der Zeremonie merken zu können, und fragt ihn immer wieder halblaut, wann sie denn endlich die Ringe bekämen.

Als Hero die Augen öffnet, ist Agnes alt. Fast genauso alt wie er. Sie streicht ihm über das schüttere, verschwitzte Haar und fragt besorgt, ob ihm nicht gut sei.

»Nein, nur die Hitze«, murmelt er.

»Aber du hast sie doch immer geliebt.«

Er zieht sie zu sich und rutscht zur Seite, um für sie Platz zu machen. Als sie neben ihm sitzt, sagt er: »Da war ich noch stark. Und du, liebst du mittlerweile das Meer?«

Es hat immer zwei Fraktionen in der Familie gegeben. Die Liebhaber der Berge und die des Meeres. Die Trennungslinie verlief zwischen Hero und Agnes und teilte die Kinder zwischen ihnen auf. Walter, Martha und Nele zum Meer und Johannes mit Tina zur Mutter und den Bergen. Ein einziges Mal waren sie getrennt gereist. Die

Bergwanderer waren verschnupft und enttäuscht nach verregneten Ferien zurückgekommen.

Ab da bestimmte Hero, wo es hinging. Immer ans Meer. Und nie in Hotels, schon gar nicht mit Halbpension, was Agnes versöhnt hätte. Nein, immer zu Fischern oder alten Leuten, die während des Sommers spärlich eingerichtete und nach Mottenkugeln riechende Zimmer vermieteten. Heros Plädoyer für das einfache Leben.

»Ja«, sagt sie, »hier gefällt mir das Meer. Weil die Berge auch da sind.«

»Und weil dein Liebling hier heiratet.«

Sie legt den Kopf schräg und schaut ihn prüfend an. »Fängst du schon wieder an?«

Hero erinnert sich an ein erst kurz zurückliegendes Mittagessen, während dessen sie sich einen ausufernden Streit geliefert hatten, in dem nach einem lange erprobten Muster Johannes, der Lieblingssohn der Mutter, gegen Martha, die von Hero bevorzugte Tochter, ins Feld geführt wurde. Hero hatte wie immer zu schnell gegessen, hatte an Johannes kein gutes Haar gelassen, und als er dann auch noch das Fleisch kritisierte, als zäh bezeichnete, war Agnes in Tränen ausgebrochen. Nach mehr als vierzig Jahren Ehe. Immer noch. Sie würde sich nicht mehr ändern.

Er legt seine Hand auf ihren Schoß, sucht ihre. »Nein. Tut mir leid.« Dann gähnt er und sagt: »Morgen werde ich mir alles anschauen. Jetzt bin ich zu müde.«

Sie fragt, ob sie bei ihm bleiben solle, aber er schickt sie zurück zu den anderen.

»Wir sehen uns dann später.« Sie drückt ihn noch einmal kurz. Und weg ist sie.

Hero geht ins Bad. Obwohl er ungeheuer viel trinkt, muss er kaum pinkeln. Früher wäre ihm so etwas nicht aufgefallen, aber jetzt beobachtet er jede Veränderung.

Seit seinem Geburtstag. Da hat es angefangen. Hat eingeschlagen wie ein Blitz. In der Herrentoilette eine schmale rote Blutschliere auf weißem Porzellan. Nur für einen Moment, wie eine Schimäre, dann war sie weggespült. Aber sofort überfiel ihn die Angst wie eine herabstürzende Betondecke. Er ahnte, was das bedeutete. Genau wissen wollte er es nicht. Deshalb der immer wieder hinausgeschobene Arztbesuch. Dann, nach Wochen, ein Dr. Bremer, Urologe.

Hero lässt sich kaltes Wasser, das er als lauwarm empfindet, über die Unterarme laufen und fährt sich mit den nassen Händen durchs Haar. Er hat hier jetzt alle Zeit der Welt, um in Ruhe zu überlegen, was er weiter machen will. Machen lassen will. Und was nicht. Auf jeden Fall geht er nicht mehr zu diesem Dr. Bremer.

Mit einer Krankheit ohne Namen lebt es sich leichter. Deshalb haben sie im Mittelalter verschleiernde Namen benutzt, denkt er. Die »Besagte« für Gicht und »Die einen ergreift« für die Grippe. Man beobachtet sich nicht, wartet nicht auf Symptome, nimmt, was kommt, und alles ist möglich. Auch eine Spontanheilung. Auch ein Wunder.

*Nierenzellkarzinom* klingt nicht gut. Und so doppelzüngig, wie Dr. Bremer es ausgesprochen hat, doppelt bedrohlich.

Erst einlullen, nein, *kein Grund zur Beunruhigung, nein, wirklich nicht*, und dann eine martialische Attacke vorschlagen, Operation Wieland.

Hero geht zum Bett zurück und legt sich unter das weiße, gestärkte Laken, da ihn auf einmal fröstelt. Nach tagelangen Untersuchungen und einer Reihe von Fragen, von denen er den Verdacht hatte, dass sie lediglich der Erstellung einer Forschungsstatistik dienten, wie »Häufigkeit von Krebserkrankungen in der Familie, Einnahme von bestimmten Schmerzmitteln über einen bestimmten Zeitraum, Trinkgewohnheiten, Kontakt mit Petroleum oder Asbest …«, das sind die, an die er sich jetzt noch erinnert, hatte der Doktor ihm triumphierend seinen Schlachtplan vorgestellt. Beginnen wollte er mit einer radikalen Eliminierung, sollte heißen, operativen Entfernung der rechten tumortragenden Niere mitsamt den umliegenden Lymphknoten. Im Anschluss wollte er eine Chemo-, Hormon- oder Strahlentherapie anwenden, eventuell kombiniert, je nachdem. An dieser Stelle hatte Hero ein leichter Schwindel ergriffen, und er hatte einen dringenden Termin erfunden, um die Praxis so schnell wie möglich verlassen zu können.

Hero lächelt in Gedanken an das entsetzte Gesicht des Arztes. »Aber ich bitte Sie, es geht um Ihr Leben.« Er war außer sich gewesen und hatte auf einmal ziemlich dumm ausgesehen.

»Genau deshalb«, murmelt Hero und ist das erste Mal seit seiner Ankunft froh, auf dieser Insel und in Sicherheit zu sein.

# 3

Aus der Ferne sieht man deutlicher. Und obwohl ich kurzsichtig bin und von allen Wielands am schlechtesten sehe, sieht es für mich nach Sterben aus. Anscheinend nur für mich. Hero sieht es noch nicht. Kann nicht oder will nicht. Und Agnes und die anderen haben tausend gute Ratschläge. Auf einmal sind sie alle Fachleute. Agnes war tatsächlich mal Krankenschwester, vor vierzig Jahren. Uns Kinder traktierte sie mit heißen Terpentin- und Kartoffelwickeln, Tinkturen und scheußlichen Tees, ein Arzt wurde nur im äußersten Notfall hinzugezogen, sie legte sachgerecht stramme Verbände an, verordnete Hero bei Verstopfung ein Klistier. Die große Attraktion, wenn wir dann den kleinen orangefarbenen Ball mit dem Schlauch aus porösem Gummi fanden. In der Küche, wo er nach dem Auskochen zum Trocknen lag und wir unsere Spielchen mit ihm treiben konnten. Wer den Ball als Erster hatte, konnte den anderen damit Luft ins Gesicht blasen. Richtig scheußlich riechende Luft. Oder ins Ohr. Oder wir machten Wettbewerbe, dabei durften wir uns aber nicht erwischen lassen. Wer es schaffte, ein Glas Apfelsaft auf einmal in den Ball hineinzusaugen, hatte gewonnen. Wer es nicht schaffte, musste den Saft trinken. Auch den, der schon im Klistier war.

Jetzt will jeder der Retter sein. Walter hat wohl nicht richtig hingehört und empfiehlt einen Spezialisten für Prostatakrebs. Martha und Johannes sind für Operation und Chemo. Was auch für Agnes die Lösung zu sein scheint. Tina schwört auf Ayurveda.

Ich bin draußen. Ich weiß nicht, was zu tun ist. Und sitze hier allein. Habe ich selbst so gewollt. Tausche auf keinen Fall meinen Sprachkurs in Ligurien mit dem Familienfest auf Mallorca.

Trotzdem hätte ich gerne jemanden an meiner Seite. Meine beiden Freundinnen wären eine Möglichkeit. Wir haben früher oft gemeinsame Touren mit den Rädern gemacht. Aber Mena konnte jetzt nicht Urlaub nehmen, muss also arbeiten, und Conny hat seit zwei Jahren einen Mann und seit einem halben Jahr ein kleines Kind, kommt für so was also nicht mehr infrage.

Laue Abendluft ist nichts fürs Alleinsein. Und der mandelsüße Geruch von Oleander erst recht nicht. Zumal, wenn überall Leben ist, die Leute paarweise oder als Familien gebündelt an der Mole entlangspazieren, manchmal schert ein Kind, mit dem Dreirad fahrend oder rennend, kurz aus, um gleich wieder eingefangen, nein, aufgefangen zu werden. Keiner ist allein unterwegs, auch Jugendliche haben sich in Gruppen zusammengeknäuelt, sitzen herum, lachen, und die ersten Fledermäuse streifen über den tiefblauen Himmel. Coelinblau. Die Cafés und Bars haben Hochbetrieb, wirken wie vorne abgeschnittene Bienenkörbe. Die alten, die noch Körbe waren.

Wolf würde hier nicht passen. Der »böse Wolf«, wie Klara ihn seit unserer Trennung nennt. Sie hat ihn gemocht, meinen Freund und Fast-Ehemann. Na ja, das haben wir uns erspart.

Seine Sache wäre das hier nicht, das Herumsitzen, Beobachten, er muss sich immer bewegen, seine Leidenschaft ist Sport. Extremsport als Herausforderung. Hafenbars in Touristenorten konnten ihm schon immer gestohlen bleiben. Das hier würde er Kitsch nennen. War schon richtig, sich zu trennen, und es war höchste Zeit. Über kurz oder lang wäre ich auch in einem Gleitschirm gelandet. Oder mit dem Fahrrad über die Alpen gekeucht. Immer ihm nach.

Beruflich war es erst einmal passend. Zwei Ethnologen, ein Traumpaar. Dann habe ich abgebrochen. Hätte nicht mehr viel gefehlt, nur zwei Semester, aber es hat mich so angewidert. Im Leben und der Geschichte von anderen herumzupopeln und herumzudeuteln. Und die erfahren nichts von uns. Rein gar nichts. Einbahnstraße, das Ganze, die können nicht so mal nebenbei eine Studienreise nach Bayern oder Mecklenburg-Vorpommern machen und gucken, was die Eingeborenen da so treiben, welche Bräuche und Riten und Gesänge. Wolf hat das nie etwas ausgemacht. Er hat inzwischen eine Dozentenstelle und denkt, er sei sehr wichtig. Für die Völkerverständigung. Genau. Mittlerweile setzen sie Ethnologen zu militärischen Zwecken in Kriegsgebieten ein. Damit die Angreifer besser wissen, wie man mit dem Feind umgeht. Der Ethnologe als Spion. Er kennt sich ja aus. Soll er dieses Wissen doch weitergeben und sich endlich mal nützlich machen. Nur gibt es da einen Wertekodex der Ethnologen, sie dürfen den Untersuchten auf keinen Fall schaden. Und außerdem müssten die informiert werden und einwilligen, dass sie Teil eines Forschungsprojektes sind. Aber das ist natürlich alter Käse und ohnehin nicht durchführbar. Im Krieg erst recht nicht.

Ich habe mich zur Landschaftsarchitektur gerettet. Noch mal Studium, diesmal Fachhochschule, kleiner sozialer Abstieg, der Wolf aber gefallen hat. Hat ihn etwas erhöht. Und ich war auf einmal sesshaft und im Hafen, wenn er zurückkam von irgendwo auf der Welt. Einer Feldforschung in Zentralafrika, seinem Spezialgebiet. Sonst wäre die Wohnung vielleicht leer gewesen. Und ich bei den Torre Strait Islanders, Queensland, Australien, zum Beispiel.

Seit zwei Jahren bin ich bei Horst, in einem Planungsbüro mit Schwerpunkt Begrünung von Neubaugebieten. Mein Radius ist klein und überschaubar. Täglich Neuburg–Bernstadt und zurück. Seit ein paar Monaten mit einem Afrikaner im Zug. In meinem Abteil, um genauer zu sein. Einem, den ich gern hier hätte. Einem, der sich noch wie ein Phantom auflösen kann. Die Fäden, die uns verbinden, sind so dünn wie Kinderhaar.

Wie Hero meinen Beruf findet, weiß ich nicht. Er hat sich nie geäußert, auch nicht zur Ethnologie. Obwohl ihm das sicher irgendwie gefallen hat, als Historiker, der er in seinen Träumen immer noch ist. Eine Tochter zu haben, die auch so was studierte. Nicht Lehramt wie Martha, sondern etwas Intellektuelles, mit Möglichkeit zur Promotion. Nur schade, dass es nicht Johannes war. Ein Sohn als Akademiker wäre noch besser gewesen, mit Doktortitel am besten. Walter war nicht infrage gekommen. Willig, fleißig, aber mit Müh und Not nur die mittlere Reife geschafft. Daher war Johannes, der begnadete jüngere Sohn, der große Hoffnungsträger. Und dann der große Versager.

Schade, dass keine meiner Freundinnen jetzt hier sein kann. Viele im Kurs sind zu zweit. Mit Mena wäre es sicher schön. Wir würden viel lachen. Hätte nur den Nachteil, dass wir in der freien Zeit zu viel deutsch sprechen würden. Jetzt denke ich nur auf Deutsch. In meinem Kopf ist es laut, vieles brodelt und schreit nach Klärung.

Manchmal, so wie heute, gehe ich abends noch alleine los, *faccio un giretto*. Eine kleine Runde und dann in eine Bar. Wo viele Touristen sind, kann man das auch als Frau alleine.

Vielleicht ziehe ich hierher. Wenn Italien mal Forschungsgebiet für Ethnologen werden sollte, sattle ich wieder um. Dann werde ich die Gesänge der Fischer in verschiedenen Regionen untersuchen. Gestern Abend zog hier eine Gruppe älterer Frauen und Männer durch die Straßen und sang. Von einem ausgemergelten Mann mit Gitarre und einem korpulenten Akkordeonisten begleitet. Zum Weinen schön. Alle blieben stehen, die Alten kamen aus ihren Häusern, auch die, die kaum noch laufen konnten, und hörten mit leuchtenden Augen zu. Traditionelle Lieder im Dialekt, erklärte mir eine stark geschminkte Frau, offensichtlich von hier, und sang begeistert mit.

Ich hätte beinahe die Verabredung mit meinem Kurs vergessen. Wir wollten gemeinsam ins Kino. Mit Giuseppina, unserer Lehrerin. Die Teilnehmer sind überwiegend nett. Irgendwie diskret und unkompliziert. Im letzten Volkshochschulkurs in Neuburg war eine derart neurotische Frau, dass mir allein bei dem Gedanken, so jemand könnte am selben Ort wie ich Urlaub machen, die Haare zu Berge stehen. Diese Zicke warf nach den ersten Stunden der Gruppe vor, sie auszuschließen, sie nie zu Wort kommen zu lassen und sich über ihre Aussprache lustig zu machen. Dabei wurde sie von einem Weinkrampf geschüttelt, der jeder Soap-Schauspielerin Ehre gemacht hätte. Wir anderen, bis auf einen Mann nur Frauen, die wir uns – abgesehen von dem Paar mit dem besagten Mann – untereinander gar nicht näher kannten, waren peinlich berührt, konnten dazu nichts sagen und warteten, dass der Kursleiter eingriff. Das tat er, bat sie nach der Stunde zu sich und fragte sie in den folgenden Wochen auffallend oft um ihre Meinung. Und sie unterhielt sich voller Hingabe ausschließlich mit ihm. Wir anderen waren Luft.

Mit so einer in der Gruppe wäre der Urlaub hier die Hölle. Sicher wäre sie auch allein angereist und würde zwangsläufig an mir kleben.

Wenn man niemanden hat, wie ich gerade, ist ein Kurs hilfreich. Als Legitimation, hier zu sein, als Hintergrund, als Stütze, um nicht alleine dazustehen. Vor allem im Süden ist das wichtig. Und im Sommer, wenn alles draußen stattfindet und die Sonne Einsamkeit gnadenlos, ja nahezu gehässig bescheint. Dann brennen die Blicke der anderen wie Nesseln auf der nackten Haut. Dieser anderen, die alle paarweise oder in Gruppen unterwegs sind und *eine* isolieren, ihr das Gefühl geben, die einzige Verlassene zu sein, indem sie mit den Augen messerscharf die Konturen dieses alleingestellten Wesens nachziehen. Dabei die Mundwinkel erstaunt bis verächtlich kräuseln. Vielleicht haben sie sogar Mitleid. Aber das würde es nur noch schlimmer machen.

Vielleicht gibt es ein ungeschriebenes, aber weltweit geltendes Gesetz, das es Frauen verbietet, alleine Urlaub zu machen. Außer sie wären bereit, sich auf den Markt zu werfen, mit irgendeinem sich einzulassen, eine, sei es auch noch so aussichtslose, womöglich demütigende Verbindung einzugehen.

Einsamkeit kann zum Himmel stinken, natürlich auch bei Männern. Und ich meide Menschen mit diesem Geruch. Vielleicht auch ein Grund, warum ich mich bei Klara nicht mehr wohlfühle. Sie riecht genau so, dass mich das verpflichtet, mich um sie zu kümmern. Es fesselt mich an sie. Als ob ich für ihre Einsamkeit und ihren Geruch verantwortlich wäre. Ich bin eine andere Generation, ich kann ihr in dem Punkt doch nur etwas vormachen. Außerdem habe ich seit einiger Zeit Angst, selbst nach Einsamkeit zu riechen.

Ich tarne mich mit meinem Notizbuch hier am Tisch. Bin beschäftigt. Wenn der Ober vorbeikommt, bestelle ich abwechselnd Mineralwasser und Gingerino. Ab und zu fragt jemand, ob er einen der freien Stühle von meinem Tisch nehmen könne, und dann manchmal, wo ich herkomme und ob es mir gefällt und ich: »Ja, ich besuche einen Sprachkurs … nein, nicht allein, mit einer Gruppe, eigentlich keine Touristin in dem Sinn …« Dann Komplimente. *Incredibile, Lei parla cosí bene …*

Ich nehme zum Abschluss noch ein Glas Rotwein. Später werde ich an der Mole vorbei zum Strand hinunterlaufen und dann am Meer entlang …

Allein.

# 4

Der erste Lichtschimmer fingert durch die Ritzen der Jalousien. Lockt. Es ist noch sehr früh am Morgen. Hero wacht auf und fühlt sich wesentlich besser. Er steht leise auf. Um zu vermeiden, dass er Agnes, die noch schläft, weckt, nimmt er seine Wäsche mit ins Bad, zieht sich an und macht sich auf den Weg. Er will die Gegend erkunden und vielleicht zum Meer hinunter.

Vor dem Haus atmet er tief durch. Pinienluft. Auf der Terrasse ist noch niemand. Frisches helles Blau. Er freut sich.

Tags zuvor hat er noch vage mitbekommen, dass das Hotel etwas außerhalb liegt, auf einem Hügel. Und dass die grölenden Touristengruppen, die mit ihnen gereist waren, gleich nach dem Flughafen in eine andere Richtung abgebogen waren. Cleos Vater hatte die ganze Sippe mit dem Bus zu seinem Hotel in diese relativ ruhige Gegend gebracht. Merkwürdige Familie. Mutter gibt es wohl nicht. Und der Vater, Amerikaner, besitzt oder führt, das war Cleos Rede nicht genau zu entnehmen, hier diese kleine Pension. Was Cleo als Grund angegeben hatte, ausgerechnet hier zu heiraten.

Hero sieht sich um, geht dann zielstrebig am Parkplatz vorbei und folgt der schmalen steinigen Straße. Kein Asphalt, ein trockener sandiger Weg zwischen Steineichen und Pinien. Offensichtlich waren sie gestern hier heraufgekommen. Beim Anblick des leuchtend blauen Meeres hinter den Bäumen in der Tiefe fühlt er sich frisch und voller – ja, voller Kraft und Abenteuerlust. Die Römer sollen schon hier gewesen sein, denkt er, sie haben Olivenbäume mitgebracht. Er sieht weiter unten mehrere Haine.

Erinnerungen an frühere Reisen mit der Familie in den Süden steigen in ihm auf. Sie waren immer sehr früh aufgebrochen, schon lange vor Tagesanbruch unterwegs, um Hauptverkehr und Hitze zu vermeiden. Aber trotzdem dehnten sich die Autofahrten immer ins Unendliche. Oft tagelang. Er hat auf einmal wieder die quengeligen Fragen der Kinder im Ohr – »wann kommen wir an, wann sind wir endlich da?« – schon wenige Minuten nach der Abfahrt. Irgendwann hatte er dann jedes Mal die Nerven verloren und gebrüllt: »Wir fahren eine ganze Woche, und ich will jetzt kein Wort mehr hören! Wer sich nicht daran hält, den setz ich im nächsten Wald aus.«

Hero lächelt bei der Erinnerung an das empörte Gesicht von Agnes. Aber sie hat nie gewagt zu widersprechen, schließlich war er der Fahrer, er bestimmte.

Er setzte die Zeiten für Pausen fest, zum Essen und Pinkeln, und er wählte die Orte. Nur Nele erzwang immer wieder einen schnellen Halt, manchmal mit Vollbremsung. Sie konnte so unvermittelt anfangen zu brechen. Lediglich kleine Schweißperlen auf der Oberlippe als Vorboten. Er, als Fahrer, sah das natürlich nicht oder zu spät. Trotz Reisezäpfchen und Tabletten, und obwohl sie kaum etwas zu sich nahm, schleuderte sie ungeheure Mengen säuerlich riechender Flüssigkeit aus ihrem winzigen Körper in den Wagen. Immer wieder ertönte der aufgeregte Schrei: »Papa, halt an, der Nele ist schlecht!« Da musste er sofort reagieren. Zumal sie es einmal geschafft hatte, ihre Eruption direkt in seinen Hemdkragen zu lancieren.

Hero greift sich in den Nacken und schüttelt sich, während er kleine Steine über die harte Erde kickt. Baumwurzeln, die quer über den Weg laufen, wirken als Katapulte und lassen die Steinchen in hohem Bogen durch die Luft fliegen.

Und Agnes, die auf den serpentinenreichen Küstenstraßen bei jeder Kurve geräuschvoll die Luft zwischen die Zähne sog, um ihn und die Kinder auf den in der Tiefe lauernden Tod aufmerksam zu machen. Die Fahrt wurde dadurch spannend und blieb es auch später, wenn Agnes vor Freunden und Nachbarn in ihren Schilderungen darauf bestand, dass sie auf dem Beifahrersitz ja als Einzige das rechte Vorderrad des Wagens in der Luft gesehen hätte. Über dem Abgrund.

Sie hatten viel gestritten in jedem Urlaub, oft aus nichtigem Anlass. Er hatte es auf das Reizklima geschoben. Agnes auf ihre Erschöpfung und die primitiven Verhältnisse. Und trotzdem, in seiner Erinnerung leuchtet, ungetrübt durch die kleinen grauen Schlieren des Unmuts der anderen Familienmitglieder, die erfrischende Schönheit der Sommer am Meer.

Hero bleibt stehen, hebt die Arme in die Luft, atmet tief und verschränkt die Hände hinter dem Kopf. Er drückt die Schultern nach hinten, den Brustkorb heraus – und findet sich sehr gesund. Mit schlenkernden Armen geht er weiter. Ein schlaksiger älterer Mann, der aus der Ferne noch jungenhaft wirkt.

Dann, als die Kinder anfingen, in den Ferien eigene Wege zu gehen, begann Agnes zu streiken. Sie bevorzugte kühles Bergklima, wollte in den Wald – und sie wollte Komfort, ein Hotel, am besten mit Vollpension. Für ihn ein Albtraum. Einmal hatte er nachgegeben. Nach dem Tod ihrer Mutter war er mit ihr in den Schwarzwald gefahren, in eine Art Kurhotel. Und war sich schlagartig sehr alt vorgekommen. Entgegen seiner Laune und seiner Überzeugung, dass es sehr gesund ist, seinem Ärger möglichst umgehend Luft zu machen, hatte er sich jede Kritik verkniffen, vielleicht auch aus Pietät seiner Schwiegermutter und aus Rücksicht Agnes gegenüber, die ihre Mutter fast zwei Jahre lang alleine gepflegt hatte und entsprechend erschöpft war.

Daher bedauert er es nicht, dass sie es die letzten Jahre so eingerichtet hat, dass sie im Sommer unabkömmlich ist. Ihre tausend kleinen Beschäftigungen und Ämter halten sie fest.

So war er lange nicht mehr am Meer gewesen. So lange, dass er jetzt erst begreift, dass dieser Hochzeitsort ein Geschenk ist. Für ihn. Wieder bleibt er stehen.

Vor ihm zweigt von der Straße, die nach einer Kurve leicht bergauf geht, ein schmaler Fußpfad ab, der sich in Serpentinen zu der noch menschenleeren Bucht hinunterwindet. Hero folgt dem Pfad mit den Augen, dem oberen Teil. Weiter unten wird das Gebüsch dichter, verdeckt den Weg, nur vereinzelte Felsbrocken ragen heraus. Sein Blick schweift weiter, die Aussicht überwältigt ihn, das Meer ist unendlich und fließt direkt in den Himmel. Ihm ist danach zu beten. Diese Weite und Größe und er mit seiner Krankheit, ja, da ist sie wieder, er ist so klein.

Langsam steigt er den Pfad hinunter. Es kann noch lange dauern. Sehr lange. Wäre es nicht eine Möglichkeit, am Meer zu warten, bis es so weit ist? Eine Scheibe Leben von besonderer Qualität. Vielleicht wird er ja doch noch ein richtig alter Mann.

Oder ist man nie richtig? Manchmal hat er den Verdacht, dass er, je länger er lebt, umso mehr am Leben hängt. Agnes will nur wegen der Kinder und Enkel nicht sterben, sagt sie. Und weil sie Angst hat, dass er alleine nicht zurechtkäme. Aber Agnes wird nicht vor ihm sterben.

Sie glaubt an Gott, und das hilft. Er glaubt auch an Gott, aber das macht es für ihn schwieriger. Vielleicht weil er erst so spät angefangen hat. Weil vorher die Kirche als Barriere im Weg war, als unüberwindbare Trennwand zwischen ihm und Gott. Er konnte ihn so viele Jahre nicht erreichen. Und jetzt fürchtet er die Abrechnung.

Hero ist alt genug, er ist gebildet, er weiß, dass zu allen Zeiten Menschen versucht haben, diesen Gott freundlich zu stimmen. Durch Tieropfer, Menschenopfer, Ablass, Geld – und durch die Beichte: *Ich rede mit dir, bekenne deinem Vertreter in diesem muffigen Kabuff, dass ich ein Schwein bin, und du bist mir wieder gut.* Genau das kann Hero nicht glauben. Und doch wünscht er sich Erlösung. Er hat etwas auf dem Kerbholz.

Er stolpert, Stein oder Wurzel, er hat es nicht gesehen, kann sich aber fangen und fällt nicht. Er beschließt, eine kurze Pause einzulegen, nur wenige Meter weiter auf einem über das Gebüsch ragenden Felsbrocken. Oben eine Handbreit große Fläche zum Sitzen.

Er ist Unternehmer, Kaufmann, und wohlhabend. Und eher geht ein Kamel durch ein Nadelöhr als ein Reicher … Das kennt er, seit er Kind ist. Stimmt, als Heiliger kann man keine Geschäfte machen. Gewinn wird einem nicht geschenkt. Den muss man sich nehmen. Aber jetzt, in der Zeit der Großkonzerne und Global Player ist er mit seinem kleinen Unternehmen doch eine soziale Einrichtung, ja, man könnte ihn als gemeinnützig betrachten. Für Frau Klaus, Herrn Linder und die anderen, achtundzwanzig insgesamt, bietet er seit Jahren sichere Arbeitsplätze. Und für Walter ein gut eingeführtes Traditionsunternehmen. Später wird es sein Besitz. Vielleicht nicht so viel später.

Aber da ist noch etwas. Hero rutscht hin und her, findet keine angenehme Position. Die kleine Fläche, auf der er sitzt, ist abschüssig, und seine Füße suchen vergeblich eine Kante, um sich abzustützen.

Er hat Josephas Vertrauen missbraucht. Hat den größten Teil ihres ersparten Kapitals verspekuliert. Sie war eine erfolgreiche Geschäftsfrau gewesen und hatte rechtzeitig verkauft. Sich und Klara, ihrer Tochter und treuen Mitarbeiterin, einen angenehmen Lebensabend gesichert. Und dann kommt er mit seinen Ideen. Kann Gott ihm das übel nehmen? Es hätte für die Kinder sein sollen. Die anderen, denen er auch etwas hinterlassen will. Die Firma kann man ja nicht teilen. Und er hat einfach Pech gehabt. Hat diesen Kardinalfehler begangen und auf seinen Prokuristen gehört. Auf Herrn Linder mit seinem Geheimtipp. Garantiertes Geschäft. Und er war so dumm.

Sicher wird man im Jenseits nicht nach seinen unternehmerischen Fähigkeiten beurteilt. Aber nach seinem Rückgrat. Und er hat sich gedrückt. Hat nicht mit Josepha geredet. Hat nicht gelogen, aber verheimlicht. War leicht, weil sie schon lange vor ihrem Tod nicht mehr da war. Innerlich umgezogen, in eine Welt, in die ihr niemand folgen konnte. Jetzt wartet Klara, die es ihm so schwer macht, die Arglose, die Gutmütige und Korrekte. Ihr wird er sich erklären müssen. Seinen Offenbarungseid leisten.

Hero lässt sich vom Felsen gleiten, klopft die Hose ab und folgt weiter dem schmalen Pfad nach unten. Wie still es ist. Insekten sind schon unterwegs, aber die von der geräuschlosen Sorte. Nicht diese zirpenden, sägenden und schnarrenden von gestern. Er genießt es, als Einziger hier zu sein. Das niedrige strauchartige Gestrüpp beginnt würzig und intensiv zu riechen. Es erinnert ihn an Macchia auf Sardinien, wo er mehrere Sommer mit der Familie verbracht hat. Vielleicht ist das hier das Gleiche, aber es ist auch Rosmarin und Thymian dabei.

Rosmarin, der Geruch seines Vaters. Wäre nicht schlecht, den alten Herrn jetzt hier zu haben. Jetzt, wo er Zeit hat. Einen, der auch mal alt war und ihn verstehen würde. Und der ihm sagen könnte, so ganz in Ruhe, wo es langgeht, wenn es so weit ist.

Aber sein Vater ist tot, schon seit Jahren. Und er ist hier mit seiner Unsicherheit und Angst allein. Keiner von diesen jungen Menschen kann sich vorstellen, wie Hero als Kind und als Jugendlicher und als junger Mann gewesen ist. Sie denken, wenn sie überhaupt denken, dass er schon immer alt und spießig und autoritär und unnahbar gewesen ist. Aber das stimmt einfach nicht.

Er hat von seinem Vater ähnlich gedacht. Erst als der im Krankenhaus lag, die letzten Wochen, halbseitig gelähmt, hatte er sich Zeit genommen und war noch oft bei ihm gewesen. Um ihm die Beine mit Rosmarinsalbe einzureiben. Und um zu reden. Doch der Vater hatte Mühe damit. Für vieles war es schon zu spät. Das Naheliegende war auf einmal wichtig. Die richtige Zimmertemperatur. Das Licht. Die Blickrichtung. Zum Fenster, voller Sehnsucht, als ob er dort hinauswollte, vielleicht fliegen. Zur Tür, als sähe er dort die Schwester mit dem Schmerzmittel, als könne er sie herbeiholen mit seinen Augen, wenn er nur lange genug hinsähe. An die Decke, resigniert, ergeben. Und nur einmal, ganz am Schluss, direkt in sein Gesicht, in seine Augen. Der Blick für immer.

Hero war allein im Zimmer gewesen und hatte geweint.

Die Mutter war schon tot, lange vorher gestorben. Und er hätte den Vater gern gefragt, warum sie, ausgerechnet sie, die immer so kalt war, seine Mutter geworden war. Warum nicht Rosalie, die »Jugendliebe«, die nach dem Tod der Mutter immer wieder auftauchte. Aber das war keine Frage, die ein Sohn stellt. Nicht einem sterbenden Vater.

Beim Tod der Mutter hatte er keine Fragen gestellt. Agnes hatte gerade Martha bekommen, das Leben erschien unverwundbar und schön. Und die Mutter war ihm nie nah gewesen. Streng und fremd. Vielleicht kein Zufall, dass sie erfroren war. An einem ungewöhnlich kalten Tag, um die zwanzig Grad minus, war sie mit einer Freundin beim Schlittschuhlaufen auf einem Waldsee gewesen. Sie stürzte, verletzte sich am Kopf und blieb bewusstlos liegen. Die Freundin, zu schwach, sie vom Eis zu ziehen, fuhr sofort los, um Hilfe zu holen. Aber als die kam, hatte die Kälte schon einen Eismantel über die liegende Frau geworfen und mit klirrenden Fingern ihr Herz erfasst.

Jetzt, so viele Jahre später, fröstelt Hero, obwohl die morgendliche Junisonne über Mallorca die kommende Mittagshitze schon erahnen lässt. Er überlegt umzukehren und lässt noch einmal seinen Blick über diese südliche und doch gleichzeitig raue Landschaft schweifen. Da dringen aus der Ferne Stimmen an sein Ohr. Er dreht sich suchend um und sieht im Gegenlicht oben an der Stelle, wo der Fußpfad von der Straße abzweigt, schwarze, winkende Gestalten. Sie sind es, die so einen Lärm verursachen. Wie in einem Indianerfilm, wenn die Apachen auftauchen, denkt er, verstimmt, weil die Stille des Morgens nun zerstört ist.

Die Gestalten wollen etwas von ihm, das wird immer deutlicher. Sie gestikulieren und rufen. Hero versteht seinen Namen. Und wie sie – um Himmels willen, denkt er – fast direkt, die Kurven schneidend, Steine lostretend wie eine Horde wild gewordener Ziegen, näher kommen, da sieht er entsetzt, dass es seine eigene Familie ist. So außer Rand und Band. Allen voran Martha, ihr Mann Andreas und Tina. Walter dicht dahinter mit seiner Frau Teresa und den Söhnen Robin und Stefan. Agnes, von Johannes gestützt, zum Schluss. Die mit der Krücke winkende Gestalt oben an der Straße vor gleißend hellem Hintergrund, ist wohl Jens, Tinas Mann. Eine schwarze Silhouette.

»Hero, da bist du ja! Hast du uns einen Schrecken eingejagt!«, keucht Martha.

Agnes hat alle geweckt, als sie sich das leere Bett von Hero nicht erklären konnte, der auch nicht im Bad war und nicht beim Frühstück und tags zuvor doch so schwach.

Hero schaut erstaunt von einem zum anderen, streicht sich mit der Hand über die Bartstoppeln. Er hätte sich rasieren sollen. Bestimmt sieht er nicht gut aus. Er hört die Stimme von Johannes herüberwehen: »Sag ich euch doch, der Alte ist nur auf einer solipsistischen Romantiktour.«

Hero wartet reglos, bis Johannes mit Agnes, die sich bei ihm untergehakt hat, gemächlich und grinsend die letzten Serpentinen heruntergestiegen ist.

»Scheint ja alles in Ordnung zu sein. Lasst uns umkehren, Cleos Vater wartet.« Das ist Walter, der praktisch Denkende. Er zieht die Schultern hoch, nimmt seine Frau am Arm und steigt den Hang wieder hoch. Die anderen folgen, einer hinter dem anderen, ohne ein Wort zu sprechen.

Hero schiebt seine Hand in die von Agnes. »Ich wollte nur, dieser frühe Morgen …«

»Ist ja gut«, sagt Agnes, macht sich los und geht ihm voraus.

Oben an der Straße angekommen, sieht Hero nicht weit von Jens den Bus des Hotels stehen. Blitzend in der Sonne. Cleos Vater hinter dem Steuer.

»Señor, ich habe gesagt, keine Aufregung. Er wird sich finden. Auf Mallorca geht niemand verloren, aber …«, er lacht, »… so eine liebe Familie, so große Sorge!«

»Ja, sehr reizend«, knurrt Hero und steigt ein. Agnes hinter ihm lächelt zunächst, zieht dann Augenbrauen und Schultern hoch, die Mundwinkel nach unten, wie um zu sagen, dass er eben so sei, ihr Mann, dass man ihn am besten nicht zu ernst nehmen solle. Sie folgt Hero zur hintersten Reihe, wo sie sich nebeneinander setzen. Die anderen bleiben als Gruppe vorne beim Fahrer stehen.

Erst kurz vor der Ankunft am Hotel sagt Agnes: »Wenn du gerne so früh aufstehst, können wir morgen doch alle zusammen zur Finca Real fahren und die Necropoli, diesen prähistorischen Friedhof, zusammen anschauen, er ist einzigartig im ganzen Mittelmeerraum …«

Hero hört nicht hin. Er schweigt, weil er nicht weiß, wie er ihr erklären soll, dass die Betonung für ihn nicht auf früh, sondern auf allein liegt. Er will sie nicht verletzen. Ja, es stimmt, er hat sich diese große Familie gewünscht, hat immer darunter gelitten, selbst Einzelkind zu sein, hat Agnes um das Netz ihrer Geschwister beneidet. Aber jetzt hat er Angst, nie mehr zur Ruhe zu kommen, sich auf immer mit diesen oberflächlichen Menschen und ihren Problemen befassen zu müssen.

Ja, er hat die Verantwortung für diesen ganzen Haufen, aber es wird ihm jetzt zu viel. Schon vor der Abreise hierher. Erst der Motorradunfall von Jens, nicht selbst verschuldet, aber was hilft das, Lebensgefahr, ein zerschmettertes Bein. Tina hatte ihn gebeten, seinen Freund Roland, den Chefarzt an der Unfallklinik, einzuschalten. Sie hatte panische Angst, dass ihr Mann durch die nötig gewordene Bluttransfusion Hepatitis oder Aids bekommen könnte, und hatte fast stündlich in der Firma angerufen. Und jetzt, wo Jens wieder so weit hergestellt ist, gibt es kein wichtigeres Thema als das neue

Motorrad und welche Farbe der dazugehörige Anzug. Dann Martha und Andreas, die wohl nicht mehr miteinander auskommen und von ihm Unmögliches erwarten.

Und zu guter Letzt diese Hochzeit hier, die endlosen Diskussionen mit Agnes und Cleo. Der Brautvater zahlt, aber eben nicht alles. Und Cleo hatte noch so viele Wünsche, in seinen Augen oberflächlicher Krimskrams, weißer Cadillac für den Weg zur Kirche, Seidenkleider für die Brautjungfern und für die Einladungen feinstes Bütten. Johannes hatte immer Arbeit vorgetäuscht, um sich zu drücken, auch weil er wusste, dass er mit Hero aneinandergeraten würde. All dieses Brimborium und Drumherum. Aber Cleo hat etwas Entwaffnendes, sie umarmt ihn immer auf so eine besondere Weise, reibt lachend ihre rosigen, samtweichen Wangen mit den Grübchen an seinen, auch wenn er nicht rasiert ist und sicher kratzt. Ihr kann er nicht so einfach etwas abschlagen. Zumal sie jetzt hochschwanger ist. Aber wenn er all das hinter sich gebracht hat, das schwört er sich, wird er sich zurückziehen und seine Ruhe verteidigen.

Und ihm in seiner Lage einen Friedhof zur Besichtigung anzubieten, empfindet er als ausgesprochen geschmacklos. Auch wenn es ein prähistorischer sein soll. Und auch wenn Agnes es sicher nicht so meint.

Auf der Hotelterrasse warten Cleo, Marthas Tochter Annabelle und die Kinder. Als der Bus in einer riesigen Staubwolke in Sicht kommt, brechen die Kinder in Freudengebrüll aus und rennen ihm entgegen. Verwandte und Freunde von Cleos Seite, die beim Frühstück sitzen, beobachten von ihren Tischen aus interessiert die Ankunft.

Tina steigt als erste aus, und während sie noch einen Arm nach hinten streckt, um Jens mit seinem bandagierten Bein beim Aussteigen zu helfen, verkündet sie: »Alles in Ordnung, Patient gefunden, Tag gerettet!«

Hero könnte sie erschießen.

Was habe ich da erzogen, fragt er sich zum wiederholten Mal. Und wo bin ich da hineingeraten. Ich war doch immer ein freier Mann.

# 5

Eine allgemein verständliche Theologie. Das fehlt. So etwas wie *Gott ist wie das Meer.* Oder *Gott ist das Meer.* Unendlich. Der Mensch darin ein Punkt. Gleichzeitig umhüllt und verloren.

So weit das Auge sehen kann, wenn ich aufs offene Meer schaue, nur blaue Weite. Grenzenlos. Unendlich. So tief und so groß, dass menschlicher Verstand es nicht fassen kann. Kein Papst, kein Imam, kein Rabbi. Niemand weiß, niemand kann wissen, glauben kann jeder. Der Papst meint, dass er das Wissen und das Sagen hat, natürlich für die ganze Welt. Und für den Himmel gleich mit. Er bestimmt, wer als Heiliger da einziehen darf, belegt andere mit einem Bann. Hier in Italien fühlt er sich sicher. In Deutschland würden ihm die Fetzen um die Ohren fliegen, hoffe ich wenigstens. Gesprächsfetzen, Zitate aus seinen Reden. Und im Orient auch. Sie sollen sich nur wehren, die Muslime und auch die Juden. Vielleicht sollten Päpste erst einmal Ethnologie studieren, *Interkulturelle Kommunikation*, bevor man sie auf die Welt loslässt, so ohne Respekt vor allen, die anders denken und glauben. Und auch alle Obersten der Muslime und Juden und all die selbst ernannten Gelehrten, die meinen, sie wüssten alles, die sollten alle zusammen erst einmal einen Kochkurs besuchen und ein Jahr lang gemeinsam für andere das Essen zubereiten. In verschiedenen Ländern. Und erst wenn es allen schmeckt, dürften sie dann hinaus in die Welt.

Ken, als er noch Herr Onagoruwa für mich war, hat mir seine Sicht erklärt. Er als Christ, *natürlich*, hat er gesagt, *kennen Sie einen Afrikaner, der nicht Christ ist*, und dabei ironisch gelacht. Er als Christ sehe das nicht so eng. Man könne doch Elemente verschiedener Religionen miteinander verbinden. In Nigeria sei das nicht ungewöhnlich, zumindest in den Gegenden, wo sich die einzelnen Gruppen nicht bekriegen. »Lesen Sie doch mal«, *Sie*, sagte er damals noch, »Wole Soyinka.« Als ob ich Soyinka nicht kennen würde.

Aber ich könnte ihn mir noch einmal genauer vornehmen. War ja eher Wolfs Gebiet. Was ich erinnere, ist kompliziert. Zu viele Götter. Nicht das Einfache, das ich suche. Gott als Element. Also als Wasser.

Finde ich besser als Erde, Feuer oder Luft. Weil man sich hineinfallen lassen kann. Umspült werden und umspielt. Nicht kalt. Auf dem Rücken liegen, die Arme ausbreiten und warten, was kommt. Sich überlassen. Nichts mehr tun. Toter Mann spielen. Nein, tote Frau. Wenn ich einschlafe, gehe ich unter?

Vielleicht eine Option für Hero. Dead man. Wie in dem Film mit Johnny Depp: sich in einem Kanu hinaustragen lassen aufs offene Meer und da verschwinden. In die Ewigkeit. Hero liebt das Meer und glaubt an Gott. Es würde ihm einiges ersparen, Krankenzimmer, Apparate, neugierige Besucher. Aber so was macht man nicht, wird er denken, nicht, wenn man Familie hat. Da hält man durch.

Selbst, wenn der Himmel grau ist und tief durchhängt, fast ins Meer, ist Schwimmen schön. Wie Singen. Eintauchen, ausatmen, wieder hoch, Luft holen, die Lungen füllen, prustend und jubelnd durch das Wasser fliegen. So lange, bis einmal Luft holen nicht mehr ausreicht, bis ich japse und mich zur Erholung auf den Rücken drehe. Ich schaue in den Himmel. Wenn er blau ist, falle ich hinein. Heute nicht. Die Wolken werfen mich wieder zurück. Kein Eingang.

Die Eltern suchen auch den Himmel, gehen sonntags in den Gottesdienst. Immer noch. Hero trotz und Agnes wegen der Kirche. Wegen des Pfarrers und der Ämter, die sie angenommen hat. Und weil sie im Chor singt. Da darf sie. Zu Hause war Musik verboten und ist es bis heute. Von Hero, der sie nicht ertragen kann, wie er behauptet. Agnes hat sich immer daran gehalten. Und auch uns Kinder davon abgehalten, Musik zu machen oder auch nur zu hören, *weil das den Vater krank macht.* Auch am Nachmittag, wenn er gar nicht da war. Als ob die Wände uns abends verraten würden. Agnes, die unermüdliche und gestrenge Beschützerin des Vaters, des Empfindlichen.

Wir haben sonntags immer eine ganze Bank gefüllt. Die glückliche große Familie. Der Pfarrer war stolz auf uns. Nein, eigentlich nur auf Agnes. Seine Pfarrgemeinderatsvorsitzende. Immer mit gutem Beispiel voran.

Dann fing es an zu bröckeln, die ältesten, Walter und Martha, zogen aus, heirateten, waren sonntags nicht mehr da, die anderen kamen in die Pubertät, waren immer müde und blieben im Bett.

Trotz aller Drohungen. Das haben wir gemeinsam durchgezogen, wir drei jüngeren Geschwister, obwohl wir uns sonst nicht leicht auf etwas einigen konnten. Es gab einen großen Krach an jenem Sonntag, als sie zum ersten Mal alleine loszogen in die Kirche, steif wie zwei Zündhölzer ohne Kopf. Anschließend weigerte sich Agnes, mit uns zu essen, sie zog sich mit Hero an den Esstisch in der Küche zurück, wir bekamen nichts, auch an den folgenden Tagen nicht, und was sie wohl als schlimmste Strafe betrachteten: Sie redeten eine Woche lang nicht mehr mit uns. Kein einziges Wort. Hero stand bedingungslos auf ihrer Seite, er war nicht mehr unser Vater, sondern nur noch ihr Ehemann und Verteidiger. Sie hüllten sich in beleidigtes Schweigen, erwarteten wohl Mitleid von uns. Wir beobachteten sie, abwartend, kalt, fanden das Ganze irgendwie interessant und die beiden verlogen und scheinheilig. Nach genau einer Woche war alles ausgestanden. Ohne Zäsur, ohne dass ein klärendes Gespräch oder ein weiteres Gewitter stattgefunden hätte, normalisierte sich das Leben wieder. Sie verloren auch später nie wieder ein Wort über unseren Widerstand.

Heute weiß ich nicht mehr, was Johannes oder Tina und die anderen über die Kirche und Gott denken und was sie glauben. Über so etwas reden wir in der Familie nicht.

Eher mit Giuseppina hier. Unsere Dozentin hat das Thema gestern vorgeschlagen. *Quando Dio uscí di chiesa.* Als Gott aus der Kirche austrat. Der Titel eines Buches, als Anregung für eine Diskussion. Das Buch selbst sei zu schwer für unser Niveau, meint Giuseppina, und wir sollen ja sprechen lernen. Wir haben einen Nachmittag zur Vorbereitung, morgen dann das abschließende Gespräch. Wer will, kann noch die Prüfung für das Zertifikat machen. Ich will nicht. Ich hasse Prüfungen. Und Italienisch ist für mich so etwas wie Luxus, nur Genuss. Wie für andere Golf spielen oder tanzen. Was zählt, ist nur meine Liebe zu dieser Sprache. Die habe ich von meinem ersten Freund, Gabriele. Ich bin ja nicht gerade die große Nummer, also eine, die jede Menge Männer durchgezogen hat. Aber ein paar waren es, und jeder hat mir etwas hinterlassen. Oder ich habe mir von jedem etwas genommen. Von Gabriele, meinem Engel, die Sprache. Ich war bei einer Jugendfreizeit in der Nähe von Bozen. Und er war

Gruppenleiter einer italienischen Partnergruppe. Ich habe ihn aufgezogen wegen seines Namens. Bei uns wäre er eine Frau, sagte ich. Er sah aus wie dieser Sänger, Angelo Branduardi, ein anderer Engel, mit seinen Wuschelhaaren. Und Gitarre spielen konnte er auch. Aber er war zwanzig, und ich ging noch zur Schule. Und der Abstand zwischen Bologna, wo er studierte, und Neuburg war nach den Ferien zu groß. Alles war geheim. Hero wäre ausgerastet. Ausgerechnet ein Itaker. Wir haben uns geschrieben. Bis er dann seine neue *ragazza* fand. Foto anbei. Italienisch zu schreiben, war ohnehin die Hölle. Wo ich mich doch auf keinen Fall blamieren wollte. Ich hatte den Anspruch, originelle und sprachlich perfekte Formulierungen zu finden, durchsuchte stundenlang mein Italienischlexikon … Ich weiß ja nicht, wie komisch das Ergebnis auf ihn gewirkt hat.

Vielleicht ist es typisch für Frauen, mit jedem Typ mithalten zu wollen, von jedem in jeder Beziehung, sei sie noch so unsicher, noch so kurz, noch so problematisch, etwas zu lernen. So wie Städte von jedem Eroberer Spuren bewahren. Frauen wollen immer weiterkommen, mindestens so weit, bis sie Schulter an Schulter mit ihrem Freund laufen können. Sind ja auch meistens älter, die Herren. Haben mehr zu bieten. Bei Freundinnen läuft das irgendwie anders, so ganz ohne Ehrgeiz. Ich habe nie können wollen, was Conny kann oder Mena. Obwohl sie tolle Fähigkeiten haben. Aber die bewundere ich einfach.

Von Gabriele habe ich also die Begeisterung für Italienisch. Von anderen Freunden so interessante Gebiete wie Jazz, Filmkunst, Aikido und Computerspiele, die allerdings dann der Grund für eine schnelle Trennung waren. Von Wolf habe ich das, was ich meine sportliche Grundausstattung nenne. Gute Kondition, das Akzeptieren meiner Grenzen – und Geduld. Die ich brauche, wenn ich mich beim Laufen, Wandern oder Bergsteigen irgendwo hinsetze, lese und dann stundenlang auf die Unermüdlichen warte. Auf die, die noch eine Runde drehen müssen oder ganz hinauf auf den Berg, wo es doch auf halber Höhe, unter Bäumen, viel schöner ist als oben im nackten Fels. War anfangs nicht leicht, sich von den anderen als Spielverderberin beschimpfen zu lassen. Später wurde ich selbstbewusster, stellte die Spielregeln infrage.

Das für mich Wichtige habe ich also nicht aus der Schule und nicht von den Eltern. Alles von Freunden.

Ken ist noch keiner, ist bis jetzt nur eine Sehnsucht. Was von ihm bleiben wird, weiß ich noch nicht. Hat ja noch gar nicht richtig angefangen. Auf jeden Fall das Interesse für Afrika, genauer Nigeria. Und nicht als Ethnologin.

Er hat ein Auge auf mich geworfen. So viel steht fest. Sonst hätte er nicht im Zug nach meinem Abteil gesucht. Und er hat angefangen. Mit dem Fragen und Erzählen. Obwohl er mehr fragt, als er von sich erzählt.

Gleich ganz am Anfang bin ich reingefallen, habe zu viel geredet und mich fürchterlich blamiert. Nach Josephas Tod habe ich mit ihm über Klara geredet. Ihm erklärt, dass ich mich jetzt mehr um sie kümmern will, weil sie allein lebt, niemanden sonst hat. Und weil wir uns immer gut leiden mochten. Und als er fragte, warum ich nicht zu ihr ziehen und bei ihr wohnen würde, habe ich ihm lang und breit erklärt, dass ich das nicht kann und auch nicht will, dass ich sehr gerne alleine lebe und warum.

Klang furchtbar egoistisch. Vor allem, weil er mich so durchdringend ansah, als hätte er mich gerade fragen wollen, ob ich bei ihm einziehen wolle. Hat er natürlich nicht. Mir war der Schweiß ausgebrochen bei der Suche nach einem Ausweg. Nach irgendeiner unverbindlichen Redewendung, die mich ins rechte Licht rücken und retten würde. Da habe ich zum ersten Mal gemerkt, dass er in mich hineinschauen kann. Und dass ich nichts dagegen tun kann.

Ich beobachte ihn auch. Aber nur von außen. Sehe alles. Dass seine Hände innen die Farbe von Aprikosen haben, mit einem Hauch von gelbem Oleander. Und wie die Haut am Kinn heller wird, wenn er lacht. Und die Augen groß werden. Er lacht gerne und laut. Ich habe ihm von meiner Familie erzählt. Habe gesagt, ich sei ein Sandwich-Kind, also das zwischendrin. Aber wir sind fünf, er solle sich besser einen Doppel Whopper vorstellen, ich das Salatblatt in der Mitte. Er hat gelacht. Das sei aber nicht in der Mitte. Das liege ganz oben, über dem Ketchup und den Zwiebeln. Er kennt sich aus.

Sicher auch mit Frauen. Das sieht man.

Hoffentlich liebt er das Meer. Ich weiß so wenig von ihm. Vielleicht kann er gar nicht schwimmen? Wäre schade. Aber ich würde es ihm beibringen. Schöne Vorstellung, er hier neben mir im Wasser.

Ich würde ihn umarmen. Und wir würden lachend untergehen.

Und keiner würde etwas von uns wissen.

Morgen ist schon der letzte Tag hier. Und übermorgen fahre ich zurück. Ins Binnenland, ohne Meer, ohne Weite. Zu Hero und den anderen, die auch wieder da sein werden, zu Klara und zu Ken. Nein, andere Reihenfolge. Zuerst Ken. Er hat mir das Du angeboten und seine Telefonnummer gegeben. Ich könnte ihn anrufen.

# 6

In gleißendem Sonnenlicht läuft Hero der feierlichen Gesellschaft einige Schritte voraus über den weiträumigen, gepflasterten Platz. Der Boden scheint ihm unter den Füßen zu schlingern, die Steine heben sich ihm entgegen, in Wellen, fast bis auf Augenhöhe, in Farbschattierungen, die zwar wie in der Realität nahe an Anthrazit und Schiefergrau, gebranntem Siena und Ocker liegen, aber mit einem unwirklichen Glanz überzogen, der Hero das Gefühl gibt, betrunken zu sein. Er schwankt kurz, fährt sich mehrmals mit dem Handrücken über die Augen, was Agnes vermuten lässt, dass ihm nicht gut sei. Besorgt läuft sie ihm nach und schiebt wortlos ihren Arm unter seinen.

An der Treppe vor der Kirche angekommen, stellen sich alle zu einem großen Orchester auf, als folgten sie der Weisung eines Dirigenten. Oder, da niemand ein Instrument trägt, wie ein Chor, bereit zu jenem letzten tiefen Luftholen vor dem entscheidenden Einsatz.

Eine glückliche Familie. Vielleicht hat Tolstoi recht, wenn er sagt, dass alle glücklichen Familien einander ähneln, jede unglückliche aber auf ihre eigene Art unglücklich ist. Nur hat er nicht danach gefragt, was bei glücklichen Familien im Hintergrund lauert. Was hinter denen ist, die nach vorne lächeln. Vielleicht tragen ja alle Familien für Außenstehende diese glücklich grinsenden Masken.

So wie diese.

Glückliche Eltern im Kreis der Familie in Erwartung der Hochzeit ihres zweiten Sohnes. Nur ist die Braut hochschwanger und hat schon ein Kind von zwölf Jahren. Von einem anderen.

Und Johannes, der Sohn und Bräutigam, ist ein Taugenichts, der einzige wirkliche Halunke in der Familie. Abgebrochenes Architekturstudium, jetzt eine Werbeagentur und Schulden über Schulden. Hero hat erst im Nachhinein erfahren, dass Walter, der Gutmütige, um nicht zu sagen Trottel, seinem Bruder über die Firma einen Kredit in nicht unerheblicher Höhe gewährt hat. Die Laufzeit ist längst vorüber, ohne dass Johannes Anstalten gemacht hätte, auch nur einen

Bruchteil zurückzuzahlen. Aber darauf kommt es ja vielleicht jetzt auch nicht mehr an.

Sie haben ihre eigenen Regeln, die Hochzeiter, ihre eigene Etikette. Sie feiern sich selbst. Eitel prüfen sie, ob die Gäste sie auch gebührend beklatschen. Hier können sie sich alles erlauben. Sogar die Blumen zu klauen, die die Mädchen beim Auszug aus der Kirche streuen werden.

Hero, im dunklen Anzug mit weißem Hemd und Krawatte, steht vor der Kirche wie ein Habicht, aufmerksam, alles im Blick. Er muss wohl etwas abgenommen haben, der Anzug wirft an einigen Stellen Falten. Neben ihm Agnes, aufgeregt, mit glänzenden Augen und roten Flecken am Hals, auch sie sehr elegant im grauen Seidenkostüm. Auf der anderen Seite Cleos Vater, ein Gigolo, wie sich mittlerweile herausgestellt hat, der die Hand einer unbekannten, nicht mehr ganz jungen Frau hält. Sie hat blondierte Haare, man sieht den schwarzen Haaransatz. Neben und hinter ihnen Verwandte und Freunde.

Walter und Teresa, seine Frau, stehen zwischen ihren beiden Söhnen. Der ältere, Robin ist ebenfalls verheiratet, mit Meral, und hat auch seinen kleinen Sohn Veli dabei. Der andere, Stefan, hat seine Freundin Julia mitgebracht. Die beiden sehen das ganze Spektakel etwas belustigt und distanziert, sie werden nicht heiraten, auf keinen Fall, aber als Zaungast bei so etwas dabei zu sein, das hat etwas, vor allem, wenn man eingeladen ist. Walter zahlt für sie, der Spaß kostet also nichts. Sie tuscheln immer wieder verliebt miteinander und machen sich auf Kurioses aufmerksam. Auf Andreas zum Beispiel. Er hat offensichtlich versucht, mit Hilfe von Gel eine verwegene Form in seine schütteren Haare zu bringen. Jetzt trägt er ein mitleiderregend zerzaustes Etwas wie eine Perücke über seinem verschwitzten, rosig gefärbten Gesicht. Aber seine Tochter Kerstin ist stolz auf ihn. Sie hat die gleichen rotgoldenen Haare und schmiegt sich demonstrativ an ihren Vater. Die anderen sollen bloß nicht auf die Idee kommen, dass sie gerne eine der Brautjungfern wäre. Nein, ihr Platz ist hier zwischen Martha und Andreas, ihren Eltern.

So wie auch alle anderen an ihrem Platz sind. Genau da, wo sie hingehören.

Eine feierlich gestimmte Hochzeitsgesellschaft. Schön für das Auge und geeignet für ein Filmplakat. Nur ist keiner da, die Aufnahme zu machen. Alle sind selbst Akteure und warten auf ihren Auftritt. Und auf das Brautpaar.

Die Sonne teilt den Platz diagonal. Das Kirchenportal mit der breiten Treppe liegt im violett-schwarzen Schatten, gegenüber leuchtendes Gelb, in dem soeben eine blumengeschmückte Limousine hält.

Der Chauffeur steigt aus, öffnet den Wagenschlag und hilft der Braut beim Aussteigen. Johannes streckt sich auf der anderen Seite in die Höhe, blinzelt gegen die Sonne und winkt kurz in Richtung Kirche. Ein zweiter Wagen hält, drei Mädchen in hellen Kleidern springen heraus. Die beiden Brautjungfern und Olivia, die ihrer Mutter Cleo die Schleppe tragen wird. Tina, die auch mit diesem Wagen gekommen ist, reicht den Brautjungfern ihre Blumenkörbe, in denen ein geschultes Auge die Blüten von Bougainvillea und Wandelröschen der städtischen Parkanlage erkennt. Dann läuft sie zu Cleo, um das Kleid zu drapieren. Die Gruppe setzt sich in Bewegung, voraus die Mädchen mit den Blumen, gefolgt vom Brautpaar. Johannes schaut, als ob ihm das Ganze peinlich ist. Den Schluss bildet Olivia, allein. Mit ihrer Mutter durch die Schleppe verbunden wie mit einer überdimensionalen Nabelschnur.

Tina überholt die Gruppe und beginnt, seitlich postiert, mit den Videoaufnahmen. Endlich ist jemand da, um das Schauspiel festzuhalten. In die Gesellschaft vor der Kirche kommt ein Hauch von Bewegung. Jacketts, Kleider und Blusen werden nach unten gezogen, Haare unauffällig zurückgestrichen, die Haltung gestrafft. Hero spürt in diesem Moment, dass das Wäscheschildchen seines Hemds im Nacken scheuert. Dieses kleine steife Rechteck mit dem Markennamen. *Seidensticker.* Müsste *Stecher* heißen. Oder vielleicht ist es die Waschanleitung. Meist so schlampig eingenäht, dass immer eine Ecke vorsteht und sticht. Außer man bügelt sie glatt. Und das hat die neue Bügelfrau, die Agnes einmal in der Woche hilft, offensichtlich nicht getan. Hero wird dieses Kratzen den ganzen Tag aushalten müssen. Eine Folter. Er verzieht gequält und verärgert sein Gesicht. Und so wird er für immer festgehalten.

Das Brautpaar kommt, bereits schwitzend, der kurze Weg in der Sonne hat gereicht, bei den Wartenden an der Kirche an. Vor allem Cleo scheint zu leiden. Kurz öffnet sich eine Gasse, das Paar schreitet hindurch und zieht die Prozession der Hochzeitsgäste wie eine Verlängerung der Schleppe hinter sich her.

Jens hat sich einen Platz in der Nähe des Altars gesichert und übernimmt das Filmen von vorne. Tina drängt sich neben Martha in den Zug, worauf Andreas und Kerstin wortlos nach vorne gehen, eine neue Zweierreihe bilden.

»So herausgeputzt wie Cleo ist, hätten die beiden ja gleich in La Seu in Palma heiraten können.« Martha redet ungeniert laut, da die Orgel bereits eingesetzt hat.

»Gefällt es dir nicht?«

»Doch, doch. Steckst du dahinter?«

»Natürlich, glaubst du, Cleo hätte so viel Geschmack?« Tina, die Frau vom Fach. Besitzerin einer kleinen Modeboutique mit Abneigung gegen alles, was nach Übergewicht aussieht. Und eine Schwangerschaft in fortgeschrittenem Stadium sieht eindeutig nach Übergewicht aus. »Schau doch, wie vorteilhaft das Apricot ihre Figur kaschiert. Weiß macht einfach klobig, da muss eine schon schlank sein. Und außerdem wäre es bei Cleo ja auch sonst nicht passend ...« Sie kichert.

»Ja, vor allem hier im Süden, wo die Leute auf so etwas noch achten.« Martha dreht sich kurz nach hinten, um einen Blick auf den langen Zug zu werfen, dessen Ende sich noch außerhalb der Kirche befindet.

»Na, bei uns kannst du doch auch schlecht in Weiß heiraten, wenn deine eigene Tochter die Schleppe trägt!«

»Könnt ihr nicht endlich still sein!«, schimpft Andreas, der sich an die eigene, sehr sachliche Eheschließung auf dem Standesamt erinnert. Auch Martha war ja bereits Mutter eines unehelichen Balgs, dieser Annabelle ...

Direkt hinter dem Brautpaar und Olivia, die sich redlich bemüht, die Schleppe weder auf dem Boden schleifen zu lassen noch zu straff zu ziehen, gehen Hero und Agnes. Nein, sie schreiten. Er hält ihren

Arm auf eine Art und schaut sie von der Seite an, als ob er glücklich sei mit seiner Wahl, ja, man könnte meinen, dass er, Hero, es ist, der hier seine Braut zum Altar führt. Und auch das wird für immer festgehalten.

Sobald er neben ihr in der ersten Reihe auf der linken Seite Platz genommen hat, auf der rechten hält Cleos Sippe Einzug, flüstert er Agnes zu: »Noch etwas. Ich habe es mir überlegt. Sobald wir zurückkommen, lasse ich mich operieren.«

»Oh«, entfährt es Agnes, und sie drückt ihm froh die Hand.

»Dein Wunsch war mir immer Befehl.« Hero lächelt, allerdings mit einem Anflug von Ironie.

Das Brausen der Orgel geht nun in ein Eingangslied über, und es beginnt ein Traugottesdienst, den einige später als Trauergottesdienst bezeichnen werden, denn ein dürres, nervöses Männlein von Pfarrer beschreibt in gebrochenem Deutsch die Ehe als Hafen, dessen Einfahrt sich hinter dem Brautpaar schließen und erst beim Tod wieder öffnen werde. Schon für den Versuch, diesen Hafen vor der Zeit, also vor dem Tod zu verlassen, garantiert er nahezu hämisch die unerbittliche Strafe Gottes. Dass er für die gemeinsame Zeit ein erfülltes und glückliches Leben wünscht, hellt die Stimmung nicht mehr auf. Den Anwesenden bleibt der schlechte Geschmack von ödem Alltag, Gefangensein und Tod im Mund.

Die schwere, schwülstige Musik sorgt weiter dafür, dass keine Freude aufkommen will. Und als das Brautpaar samt Vorhut und Gefolge schließlich nach überstandener Prozedur durch den Mittelgang wieder hinausschreitet, begleitet vom gewaltigen Dröhnen der Orgel, einer Improvisation mit fast allen verfügbaren Registern, schließen sich die Gäste so schnell an, dass der Auszug aus der Kirche wie eine Flucht wirkt.

Hero beschließt, auf seiner Beerdigung jede Art von Musik zu verbieten. Er wird das schriftlich festhalten. Obwohl Agnes ja Bescheid weiß. Und obwohl ja noch genug Zeit ist, und man sich noch keine Gedanken machen muss.

Das Mittagessen ist exzellent zubereitet, spanische Küche, mit dem Duft des Mittelmeers, aber zu knapp kalkuliert, und so kommt es, dass einige Personen leer ausgehen. Unter ihnen Andreas, der sehr gerne isst, was man ihm auch ansieht, der aber das Pech hatte, im unrechten Moment zur Toilette zu müssen. Die anderen starren hungrig und fassungslos auf die verschwindend kleinen Portionen. Die winzigen Straußenschnitzel liegen, wie von Loriot beschrieben, sehr übersichtlich auf dem Teller, mit etwas buntem Gemüse verziert. Das Dessert, eine Art Crème Caramel, ist portioniert und wird in winzigen Glasschälchen serviert, die wohl einer Puppenküche entnommen wurden. Kein Gedanke an einen Nachschlag.

»Seid froh, dass ihr euch nicht jetzt schon überessen müsst, das eigentliche Festessen wird erst heute Abend serviert, und dann sollt ihr ja auch noch etwas Hunger haben!«, verkündet Cleo selbstbewusst. Gleichzeitig treibt sie zur Eile, da der Kapitän auf dem gemieteten Schiff für die Rundfahrt bereits wartet.

Etwas lustlos zieht die Schar der Gäste schließlich in der glühenden Mittagshitze zum Hafen.

»Eine Siesta wäre mir jetzt lieber«, knurrt Hero.

»Nun sei doch nicht immer so ein Spielverderber!«, entgegnet Agnes.

An Bord des kleinen, ziemlich heruntergekommenen Ausflugsschiffes drängen die jungen Leute sofort auf das Aussichtsdeck, während die älteren Gäste es vorziehen, sich auf dem Zwischendeck in einem klimatisierten Aufenthaltsraum Kaffee servieren zu lassen.

Zu essen gibt es nichts. Agnes hat das sofort registriert, geht zielstrebig nach oben und schließt sich den jungen Leuten an. Hero versucht zunächst ein Gespräch mit einem Onkel von Cleo, oder ist es ein Cousin des Vaters, er kann die verwandtschaftlichen Verhältnisse dieser Familie nicht enträtseln. Eine Mutter gibt es offensichtlich nicht, nur diese Blondierte, die jeden angrinst. Vielleicht ist sie davongelaufen, die Mutter, oder verstorben, niemand spricht von ihr, und auch Cleo hat sie nie erwähnt. Hero versucht also, mit dem vermeintlichen Onkel und dessen Frau gemeinsame Sache zu machen, da er sieht, dass diese eine Packung Teegebäck aus der Tasche zieht. Er ist ausgesprochen hungrig. Sie bietet ihm auch gleich großzügig davon an. Doch kaum hat er einen der Kekse genommen, bevölkert sich ihr gemeinsamer Tisch mit anderen hungrigen Gestalten, die Interesse an Bekanntschaft heucheln, dabei aber so unverhohlen das Gebäck ins Auge fassen, dass dessen Besitzerin sich geschlagen gibt und halbherzig auch diese Runde auffordert, sich zu bedienen. Sofort greifen alle zu, und die Kekse sind im Nu verschwunden. Natürlich wagt jetzt keiner, sich gleich wieder zu entfernen. Um einen Schein von Anstand zu wahren, werden Stühle geholt, man rückt eng um den Tisch, und es beginnt diese Art plätschernder, nichtssagender Gespräche, die Hero so besonders hasst.

Unter dem Vorwand, nach seiner Frau sehen zu müssen, steht er auf, zwängt sich an den Sitzenden vorbei und steigt auf das obere Deck.

Erstaunt sieht er, dass sie sich schon einige Meilen vom Hafen entfernt haben, und genießt die leichte Brise, die nur vom Fahrtwind herrührt, denn die Luft unter dem wolkenlosen Himmel scheint ohne Bewegung.

Er entdeckt Agnes inmitten einer Gruppe lärmender Menschen, deren Mittelpunkt Cleo ist, die gerade zu aller Überraschung begonnen hat, Ultraschallaufnahmen der letzten Vorsorgeuntersuchung herumzureichen.

»Ist es nicht ein großartiges Baby! Schaut mal, diese Fingerchen und hier – sein Pimmel!« Sie kichert und wird sogleich von kreischendem Gelächter übertönt.

Befremdet wendet Hero sich ab, geht ans andere Ende des Decks und schaut in die Ferne. Gleißendes Licht. Der Himmel auf einmal weiß. Ein kranker Mann sieht andere Farben, denkt er und senkt den Kopf, fährt sich mit der Hand kurz über die geschlossenen Augen. Dann lehnt er sich mit dem Rücken an die Reling und wirft noch einmal einen Blick auf die Gruppe um Johannes und Cleo. Das strotzende, unerschütterliche Leben. Alles ist lustig. Nur er nicht. Er sieht harte Zeiten voraus und hat immer wieder versucht, ihnen die Augen zu öffnen, sie zu warnen. Zuletzt in der Rede an seinem Geburtstag. Aber sie glauben ihm nicht. *Homo homini lupus.* Der Mensch, der dem anderen zum Wolf wird, das Wissen darum gehörte zu seiner Zeit noch zur Allgemeinbildung. Jetzt lernen sie ja kein Latein mehr und nichts von der Geschichte. Das Römische Reich, damals sein Spezialgebiet, vor allem der Untergang und wie es dazu kam. Man kann so vieles auf heute übertragen. Aber sie lachen über ihn. Nicht offen, aber er weiß es. Auch Agnes findet seinen *missionarischen Eifer*, wie sie es nennt, übertrieben. Als ob er ein Vergnügen daran hätte, schwarzzusehen. Er will sie doch nur beschützen, seine Familie. Will sie wappnen und ihnen sagen, dass es keinen anderen Schutz gibt als eben den Zusammenhalt der Sippe. Trotz allem. Freunde kommen und gehen, und wenn es einem schlecht geht, gehen sie schneller. Sie sind ja zu nichts verpflichtet. Und auf den Staat kann man sich erst recht nicht verlassen. Das wollte er ihnen sagen. Auch die Politiker sind zu Wölfen geworden, die alles fressen, die nur ihre eigenen Interessen verfolgen. Macht, Geld, Eitelkeit. Als ob davon etwas bleiben würde. Wovon bleibt etwas?

Hero dreht sich um, beugt sich über die Reling und schaut ins Wasser. Seine Gedanken verschwimmen und lösen sich in der Ferne auf wie die Gischtspur, die von der Schiffsschraube ins Wasser gerührt wird.

Später, als das Schiff wieder Kurs auf den Hafen nimmt, beschließt er, sich das Abendessen und den Rest zu ersparen. Er wird sich sofort nach diesem Ausflug in sein Zimmer zurückziehen und sich – trotz seines Hungers – ins Bett legen. Eine Hochzeit ist ein Familienfest. Das auf alle Fälle. Aber das hier ist nicht sein Fall. Er ist krank, und er fühlt sich alt. Auch Tolstoi war in dieser Lage in seiner eigenen Familie unglücklich. Einsam, so einsam, dass er sein Anwesen fluchtartig verließ, um in einer weit entfernten Bahnstation zu sterben, wie ein Landstreicher.

Was die anderen von ihm denken, ist ihm nicht mehr wichtig.

Tatsächlich verbringt er den Abend zurückgezogen in seinem Bett. Er hat keine große Erklärung abgegeben, muss er als kranker Mann auch nicht. Agnes ist besorgt, will immer wieder nach ihm schauen, aber er kann ihr glaubhaft versichern, dass er bald schlafen wird. Sie ist so aufgekratzt, dass sie das gerne glaubt und nach unten zu den anderen geht.

Nur seine Festrede ist jetzt unter den Tisch gefallen, das tut ihm leid. Aber er wird sie Johannes schriftlich zukommen lassen. So hat er dann was für später.

Hero nimmt sein Buch vom Nachttisch, liest und trinkt sich langsam mit einem guten trockenen Rotwein, den er sich, unter dem missbilligenden Blick von Agnes, auf das Zimmer bestellt hat, in den Schlaf.

Unten, in der feierlichen Runde, ruft Tina über den Tisch: »Sei froh, Johannes, bei deinem Lebensstil und seiner Vorliebe für Tischreden hätte er sicher eine abendfüllende Mahnrede gehalten!«

# 7

Ich wurde vor einem zerbrochenen Spiegel geboren. Das erste, was ich von mir sah und was für den Rest meines Lebens blieb, war ein tausendfach zersplitterter Mensch. Deshalb muss ich so viele Umwege machen, muss Gedanken aufschreiben, um den Faden nicht zu verlieren. Und um den Anfang des Knäuels zu finden.

Auf dem Weg nach Hause. Wie schnell das Meer verschwindet. Und alles Gute mit ihm. In diesem Zug ist die Klimaanlage zu stark eingestellt. Wir sitzen wie in einem Kühlschrank. Die Tür ist aus Glas, und draußen rast grüne, zunehmend bergige Landschaft vorbei.

Ich brauche meine ganze Energie, um nicht auseinanderzufallen, um als vollständige Person, eine mit verschiedenen Seiten, zu erscheinen. Nicht als Splitter. Ken soll alle diese Seiten sehen, die aber zusammengehören, nicht nur die Ethnologin, Landschaftsarchitektin, die Alleinlebende, nicht nur die *Frau seiner Träume.* Hat er am Telefon gesagt. Na ja, Träume. Ich habe auch meine. Von einem schwarzen Mann, mit dem ich schlafe. Und vor dem ich gleichzeitig wegrennen möchte. *Wer hat Angst vorm schwarzen Mann? Niemand! Wenn er aber kommt? Dann rennen wir davon!* Kinderspiel. Aber er ist schon da, und ich werde nicht wegrennen. Ich habe ihn angerufen. Vom Ausland aus. Das sagt doch alles. Vielleicht kann ich meine Pläne miteinander verbinden. Ich werde ihn Klara vorstellen und auch Hero. Aber erst, nachdem ich meine Vorstellung von ihm überprüft habe. Wenn es nur eine kurze Affäre wird, braucht niemand davon zu wissen. Schon gar nicht die Familie. Außer Klara glauben alle, dass ich noch mit Wolf zusammen bin. Mein eheähnliches Verhältnis. Jetzt, wo sie sich damit abgefunden haben, ist es zu Ende. Wolf Geyer. Nomen est omen. War omen. Hat sich wie ein Geier auf mich gestürzt und mich gefressen wie ein Wolf. Am Anfang haben wir darüber gelacht. Jetzt kann er woanders jagen.

Mein Gesicht im Fenster. Vor schwarzem Hintergrund hier im Tunnel. Wie auf meinem Bildschirm, wenn er noch nicht hochgefahren ist. Oder schon längst wieder dunkel ist und ich immer noch davorsitze. Helles Oval. Unten ziemlich spitz. Die Haare verschwinden. Sind schwarz wie das Fenster vor mir. Das Gesicht wie eine Maske im Spiegel.

Bei Licht sehe ich besser aus. Sagen wir, bei Sonnenlicht. Neonlicht macht mich grün und aufgedunsen. Wie eine Qualle. Kann ich jetzt nicht gebrauchen. Aber in Zügen haben sie immer dieses Licht. Als ob die Bahn das mit Absicht machen würde: alle hässlich aussehen lassen.

Ich habe immer geglaubt, dass ich ein Findelkind bin. Wegen der schwarzen Haare. Als Einzige. Und weil ich immer draußen war, außerhalb von allem, was in der Familie stattfand. Kuchenbacken. Tina darf mithelfen. Nele mag das sowieso nicht. Geh mal und räum euer Zimmer auf. Oder vor dem Abendessen: *Wasch dir die Hände, du Zigeunerkind. Wie siehst du denn wieder aus.* Genau. Ich war Roma oder Sinti, und meine Mutter hatte auch schwarze glatte Haare, nicht dieses kastanienrote Gefieder von Agnes. Und meine Mutter hatte nur mich. Und ich war im Krieg verloren gegangen oder ihr weggenommen worden. Aber sie würde mich finden.

Nur dass ich im Krieg noch gar nicht auf der Welt war. Also musste ich lange warten.

Und eines Tages war es zu spät. Ich las auf dem Antrag für meinen Ausweis, dass ich das leibliche Kind von Herwig Anton Wieland und Agnes Margaretha Wieland, geborene Hut, war. Natürlich konnte ich niemandem etwas sagen. Nur krank werden, hohes Fieber, zwei Wochen lang, ohne Grund.

Aber Ken werde ich es erzählen. Er soll wissen, mit wem er sich einlässt. Vielleicht versteht er. Wie ticken Afrikaner? Nigerianer? Was weiß ich. Auch Wolf weiß es nicht, obwohl Zentralafrika sein Schwerpunkt ist. Natürlich habe ich mich im Internet informiert, geht ja einfach. So über Äußeres, Politik, Kultur, Religion. Aber über die Seele erfährt man nichts. Was denkt Ken von einer Frau, die ihm gleich bei einem der ersten Gespräche erklärt hat, dass sie gerne alleine lebt, dass sie nicht heiraten will. Er, der mit einer gewissen Bukola verheiratet war, tatsächlich, bis der Tod sie schied. Die zwei Kinder, die er von ihr hat, leben wieder in Nigeria. Bei den Eltern seiner Frau.

Sein Schwiegervater bestand darauf. Ein Patriarch. Die Familie muss zusammenbleiben. Kenn ich doch, hier spricht Hero. Von Anfang an war dieser Vater dagegen, dass seine Tochter nach Europa ging. Obwohl Ken in England, wo er Jura studiert hat, bereits als Anwalt tätig war. Und dann stirbt sie da. Bei einem Autounfall. Hätte ihr in Lagos schon Jahre früher passieren können, sagt Ken. Die Verkehrsverhältnisse sind katastrophal. Und dort hätte er sie nicht einmal von der Straße holen dürfen. Fußgänger müssen an vielen Stellen Überführungen benutzen. Die das nicht tun, sondern direkt über die Straße laufen und dabei überfahren werden, machen sich strafbar, deshalb bleiben sie liegen. Es sei denn, die Angehörigen bezahlen.

Er will nicht zurück. Auch wenn Port Harcourt natürlich nicht mit Lagos zu vergleichen ist. Aber trotzdem.

Obwohl jetzt schon das Heimweh nach dem Meer brennt, will ich schnell ankommen. Es wartet so vieles.

## 8

Mehr Glück gibt es nicht, denkt er. Wie um den Abschied zu vergolden, hat das Licht sich genau über den Tisch gelegt, an dem er mit Agnes sitzt. Sie frühstücken im Freien, um sie herum ist aufgeregtes Durcheinander. Die Koffer und Taschen liegen gepackt neben der Rezeption. Ich habe keine Schmerzen, denkt er weiter, und vielleicht ist mit der Operation ja alles ausgestanden. Und dann komme ich mit Agnes noch einmal hierher zurück. Als Erinnerung. Sie scheint zum ersten Mal glücklich zu sein am Meer. Wir werden früh aufstehen und alleine hier durch die Gegend wandern. Gottlob sind wir beide noch so – gesund. Ja, ich werde wieder. Wir werden noch schöne Jahre miteinander haben. Er nimmt sich noch eine Scheibe Weißbrot und lässt Honig darauf fließen. Dabei hält er den Löffel so gegen das Licht, dass der dünne Faden in der Sonne wie Bernstein aufleuchtet.

Agnes betrachtet ihn wehmütig, wie er so in sein Spiel versunken vor ihr sitzt. Für sie hat er in diesem Moment zum ersten Mal die Aura eines Verlorenen. Und als er sie anlächelt, muss sie beinahe weinen. »Es ist so schön hier«, sagt sie und hat damit alles erklärt.

»Wir sollen uns noch einmal für ein Familienbild da drüben hinstellen, vor den Hoteleingang.« Walter ist verlegen, da er spürt, dass er stört. Aber es war der Wunsch von Cleos Vater, und alle waren nicht nur einverstanden, sondern begeistert von der Idee, hier verewigt zu sein. Die Hochzeit der Tochter in Großformat. Am besten in der Eingangshalle. Oder doch lieber im Speisesaal, da hat man mehr Muße zur Betrachtung. Statt der üblichen Hotelkunst – endlich einmal etwas Persönliches.

Hero ist milde gestimmt, und anstelle der erwarteten schroffen Ablehnung bekommt Walter den Auftrag, die anderen um etwas Geduld zu bitten. Er wolle nur noch zu Ende frühstücken, dann sei er zu allem bereit.

Agnes ist ebenso erleichtert wie Walter. Man weiß ja nie bei dem Alten, und die Feiglinge, Martha und Johannes, haben ihn vorgeschickt, als Ältesten. Jetzt hat er einen persönlichen Triumph. Er überbringt die gute Nachricht mit sichtlichem Genuss. Tina will sich unbedingt umziehen, ja, sie schlägt auch den anderen vor, doch noch einmal die feierlichen Kleider der Hochzeit zu tragen. »Das wäre wesentlich eindrucksvoller. So sind wir doch nur eine x-beliebige Reisegruppe.«

Die übrigen lehnen strikt ab. Die einen, weil sie zu faul sind, die mit Mühe geschlossenen, sich wölbenden Koffer noch einmal zu öffnen, die anderen, und zu ihnen gehört Cleo, weil sie ihre Kleider wirklich nicht mehr zeigen können, mit Rotweinflecken und Falten, die jeder Elefantenhaut zur Ehre gereichen würden. »Nein«, verkündet sie, »wir bleiben, wie wir sind. Das ist viel natürlicher.«

Tina schleicht sich davon. Wenigstens das Make-up auffrischen und eine andere Bluse anziehen, das darunter wird man ohnehin nicht sehen.

Natürlich wird das Foto dann nicht so, dass alle sich darauf gefallen. Die Vorbereitungen dauern einfach zu lange. Die Sonne scheint ihnen mitten ins Gesicht, und der Fotograf, der extra herbeigerufen wurde, schließlich will Cleos Vater selbst mit auf das Bild, muss immer wieder Einzelne umstellen. Es soll ja etwas Professionelles werden. Hero bereut seine Zusage und überlegt, ob er sich nicht davonmachen und lieber noch einmal pinkeln soll. Vor der Abreise.

Die Kinder werden nach vorne gezogen. Das Brautpaar in die Mitte. Nein, Johannes soll den Arm nicht um Cleo legen wie um Diebesgut, nur die Hand halten. Blumen. Hat jemand Blumen, vor Cleos Bauch? Etwas Langstieliges. Drinnen ist von der Hochzeit noch ein großes Bouquet mit Lilien. Olivia rennt. Es wird langsam heiß, und die Abfahrt zum Flughafen sollte man auch nicht mehr lange aufschieben. Alle bemühen sich redlich und lächeln, bis ihnen die Mundwinkel taub werden. Nur Hero kneift sämtliche Schließmuskeln zusammen und zählt die Sekunden.

»Jetzt könnte ein Sturm aufziehen und alle Flüge verhindern, und wir müssten dann leider, leider auf unbegrenzte Zeit hierbleiben.« Sehnsüchtig schaut Tina nach oben in den fast schmerzhaft blauen Himmel. Deshalb sieht man von ihr später vorwiegend Kinn und Nasenlöcher.

Hero schafft es, für alle Ewigkeit zu schauen. Als ob er daran denkt, dass dieses Bild von ihm bleiben wird. Ihn überdauern und alles, was ihm noch an Veränderung bevorsteht. Eines der Kinder in der ersten Reihe bewegt sich. Und zwar schnell. Später wird man von ihm nur einen hellen Wirbel sehen, der wie eine Windhose aus Scheuerpulver aufsteigt. Und auch die Dahinterstehenden mit einstäubt.

Auch jedes der anderen Bilder hat eine Macke, einmal streiten sich Kerstin und Olivia, ein anderes Mal fällt Philip, der dreijährige Sohn von Tina, gerade in dem Moment von der Bank, in dem der Fotograf auf den Auslöser drückt. Und die Kinder mit Zahnlücken grinsen in der ersten Reihe besonders ausdrucksstark. So wird Cleos Vater ein anderes Motiv wählen für seine Empfangshalle, einen Ausblick vom Hotel über das Meer.

Ohne Menschen. Nichtssagend und schön.

Die Zeit drängt nun wirklich. Der Bus fährt vor, das Gepäck haben die Bediensteten schon eingeladen. »Ihr könntet doch noch hierbleiben«, sagt Martha zu Johannes und Cleo.

»Nein, ich will, dass mein Baby in Deutschland zur Welt kommt«, sagt Cleo und steigt lachend als Erste ein.

Hero steht abseits und sieht aus, als wollte er auf einmal nicht mehr abreisen. Genau jetzt, wo er alles überstanden hat, das Formelle, die Familienfeier, denkt er, könnte er doch noch bleiben. Alleine. Er könnte nachkommen, später. Auch Tolstoi hatte wiederholte Male versucht, seiner Familie zu entkommen. Aber ohne Erfolg. Wie er. Agnes schiebt ihren Arm unter seinen und lächelt ihn an. »Gehen wir?«, fragt sie. Und er kann nicht Nein sagen.

Als der Bus in den Parkplatz des Flughafens einfährt, bemerkt Johannes sehr laut in das allgemeine Schweigen: »Was sehr dumm wäre, wenn das Flugzeug abstürzt. Dann wäre mit einem Schlag die ganze Familie Wieland ausgelöscht. Scheiße, was.«

Es wird nicht abstürzen, denkt Hero. Und wenn, für mich wäre es vielleicht eine Abkürzung.

Und Nele ist ja nicht dabei. Eine würde übrig bleiben.

# ZURÜCK

# 1

Wie gut, dass alle wissen, wer er ist – ein Schwarzer. »Neger« darf man nicht mehr sagen, aber denken. »Nigger« sogar. Und die sind hinter Frauen her, immer und überall, das weiß man einfach. Martin Luther King, Wole Soyinka, sogar Ken Saro Wiwa, sein Namensbruder, um den er immer noch weint. Alle Helden, und alle immer mit Frauen. Mehrzahl. Und nicht nur den eigenen. Zu Hause haben sie eine Ehefrau, die Helden und Heiligen, und im Ausland gehen sie in den Puff. Oder suchen sich eine Liebschaft, das ist so bei Negern, ja, diese Potenz. Ein Synonym für Untreue, eines, das er im Sprachkurs allerdings nicht gelernt hat.

Nein, er, Ken, ist auch nicht treu, nicht mehr, seit Bukola tot ist, seine Frau. Aber er verspricht auch keiner was.

Mit langen Schritten geht er die Bahnsteigkante entlang, ein großer schmaler Mann mit kräftigen Schultern. Er hält sich an die weiße Markierung, in seine Gedanken verstrickt, die ein etwas wirres Muster ergeben, und hebt seine Augen nur kurz, um die anderen Reisenden zu orten. Die Leute glotzen. In Neuburg gibt es nicht viele Schwarze. In London hat sich keiner nach ihm umgedreht. Ein kleiner Junge an der Hand seiner Mama kriegt den Mund gar nicht mehr zu. Ken lächelt ihn an, obwohl er weiß, dass das nichts bringt. Der Kleine zieht am Arm seiner Mama, als wolle er hinaufklettern. Aber immerhin sie lächelt ihn an. Schämt sich wohl für ihr ängstliches Früchtchen.

Oft sind es die Älteren, die misstrauisch sind, das ist seine Erfahrung. Aber es gibt auch die mit der ungestillten und unstillbaren Sehnsucht in den Augen. Egal, wie alt. Nach etwas, das sie selbst wohl gar nicht genau benennen können.

Diese Klischees, denkt er. Das mythische Afrika, der Ursprung von allem. Und, hat ihnen das etwas genützt, sind sie wer, auf die man hört, geben sie vielleicht die Richtung an? Nein, Afrikaner sind nur die Garnierung, denkt er wütend. Das Bunte, das allen fehlt. Die Retter der Gelangweilten, der Fantasielosen, der lebenden Toten.

Was Afrikaner heute sind, haben sie trotz allem erreicht, nicht wegen allem. Trotz dieses Reichtums an Dingen, die alle Welt haben will, Ölquellen, Bodenschätze, seltene Erden und auch die Rituale, Gesänge, die Musik. Natürlich weckt das Begehrlichkeiten. Ken kickt mit dem Fuß gegen eine herumliegende Coladose, zwei-, dreimal, bis sie hinunter ins Gleisbett fällt. Vor allem bei den Mächtigen im Ausland und den Korrupten in fast allen afrikanischen Regierungen. Die verhandeln dann miteinander. Über Dinge, die ihnen nicht gehören. Wer dagegen protestiert, sich wehrt, wird umgebracht, wie Ken Saro Wiwa und Barinem Kiobel, Paul Levura und Daniel Gbokoo. Ken hat auf einmal einen bitteren Geschmack im Mund, er schluckt. Er hat sich verrannt, in ein trostloses Gebiet, das ihn immer wieder verzweifeln lässt. Nein, er will nicht mehr zurück, es ist aussichtslos, und er ist kein Märtyrer, will keiner sein. Und er ist schon zu lange weg. Man würde ihn nicht dulden, geschweige denn anerkennen. Als Rechtsanwalt aus dem Ausland wäre er eine Störung oder sogar Bedrohung. Und als Mitarbeiter von Human Rights Watch doppelt. Nein, er will hierbleiben, jetzt erst recht.

Der Regionalzug kommt, spuckt einzelne Reisende aus, die sofort wie lichtscheue Wesen in der Unterführung verschwinden. Der Kleine mit seiner Mama steigt ein. Jetzt, auf ihrem Arm in Sicherheit, dreht er sich nach dem schwarzen Mann um und winkt. Ernst.

Ken winkt mit kleiner Geste zurück. Der Zug saugt fast alle Wartenden ein und fährt ab. Ken nimmt seine Wanderung wieder auf, die er während des Zughaltes und der damit verbundenen Unruhe auf dem Bahnsteig unterbrochen hat, und gerät sofort wieder in seine Gedankenspirale. Die Wege sind hundertfach begangen, ausgetreten führen sie immer wieder in der gleichen Spur direkt ins Zentrum. Er hört oder liest also *Afrika* und denkt, es gehe um ihn. Und dann kommt er doch nicht vor. Denn das Afrika, das einheitliche, gibt es nicht. Er ist aus Nigeria. Und nicht aus den Slums von Lagos, sondern aus Port Harcourt, aus einer privilegierten Familie. Sein Vater war Rechtsanwalt, der damals schon in Europa studiert hat und nicht mehr lebt, er hatte eine einzige Ehefrau, seine Mutter, die auch schon tot ist, vier Kinder, ihn, Ken, und seine drei Geschwister. Ken erinnert, listet auf, als ob er sich in Kürze jemandem von einer familientherapeutischen Einrichtung vorstellen müsste. Nur eines der Geschwister war früh gestorben. Ein Geisterkind. Kam zwei Jahre später wieder. Um dann noch mal zu sterben. Und dann noch mal, endgültig. Vielleicht sein Versuch, dem Leben mit dieser Familie zu entrinnen. Aber so übel war das doch nicht, und es hätte auch andere Möglichkeiten gegeben. Zum Beispiel ins Ausland zu gehen, so wie er, Ken.

Das mit den Geisterkindern versteht man hier nicht. Zombies und Untote sind etwas anderes, Kens Kollegen schauen immer wieder diese Filme und sehen einen Zusammenhang, aber Geisterkinder fressen niemanden. Ken mischt sich in Gespräche darüber nie ein, auch wenn sie ihn manchmal drängen, die Kollegen.

Aber sie bräuchte ihn nicht zu drängen, diese kleine Frau mit der stacheligen Seele, auf die er so ungeduldig wartet. Ihr möchte er sich erklären, sich verständlich machen. Sie hat etwas. Sie redet, als müsse sie in einem Wettbewerb in Rekordzeit ihr Leben darstellen. Mit allen Haupt- und Nebenfiguren, die zufällig alle zu ihrer Familie gehören. Und sie redet von außerhalb, so, als würde sie nicht dazugehören. Ihre Familie scheint ihr nicht zu gefallen. Bis auf diese Klara, eine Tante, die jetzt, nach dem Tod ihrer alten Mutter, alleine lebt. Wegen der war das letzte Treffen in Neuburg sehr kurz, zu kurz. Verdammt, zum ersten Mal hatte er sie ganz für sich, außerhalb des Zuges, eine richtige Verabredung, und dann wurde es nur ein Kaffee am Bahnhof. Interruptus. Hat ihn geärgert, Frau Cornelia Wieland, genannt Nele. Der Abschied von dieser Klara war für sie wohl wichtiger als er.

Wäre jetzt vielleicht anders. Sie hat ihn angerufen, von Italien, wollte wissen, ob er am Montag im Zug sein würde, wenn ihre Arbeit wieder anfängt. Ken lacht in sich hinein. Und ob. Mit einem Satz, leicht und fast ohne es zu merken, ist er aus der Spirale seiner Gedanken über Afrika im Allgemeinen und Besonderen in seine eigene Rolle gesprungen, ist heiter und voller Erwartung.

Sie wird Augen machen. Diese blaugrünen Augen, wie Wasser ganz früh am Morgen, oder wie die Minze im Schatten auf seinem

Balkon. Sie bleiben groß, auch wenn sie lacht. Sie interessiert sich für ihn, das steht fest. Und sicher nicht wegen Sex mit einem Neger, oder sicher nicht nur. So ein Typ Frau ist sie nicht. Auch nicht als Ethnologin. Aber bestimmt hat sie schon stundenlang über Nigeria im Internet recherchiert und gehofft, etwas über ihn zu finden. Er hat keine Ahnung, was sie von ihm denkt, aber er glaubt, dass sie ihn will. Auf irgendeine, ihm nicht erklärbare Weise. Natürlich kann er keine falschen Erwartungen und keine Missverständnisse aus dem Weg räumen. Sie müssten nur genug Zeit miteinander haben, dann würde man sehen.

Verdammt, sie sollte schon da sein, denkt er und holt tief Luft.

# 2

Und dann kommt sie. Der Zug hat nur ein paar Minuten Verspätung, und das ist gut so, denn Ken war schwindelig vom vielen Auf und Ab.

Sie hat am Telefon ihre Ankunftszeit erwähnt. Sie hat geträumt, gehofft, aber jetzt ist sie doch überrascht, dass Ken sie abholt, und ist vor Freude ganz durcheinander und aufgeregt. Er sieht frisch aus mit dem hellen kurzärmeligen Sommerhemd auf der dunklen Haut und den kurz rasierten Haaren. Und er strahlt über das ganze Gesicht. Dann umarmt er sie und überspringt damit etwas, das Fremde, die Distanz, die vor ihrer Abreise noch da war. Springt in etwas, das es nur in ihrer Fantasie, in ihren Tagträumen gegeben hat, da allerdings immer und immer wieder. Sie haben sich erst beim letzten Treffen das Du angeboten, und jetzt tut er so, als gehörten sie zusammen, seien bereits ein Paar.

Er trägt ihren Koffer zum Parkplatz. »Ich wusste gar nicht, dass du ein Auto hast«, sagt sie. Er lacht. »Ich brauche es nur selten, und wenn, dann siehst du mich ja nicht. Du weißt doch selbst, im Zug kann ich die Zeit zum Arbeiten nutzen. Das heißt, *könnte* ich, wenn ich nicht die ganze Fahrt über mit einer gewissen Lady reden würde.«

Sie fahren zu Nele nach Hause. Sie leitet ihn. Je näher sie kommen, umso mehr sieht sie das Gewohnte mit neuen Augen, mit seinen. Nimmt Details wahr, die zwar schon immer da, ihr jedoch nie aufgefallen waren, Graffiti an Mülltonnenhäuschen, ein fehlendes Stück Kante am Bürgersteig, die herumstreunenden Katzen, viele Bäume. Sie biegen in eine kleine Nebenstraße ein, ruhig, mit gut erhaltenen Patrizierhäusern. Die Linden duften immer noch, obwohl die Zeit der Blüte schon vorbei ist. Wie selbstverständlich trägt er ihr Gepäck nach oben in ihre Wohnung. Und bleibt. Es sieht aus wie in einer Ferienwohnung kurz vor der Vermietung. Aufgeräumt, leer, in der Küche ein abgetauter offener Kühlschrank. Und so riecht es auch. Nach Abwesenheit. Nele bittet Ken ins Wohnzimmer und öffnet die Balkontür, um die warme Sommerluft hereinzulassen.

Es ist noch strahlend schön draußen, und Nele, auf einmal etwas verlegen, schlägt vor, etwas einzukaufen und später auf dem Balkon zu essen. Sie gehen also wieder hinunter, gehen zu Fuß von einem kleinen Laden zum nächsten, ja, sie wohnt in einer sehr schönen, man kann sagen romantischen Gegend, sie sieht, wie Ken alles aufsaugt und prüft und hat das Gefühl, dass es ihm gefällt. Sie kaufen da und dort diverse, überwiegend mediterrane Köstlichkeiten, ein Stangenweißbrot, viel Obst. Alles wie selbstverständlich, wie vertraut und oft geprobt. Und dabei halten sie beide innerlich die Luft an.

Später, auf dem Balkon vor der Küche sitzen sie dann vor Tomaten und Mozzarella mit Basilikum, Rosmarinschinken, Artischocken, Oliven und italienischem Rotwein. Alles gemeinsam hergerichtet. Und da, noch bevor er zu essen beginnt, nimmt Ken ihre Hand. Jetzt kommt das Tischgebet, denkt sie. Aber er sagt: »Ich habe kaum erwarten können, dass du zurückkommst. Und auf einmal bist du da, und ich ...«, er lächelt verlegen und streicht ihr sorgfältig, wie wenn er etwas glattstreichen wollte, über die Hand, »... ich kenne dich ja gar nicht.« Er zögert.

Er hat die gleichen unpassenden Fantasien wie ich, denkt Nele.

»Vielleicht können wir das ändern«, sagt sie. »Ich habe mir vorgenommen, neu anzufangen«, fügt sie noch hinzu, als Erklärung. Als sie sieht, dass er nicht versteht, versucht sie es direkt. »Willst du hierbleiben?«

Er schaut sie an, als ob er darüber nachdenken müsse. »Solltest du dich nicht zuerst bei deiner Familie ...?«

»Ich habe niemandem gesagt, wann ich genau zurückkomme, es reicht, wenn ich mich morgen melde.«

Ken sieht auf einmal aus wie jemand, der sein Glück nicht glauben kann oder nicht mehr weiß, wie Glück aussieht. Und wäre er nicht so dunkel, würde man vielleicht sehen, dass er rot geworden ist. Was Nele aber sieht, ist die Ader, die ihm über der Schläfe anschwillt. Sie ist noch in die Betrachtung des gewundenen, schlangengleichen Ornaments auf der dunklen Haut versunken, da sagt er: »Du bist schön.«

Nele schluckt. Dann lächelt sie, verlegen. Sie essen, genießen, ohne noch viel zu reden, fast vorsichtig und äußerlich ganz auf die Köstlichkeiten konzentriert.

»Du kannst dich hier ein bisschen umsehen, während ich meine Sachen auspacke und mich dusche, oder du kannst lesen …«, sagt Nele, nachdem sie den Tisch abgeräumt haben, zeigt mit einladender Bewegung auf ihre Bücherregale und steht auf.

Und schon in ihrem Zimmer, ruft sie: »Wenn du willst, können wir nachher noch ein bisschen spazieren gehen. Nach der langen Reise …« Wieder ganz unverfänglich, beiläufig. Als sei das, was sie da gerade macht und vorhat, das Allernormalste der Welt, ihr tägliches Geschäft, fremde Männer mit in ihre Wohnung zu nehmen. Über Nacht.

Ken steht vor dem Bücherregal, die Hüfte vorgeschoben, den Kopf schräg gelegt, liest Buchtitel und antwortet Unverständliches.

Da ist sie schon unter der Dusche. Sie prustet und dreht den Hebel immer weiter nach rechts, bis das Wasser eiskalt auf sie niederprasselt. Nein, sie wird keinen Rückzieher machen. Sie trocknet sich ab, rubbelt sich energisch mit dem Handtuch den Kopf und cremt sorgfältig ihre sonnengebräunte Haut ein. Sie hat Lust auf ihn, und nach dem zu urteilen, was sie bei der Umarmung vorhin gespürt hat, er wohl auch auf sie, und trotzdem hat sie Zweifel. Sie wirft einen kritischen Blick in den Spiegel. Hat im Süden wohl etwas abgenommen, ihr Körper ist straff, die Brüste vielleicht ein bisschen zu klein …

Sie zieht sich frische Wäsche an, helle Leinenhose und ein dunkelblaues Trägerhemd darüber, bürstet sich die noch feuchten Haare und öffnet die Tür.

Ihr gegenüber steht ein nackter schwarzer Mann.

Sie weicht zurück. Mehr innerlich als räumlich, und so kann Ken es nicht sehen. Er umarmt sie und merkt jetzt doch etwas. »Wenn du nicht willst, machen wir es nicht.«

»Nein, doch, es ist nur … so schnell jetzt.« Sie zögert.

»Hast du Angst, dass der böse fremde Mann dich frisst?« Er drückt sie langsam an sich. »Lass dich fallen, vertrau mir einfach.«

Sie schaut zweifelnd, dann gibt sie sich einen Ruck und nickt.

Das Liebesspiel kann sie nicht genießen, einfach, weil sie viel zu aufgeregt ist und in ihrem Kopf alles durcheinanderstrudelt. Aber sie findet ihn angenehm, er riecht gut, und das reicht erst einmal.

Als sie die Augen öffnet, liegt sein Kopf an ihrer Schulter, das Gesicht ihr zugewandt. Er hat die Augen geschlossen und lächelt.

»Du bist ein kleines Mädchen.« Er schaut sie an und lacht.

Sie weiß nicht, was das bedeuten soll, hört Spott und schüttelt den Kopf.

»Doch, doch, so eng und so leicht!« Er dreht sich mit Schwung auf den Rücken und zieht sie dabei auf seinen Bauch. »Du schläfst nicht oft mit Männern.«

Da ist es wieder, eine von diesen Feststellungen, die ihn so überlegen machen – und sie so klein. Sie erinnert sich an diese eine Zugfahrt, wie sie auf seine Bemerkung hin, dass sie sicher nicht verheiratet sei, völlig die Fassung verloren hat. Jetzt schämt sie sich in ihrer Nacktheit auf diesem Mann, der es offensichtlich darauf anlegt, sie bloßzustellen. Und der sie so durchdringend ansieht, dass sie sich fühlt, als sei sie aus Glas und er könne jeden Winkel in ihr ausleuchten. Sie muss sich wehren. »Was geht dich das an?«, fragt sie wütend und stützt sich mit den Armen hoch. »Ich habe mich vor einem halben Jahr von meinem Freund getrennt, und seitdem habe ich mit niemandem geschlafen, wenn du es genau wissen willst. Und bisher habe ich das weder bereut noch als Manko empfunden!« Sie stemmt sich gegen ihn und versucht, sich von ihm wegzudrücken.

Aber er umarmt sie und presst sie fest an sich.

»Ich lasse dich nicht«, er stöhnt, weil er seine ganze Kraft braucht, um zu verhindern, dass Nele sich ihm entwindet. »Bitte, warte, ich wollte nicht …«

Das Flehende in seiner Stimme lässt sie aufhorchen. Sie ergibt sich und lässt zu, dass er ihren Kopf an seine Brust drückt und streichelt.

»Ich bin ein dummer Mann«, hört sie ihn sagen, sie rührt sich nicht, liegt gekrümmt wie ein verletzter Vogel, kann ihn nicht sehen, aber spürt das Zittern in seiner Stimme, die direkt aus dem Brustkorb zu kommen scheint, tief und wohltuend warm. »Ich habe selbst Angst gehabt, … dass du vielleicht jeden Tag mit jemandem schläfst, in Italien … – und jetzt war ich so froh, so überschwänglich, weil du dich anfühlst wie ein ganz junges Mädchen, obwohl du doch schon eine ältere Frau bist …«

»Na, das geht jetzt zu weit!« Nele muss lachen, sie japst nach Luft und knufft ihn in die Rippen. Versöhnt. »Wie alt bist du eigentlich?«

Ken seufzt. »Zweiundvierzig und sehr eifersüchtig.«

»Aha. Und – schläfst du oft mit Frauen?«

»Jetzt nicht mehr. Und – ich habe einen Test machen lassen. Für dich.«

»HIV?«

»Ja. Alles ist in Ordnung.«

»Hast du schon mit vielen weißen Frauen geschlafen? Du musst nicht antworten.«

»Doch. Ich habe mit vielen geschlafen, bis jetzt! Aber nie mit einer braungebrannten mit weißem Nacktbikini.« Er fährt lächelnd mit dem Finger die Linien der scharf abgegrenzten Flächen auf ihrem Körper entlang. »Und nie mit einer, auf die ich so lange gewartet habe.« Er deckt sie zu, bis zu den Schultern, obwohl es wirklich nicht kalt ist, wie um sicherzustellen, dass sie nicht aufstehen und weggehen wird.

Sie schmiegt sich an ihn. »Gut, ab jetzt reden wir nicht mehr über Vergangenes. Einverstanden?«

»Du wirst bestimmt als Erste fragen«, sagt er lachend. Nach einer kurzen Pause fügt er hinzu: »Und ich werde dir antworten.«

»Kennen wir uns jetzt schon besser?«, fragt er, nachdem sie sich ein zweites Mal geliebt haben und gemeinsam unter der Dusche stehen.

Nele mustert ihn nachdenklich. »Ich glaube schon«, sagt sie ernst.

Sie gehen noch einmal hinaus in die warme Sommernacht, um einen Spaziergang zu machen und irgendwo noch etwas zu trinken. Doch schon bald zieht es sie wieder in die Wohnung zurück. Neuburg ist nicht New York oder Berlin, und Nele hat Angst, irgendeinen Bekannten zu treffen und womöglich etwas von der kostbaren Zeit mit Ken zu verlieren. Und auch er will Nele lieber alleine für sich.

Spät in der Nacht reißt das Klingeln des Telefons sie aus dem Schlaf. Nele hebt nicht ab. »Ich bin doch noch gar nicht da«, flüstert sie, leise, als ob jemand sie durch das Telefon hören könnte.

Nach etwa einer halben Stunde klingelt es erneut. Und dann in kürzeren Abständen immer wieder.

»Jemand weiß, dass du da bist. Nimm ab.« Ken klingt misstrauisch.

Nele überlegt kurz, richtet sich auf und zieht das Telefon zu sich.

Es ist Wolf. Wie peinlich, ausgerechnet jetzt. Ja, er hat sie zusammen in der Stadt gesehen, daher weiß er, dass sie wieder zurück ist. Und er hat keine gute Nachricht.

# 3

Was denkt jemand, der sich das Leben nimmt? Denkt er an andere? Was denkt er, wenn er es plant, und dann ganz am Schluss, was denkt er als Letztes?

Sie muss es geplant haben. Obwohl sie die Tabletten sicher noch von Josepha im Haus hatte. Aber Klara ist kein Mensch, nein, *war* kein Mensch von Kurzschlusshandlungen. Vielleicht hat sie es schon gewusst, als ich bei ihr war. Vielleicht hat sie deshalb so darauf gedrängt, dass ich vor meiner Reise noch bei ihr vorbeikomme. Der Abschied also für immer.

Warum hat sie mit mir Witze über Wolf gemacht, *den alten bösen Wolf,* wenn doch irgendetwas sie selbst zu verschlingen drohte. Sie muss es doch schon gemerkt haben. Verdammt, warum hat sie denn nichts gesagt. Spricht mit mir über Josephas Erbe und warum ich mehr bekomme als die anderen, zum ersten Mal in meinem Leben soll ich mehr bekommen, und sie erklärt mir, warum. Dabei hat Josepha mir doch alles geschrieben, einen langen Brief, Jahre vor ihrem Tod, aber *erst danach zu übergeben.* Und Klara, die Gehorsame, hält sich natürlich daran. Ich habe jetzt also schwarz auf weiß, dass ich wenige Wochen nach meiner Geburt zu ihnen gebracht wurde. Und so ihr Kind war, für eine Weile. Angeblich, weil Agnes nach zwei Fehlgeburten und der Schwangerschaft mit mir zu schwach war, um mich bei sich zu behalten.

Und Klara redet darüber voller Verständnis. Ja, sie versteht alles und erklärt alles, auch diese ganze Scheiße, dass sie und Josepha mir nichts davon erzählen sollten. Sie hat sogar eine Erklärung dafür, eine nahezu psychologische. Macht sich zur Verteidigerin von Agnes. Sie war eben eine so perfekte Mutter, immer mit den höchsten Ansprüchen an sich, und daher konnte sie sich diese Schwäche nicht eingestehen.

Klara, die Gute. Für jeden eine Entschuldigung. Und jetzt, meine Liebe? Was hast du für dich als Verteidigung? Mag ja sein, dass du oft allein warst nach Josephas Tod. Und vielleicht war es ein Fehler, dass

Walter dir die Grabpflege, deine einzige wichtige Aufgabe, abgenommen hat, aber er wollte das doch nur zu deiner Erleichterung und ein bisschen auch Josepha zuliebe. Als späte Wiedergutmachung wegen der Wollunterhosen, die sie ihm immer gestrickt und die er heimlich zerschnitten hat. Weil sie ihn ausgelacht haben in der Schule und weil sie gekratzt haben wie blöd. Und du hast noch so gelacht, als er das bei der Beerdigung erzählt hat.

Nein, es gibt keinen Grund und keine Entschuldigung. Das kann man einfach nicht machen, Tabletten nehmen, mit dem Bus hinausfahren, ein Ausflug sozusagen, in ein Waldstück weit außerhalb von Neuburg. Eine vor der Endstation, hat der Busfahrer ausgesagt, bist du ausgestiegen, er hat dein Bild in der Zeitung erkannt und sich bei der Polizei gemeldet. Sich dort dann auf eine Bank setzen, mit Sitzpolster, sogar daran hast du gedacht, damit du nicht umfällst, wenn es so weit ist, und da sterben. Absichtlich. Und ganz allein. Mit einem Schild auf dem Schoß, dass man dich in Ruhe lassen soll.

Das kannst du nie mehr gutmachen. Alle sind sauer auf dich. Verdammt, es ist groß in der Zeitung gestanden, mit Interview des Ehepaars, das dich gefunden hat. Auch wenn du Melzer geheißen hast, ist es der Name Wieland, den du in den Dreck gezogen hast. Sagt Hero. Und Agnes, dass sie nicht weiß, ob man dich auf christlichem Boden beerdigen darf. Selbstmörderin.

Mein Gott, du warst doch schon alt, du hättest doch nur abzuwarten brauchen. Hast du gewusst, dass Hero viel schlimmer dran ist als du? Du warst doch gesund. Oder?

Und jetzt ist Sommer, Klara, und du bist nicht mehr da. Das kann niemand verstehen, dass du ausgerechnet in der schönsten Jahreszeit gehst. November meinetwegen, oder Februar, das ist was für den Tod. Aber jetzt, in der Sonne? Deine Erdbeeren, die du noch eingefroren hast, glaubst du vielleicht, ich esse die? Und die Kirschen und die Aprikosen in deinem Garten. Du bist einfach nicht zu verstehen. Egoistisch. Hat dich wohl nicht interessiert, wie es mir geht.

Und ich wollte doch noch so viel mit dir machen. Neu anfangen. Ich hatte wirklich gute Ideen in Italien. Wir hätten ein Gartencafé bei dir eingerichtet. Ich hätte den Tisch und die Stühle abgeschliffen und neu gestrichen. Hatte ich mir schon fest vorgenommen. Nichts Kommerzielles. Nur so zum Spaß. Für alle aus deiner Straße. Und deine Freundinnen. Jede hätte was mitbringen können. Du kennst doch so viele, die gerne backen, aber sagen, dass es für sie alleine nicht lohnt. Also.

Und ich wollte dir meinen neuen Freund vorstellen. Der hätte dir gefallen. Echt. Na ja, er ist schwarz, du hättest dich erst einmal dran gewöhnen müssen. Er sich an dich natürlich auch. Er kennt dich schon ein bisschen. Du warst die erste aus der Familie, von der ich ihm erzählt habe. Und jetzt –

Mir ist das peinlich. Was denkt er von uns. Natürlich gibt er nicht dir die Schuld. Dich verteidigt er. Sagt, wir hätten dich alleingelassen. Hat er damals im Zug schon bedenklich gefunden, als ich ihm von Josephas Tod erzählt habe. Verdammt, das war doch Zufall, dass die alle auf Mallorca waren und ich gleichzeitig in Italien. Wenn du schon nicht mit denen mitfährst, hättest du doch wenigstens warten können.

Es hat was Hinterfotziges, das auszunützen, dass keiner da ist.

Aber, sagt Ken, so heißt er, der neue Freund, wenn man so was machen will, muss man es mit sich alleine abmachen. Wenn man jemanden einweiht, will der einen daran hindern. Stimmt auch wieder.

Aber mir hättest du es trotzdem sagen können. Oder mir wenigstens ein paar Zeilen schreiben, dann wüsste ich jetzt, wieso. Aus Schweigen kann ich keine Antwort destillieren.

Oder denkst du, ich würde mich dann noch schuldiger fühlen. Noch beschissener?

Dein Haus ist so kalt und tot wie du. Natürlich hast du noch geputzt und alles aufgeräumt und auch den Mülleimer nicht vergessen. Jedes Stückchen Papier ist verschwunden. Nichts liegt herum. Als ob nie jemand hier gewohnt hätte. Hättest du wenigstens ein bisschen Dreck dagelassen, ein zerknülltes Taschentuch oder so. Dann wüsste ich, dass du gelebt hast.

So ist es nur zum Heulen, ich muss weg hier, ich gehe jetzt.

# 4

Das hat er damals nicht gedacht, dass er einmal selbst als Patient in dieses Krankenhaus kommen würde, als er Josepha vor fast zehn Jahren hier nach einer dramatischen Magenoperation besucht hat. Hatte nicht gut ausgesehen für die kleine gelbgesichtige Dame mit den eingefallenen Wangen. Die Ärzte hatten keine große Hoffnung, und dann war sie ihnen und dem Tod doch davongesprungen und fast einundneunzig geworden.

Ein wenig einladendes Gebäude, das mit den hohen Fenstern eher wie ein Justizpalast aussieht. Dunkle, bedrohlich wirkende Fassade. Hier wird also das Urteil gefällt, wird sich alles entscheiden.

Noch könnte er umdrehen und alles rückgängig machen. Aber Agnes hat sich vom Taxifahrer schon seine Reisetasche aushändigen lassen und ist auf dem Weg zu ihm.

Sollten sie einmal professionell reinigen lassen, das Ganze. Oder neu verputzen. Mit Kratzputz am besten, zwei Millimeter Körnung, dann wird es nicht so schnell wieder schmutzig. Er wird Walter sagen, dass er einmal hier anrufen soll, oder besser Herrn Linder. Immerhin haben sie jetzt einen Patienten vom Fach. *Baustoff Wieland.* Wenn alles vorbei ist, wird er ein besonderes Angebot machen. Eine Art Spende sozusagen. Früher haben sie Kirchen und Kapellen gestiftet. Ist doch sinnvoller, sein Krankenhaus herzurichten. Der Gedanke gefällt ihm, er lächelt und bleibt kurz stehen.

Nur das Geld fehlt. Er schaut die langgezogene Pappelallee zurück, die in einer leichten Windung stetig ansteigt, bis sie hier am höchsten Punkt des Hügels in den Parkplatz des Krankenhauses mündet. Die Lage ist auf verwirrende Weise ähnlich der des Hotels auf Mallorca. Nur das Meer fehlt. Und der würzige Geruch, aber auch hier weht eine angenehme, leichte Brise. Ein Jahrhundertsommer. Vielleicht bekommt er ja ein Zimmer mit Sicht über die Stadt, und vielleicht geht alles doch gut aus. Wie bei Josepha. Er schwenkt den schmalen Koffer einmal zurück und einmal nach vorne, wie um sich einen letzten Ruck zu geben, wischt sich mit der anderen Hand den Schweiß von der Stirn und geht, jetzt entschlossen, auf den Eingang des Krankenhauses zu. Agnes holt ihn trotz der schweren Reisetasche ein und hakt sich bei ihm unter.

»Du wirst sehen, es war eine gute Entscheidung«, sagt sie aufmunternd.

»Aber es ist eine Sünde, sich im Sommer freiwillig ins Krankenhaus zu legen.«

»Hero! Von freiwillig kann ja nun wirklich nicht die Rede sein! – Und spätestens in acht Tagen bist du wieder zu Hause.«

Oder in der sechseckigen Kiste, denkt er. Und sagt: »Ich gehe ungern jetzt, wo Klara noch nicht beerdigt ist.«

»Wenn sie die Leiche doch noch nicht freigegeben haben. Aber du kannst sicher sein, wir machen nichts ohne dich.«

»Wir müssen überlegen, wo wir sie unterbringen. Kann man bei Josepha schon wieder aufmachen? ... Oder sollen wir sie in das Wieland'sche Familiengrab legen? Aber eine Selbstmörderin?«

»Mach dir jetzt keine Gedanken. Walter wird sich erkundigen.«

Sie sind bei der Aufnahme angekommen. Hier füllt Hero endlose Formulare aus und unterschreibt. Ja, er ist informiert worden, dass ..., er erklärt sich einverstanden mit ..., er versichert, dass ..., er bittet um Benachrichtigung von ... Die vor der Glaswand des Büros herumschleichenden Gestalten, bleiche Männer in dunklen Morgenmänteln, Frauen mit zerzausten oder besonders sorgfältig gekämmten Haaren, ein paar Ältere im Rollstuhl, sieht er zwar aus den Augenwinkeln, beachtet sie aber nicht weiter. Sie sind aus einer anderen Welt, mit ihm haben sie nichts zu tun.

Erschöpft lässt er sich in sein Zimmer führen. Es hat tatsächlich ein großes Fenster mit Blick auf die Stadt, die in sommerlicher Hitze weit unten liegt, und er wird alleine bleiben. Wie die diensthabende Schwester versichert, soll das zweite Bett vorerst nicht belegt werden.

Der kleine Koffer, randvoll mit Büchern, ist schnell geleert und wird auf dem Schrank verstaut. Agnes hilft Hero, seine Reisetasche, die ab jetzt keine mehr ist, auszupacken. Er ist hier angekommen. Er wird sie nicht mehr brauchen. Im besten Fall wird sie ihn wieder nach Hause begleiten.

Er hat einmal gehört, dass man eine Krankheit als Safari voller Abenteuer sehen kann, aber er ist von derartigen Gefühlen weit entfernt. Eine Safari macht man, um Großwild zu betrachten, zu jagen und zu erlegen. Von der sicheren Seite aus. Nicht, um einen Krebs aufzuspüren, der heimtückisch ist.

Agnes verstaut, während er auf dem Bett sitzend Bücher und Lesebrille auf dem Nachttisch drapiert, seine Wäsche und Toilettenartikel in Schrank und Bad. Hero probiert den Mechanismus der hochklappbaren Verlängerung. Der Esstisch für Patienten, die liegen müssen. Er wird heute nichts mehr bekommen. Obwohl er jetzt schon Hunger hat. Agnes will sich verabschieden, weiß aber nicht, wie sie es anfangen soll. Sie haben keine Erfahrung mit so etwas. Er sitzt so verloren auf seinem Bett, und sie hat Angst, dass sie weinen muss. Als der Anästhesieassistent kommt, um mit dem neu angekommenen Patienten die Einzelheiten für die Operation am nächsten Tag zu besprechen, ergreift sie die Gelegenheit. Sie umarmt Hero, drückt ihn etwas fester als sonst und sagt beiläufig: »Wir telefonieren.« Dann geht sie schnell.

Zu Hause warten bereits Walter, Martha und Andreas. Es war Walters Idee, alle Geschwister zusammenzutrommeln, um über Heros Zustand zu sprechen. Agnes ist froh, jetzt nicht allein sein zu müssen. Martha hat bereits auf der Terrasse gedeckt, richtet das mitgebrachte Gebäck auf eine Platte und kocht Kaffee. Tina kommt gleichzeitig mit Johannes an. Noch am Gartentor wuschelt er ihr durch die Haare. »Na, Kleines, wie läuft der Laden?«

»Alter Puter, du könntest dir auch mal was Neues überwerfen, vor allem, wo du jetzt anfängst, richtig fett zu werden!« Sie schlägt ihm mit dem Handrücken gegen den Bauch und bringt gleichzeitig mit der anderen Hand ihre Frisur wieder in Ordnung.

»Ach, weißt du, es kommt auf die innere Schönheit an, und da bist du ja wohl eher …«, Johannes mustert seine Schwester betont mitleidig, »... der Glöckner von Nôtre Dame!«

»Na, dass man die auch mal sieht!«, sagt er plötzlich und zeigt auf Nele, die gerade die Straße entlang auf das Gartentor zuläuft.

Könnte Hero einen Blick von oben auf die kurz darauf um den großen Gartentisch versammelte Runde werfen, wäre er entzückt von seiner Familie. Alle einträchtig beieinander, seine Frau, die fünf Kinder, sogar Nele. Sie trinken Kaffee und essen kleine Kuchenstücke, Petits Fours, sicher aus dem *Café Luitpold*, dem Lieblingscafé von Agnes. Aber da ist noch jemand, wie ein Fremdkörper, er ist nur angeheiratet und gehört eigentlich nicht dazu. Alle sind alleine gekommen, bis auf Martha. Sie hat ihren Mann mitgebracht. Andreas sitzt rotgesichtig und erwartungsvoll mit am Tisch. Es geht also um Finanzen. Wahrscheinlich hat er Wind davon bekommen, dass Hero mit Walter beim Notar war und ihm die Firma Wieland überschrieben hat. Für alle Fälle. Und bestimmt will er dagegen protestieren. Familienerbe geht alle an, vor allem ihn. Meint er.

Erstaunlicherweise bleibt er jedoch nicht lange, nach einem heftigen Wortwechsel entfernt er sich, sichtlich wütend, geht schnellen Schrittes durch die Terrassentür ins Haus, auf der anderen Seite kommt er genauso schnell wieder heraus, steigt in seinen in der Einfahrt geparkten Mercedes und rast davon. Hero würde lachen, wenn er das sähe. Er kann diesen Mann nicht leiden, obwohl er Martha mehr Sicherheit bietet als Udo, der Kommunist von damals, der gelb vor Neid wurde, wenn Hero den materiellen Wohlstand der Wielands verteidigte. Trotzdem, dieser hier mit seiner Investmentberatung kann einem alles verderben. So unverfroren. Hat auch vor ihm, Hero, keine Hemmungen. Geschieht ihm also recht.

Aber das Lachen würde Hero vergehen, könnte er hören, worüber seine Familie da spricht. Genau das macht den Unterschied zwischen Fern- und Nahaufnahme einer Familie aus. Nicht möglich. Über ihn, genauer, über seine Krankheit. Und wie man sich ihm, dem Vater, gegenüber verhalten soll. Offensichtlich sind sie sich nicht einig. Er müsste nicht besonders nah herankommen. Flieder und Forsythien, sogar die Ligusterhecke am Rand des Gartens, alles sommerlich sattgrün und dicht, wären als Deckung möglich, und er würde jedes Wort der Auseinandersetzung verstehen.

Wie sie sich in die Haare geraten. Offensichtlich wissen sie mehr als er. Ayurveda wird gegen Chemotherapie ins Feld geführt, von

Tina natürlich. Die aber damit nicht gegen die anderen anzukommen scheint. Martha und Walter, die überzeugten Schulmediziner. Wobei auch Walter mittlerweile begriffen hat, dass es nicht um Prostata-, sondern um Nierenkrebs geht. Agnes, auf einmal zaghaft. So kennt er sie sonst nicht. Aber jetzt wirkt sie unentschieden, nur auf jeden Fall die Operation. Sie hat die Hoffnung, dass das reicht. Und falls nicht – daran will sie noch nicht denken. Johannes tritt wieder einmal als Spezialist auf, überheblich, mit seinem auf die Schnelle angelesenen Wissen. Sauerstofftherapie als wirksames Mittel gegen Krebs. Das kennt man doch schon seit Jahrzehnten. Nur in dieser Familie hier scheinen alle ignorant zu sein.

Und jetzt meldet sich Nele zu Wort. Mit einem Plädoyer. Typisch. Sie hätte Journalistin werden sollen oder Juristin. Mit ihrer distanzierten Beobachtung. Aber halt, sie spricht ein Plädoyer für ihn, für seine Entscheidungsfreiheit. Er soll in jedem Fall, ja das sagt sie: *in jedem Fall,* selbst entscheiden, was er machen lassen will, wenn überhaupt etwas.

Die Reaktion darauf ist ein derart lautes Durcheinander von Stimmen, das nun selbst aus nächster Nähe nicht mehr zu entwirren wäre.

Aber das muss auch niemand. Hero weiß von alldem nichts. Er liegt, durch eine Beruhigungstablette leicht sediert, im Krankenhaus und wartet auf den kommenden Morgen und die Entnahme seiner rechten Niere.

## 5

Agnes hat ein schlechtes Gewissen. Es ist hochsommerlich warm und strahlend schön, Hero liegt im Krankenhaus unter dieser bedrohlichen Wolke, man weiß noch nichts, außer dass er die Operation gut überstanden hat, und sie fährt zu ihrem Klassentreffen, als ob nichts wäre.

Aber sie könnte das erklären, wenn jemand sie darauf ansprechen würde. Er wünscht keinen Besuch. Ausdrücklich, nicht einmal von ihr. Nur die Telefonate zweimal am Tag, morgens nach dem Frühstück und abends, bevor er schläft. Was soll sie also die ganze Zeit zu Hause.

Und dieser Termin mit ihren Kameradinnen steht schon seit einer Ewigkeit fest, auf jeden Fall länger als Heros Entschluss, sich operieren zu lassen.

Sie hat sich für ihr Lieblingskostüm entschieden. Taubenblau, sommerlich leicht – und es macht eine gute Figur, lässt sie schlanker erscheinen. Vor allem von der Taille abwärts. Sie fühlt sich unternehmungslustig und attraktiv. Das ist heute wichtig. Sie hat tatsächlich etwas von einer Taube, wie sie mit funkelnden Augen und schräg gelegtem Kopf aus dem Fenster schaut. Und dann wieder vor sich hin, beschämt über ihre gute Stimmung. Aber sie ruft sich in Erinnerung, dass die Ärzte gesagt haben, man könne problemlos mit nur einer Niere leben. Hero hat, so denkt sie, das Schlimmste hinter sich, und jetzt wird es bergauf gehen. Kurz tut er ihr leid angesichts des traumhaft schönen Augusttages, der ihm verloren geht. Doch scheint er noch zu schwach, um das zu bedauern. Zumindest hat er sich beim morgendlichen Telefongespräch nicht beklagt.

Dass das Besuchsverbot auch für sie gilt, hat sie zuerst geärgert, aber mittlerweile glaubt sie, dass er sie aus Rücksicht nicht sehen will. Er ist manchmal so. Hinter seiner ruppigen Art doch einfühlsam. So hat sie jetzt freie Tage, kann in Ruhe den großen Herbstbasar der Pfarrgemeinde vorbereiten, an allen Besprechungen teilnehmen und ist gestern nach der Chorprobe, seit Jahren wieder einmal, auf ein Glas Wein zum Italiener mitgegangen.

Jetzt sitzt sie im Bus zur Altstadt, wo im *Café Luitpold* das Turmzimmer für die »Mädchen« reserviert ist. Ja, sie waren hübsche Mädchen gewesen damals, appetitlich und fesch, heute sieht man so etwas gar nicht mehr. Überall unzufriedene, teigige Gesichter mit unreiner Haut und im schlimmsten Falle, wie diese ungewaschene junge Frau neben ihr, mit einem Ring im Nasenflügel und Nieten im Ohr. Die wissen doch alle nicht mehr, was schön ist. Und wie man sieht, Agnes rümpft abfällig die Nase, wird das derzeitige Erscheinungsbild vom Geschmack der untersten Schichten bestimmt. In allem setzen sie sich durch. Von der Kleidung bis zum Essen, von der Sprache bis zu den Umgangsformen. Hero hat recht mit seinem Pessimismus, auch wenn sie immer widerspricht, widersprechen muss, alleine, um ihre Freude am Leben nicht zu verlieren. Er sieht in allem Zeichen für den bevorstehenden Untergang. In Rom hat es auch so angefangen, sagt er. Mit Dekadenz. Und dann fehlt nicht mehr viel. Eine Krise von außen, wirtschaftlicher Art vielleicht oder politisch, aber das hängt ja ohnehin zusammen. Oder eine Naturkatastrophe. Und dann bricht sie ein, diese dünne Schicht des Wohlbefindens, auf der sie sich so sicher gefühlt haben, und sie werden alle schrecklich leiden. Sagt er. Ob ihre Kinder dem entkommen können? Na ja, Kinder. Agnes lächelt, sie sind alt genug, um sich alleine durchzubringen, sich mit möglichen Unglücksfällen zu arrangieren, das Werkzeug dafür haben Hero und sie ihnen mitgegeben. Und im Ernstfall werden sie dann endlich einsehen, wie wichtig der Glaube an Gott ist und die Zugehörigkeit zu einer kirchlichen Glaubensgemeinschaft. Noch gebärden sie sich wie Heiden, denken nur an Geld, gutes Aussehen und Erfolg.

Der Bus nähert sich dem Domplatz, und Agnes muss aussteigen. Sie freut sich auf die Gespräche mit den Gleichaltrigen. Früher war das anders, da war sie immer verkrampft und nervös gewesen, denn sie trafen sich vorwiegend aus Neugier, beäugten sich gegenseitig aufmerksam, ohne Gnade. Wie Geschwister bei einem Familientreffen. Für das eigene Seelenheil war es sehr wichtig, dass man besser dastand als die anderen. Tastende Fragen, welchen Beruf der Mann hatte, ja, ob man überhaupt einen hatte, dann wie viele Kinder, wie sie aussahen, wie sie sich in der Schule machten. Und ob man selbst einen Beruf ausübte oder ein wichtiges Amt. Sie, Agnes war immer gut herausgekommen mit ihrer großen Familie und überhaupt. Das mit Martha brauchte man ja nicht an die große Glocke zu hängen.

Seit Jahren sind die Kinder nicht mehr so wichtig, kurze Kommentare über ihren beruflichen Werdegang, über die Enkel und eventuell über Scheidungen. Aber darüber spricht keine gern. Dafür wird der abschätzende Blick in die eigenen Reihen wieder deutlicher. Wer von ihnen hat Übergewicht und wie viel, wer hat graue Haare und färbt sie nicht einmal, wer Krampfadern und falsche Zähne. Und wer hat welche Krankheiten. Und hier sind Familienmitglieder wieder inbegriffen. Zwar ist jetzt im Alter ein gewisses Wohlwollen an die Stelle der kleinen Gehässigkeiten getreten, haben Konkurrenz und neidvolle Vergleiche nachgelassen, aber Agnes ist doch froh, selbst gesund zu sein. Und sie wird den Teufel tun, den anderen von Hero zu erzählen.

In Gedanken versunken, überquert sie den belebten Domplatz.

Sie würde nicht sagen, dass sie mit ihren Klassenkameradinnen befreundet ist, dazu liegen die Interessen zu weit auseinander, aber irgendwie gehören sie zusammen, wie Schwestern, die zwar verschieden, aber interessiert aneinander sind und sich nicht aus den Augen verlieren wollen. Mit zunehmendem Alter immer weniger, denn diese frühen gemeinsamen Erfahrungen in der Schule haben sie auf eine nicht erklärbare Weise zusammengeschweißt. Und jetzt verbindet die kleine Gruppe zudem ein an Stolz grenzendes Gefühl, die anderen, die in den vergangenen Jahren abgetreten sind, überlebt zu haben.

Da kein Mann dabei ist, sie waren ja eine reine Mädchenschule, haben diese Zusammenkünfte etwas Entspannendes. Man kann ungeniert einmal über die Männer reden. Was ja nicht heißt, dass man sie schlecht macht. Aber so gewisse Eigenheiten der Herren sind mitgeteilt doch leichter zu ertragen. Und Frauen unter sich müssen niemandem vom anderen Geschlecht gefallen, diese Konkurrenz fällt also weg.

Agnes biegt in die Luitpoldgasse ein, das Café mit seiner neu renovierten roten Fassade ist schon zu sehen, und sie überlegt, wer heute wohl kommen wird. Früher hatten sie einen Turnus von fünf Jahren für ihre Treffen, aber seit einige von ihnen kurz nacheinander gestorben sind, verabreden sich die übrigen nun einmal im Jahr. Und seit einiger Zeit überfällt Agnes genau an dieser Stelle, beim Anblick des Cafés, immer die Angst, dass sie als einzige in diesem Turmzimmer warten könnte – und niemand mehr käme.

Dabei ist achtundsechzig doch wirklich kein Alter, beruhigt sie sich. Diejenigen, die jetzt noch leben, nennen sich spaßeshalber die »Unkrautrunde« und fühlen sich entsprechend: unausrottbar. Es ist doch erstaunlich, denkt sie, wie im Laufe von zwei, drei Generationen sich das Gefühl für Alter geändert hat. Die Großmutter mit siebzig war ihr uralt erschienen und auch bald darauf gestorben. Keiner wäre auf die Idee gekommen zu sagen *viel zu früh hat sie uns verlassen*, nein, das war in Ordnung. Und ihre Mutter war mit sechzig auch eine alte Frau, und Agnes, die zu dem Zeitpunkt schon lange eine eigene Familie und vier ihrer fünf Kinder hatte, empfand sie nur noch als Oma.

Ja, und jetzt hat sie selbst zwei Urenkel – und fühlt sich fantastisch frisch und voller Energie.

Vielleicht hat sie genau deshalb diese Angst, eines Tages alleine übrig zu bleiben. Von einer großen Klasse mit fast vierzig Mädchen.

Wie bei *Zehn kleine Negerlein* denkt sie, eines nach dem anderen verschwindet, und am Ende bleibt eines allein zurück, und das werde mit Sicherheit ich sein. Und ich werde keine zehn anderen mehr finden. Nicht in meinem Alter. Apropos Negerlein, hat Johannes nicht gestern erwähnt, dass er Nele mit einem Schwarzen gesehen hat? Das fehlte ja noch! Würde ihr aber ähnlich sehen.

Agnes hat das Café erreicht, und nachdem sie einen prüfenden Blick in die Tortenauslage geworfen hat, nur, um sicher zu sein, dass ihre Prinzregententorte auch da ist, geht sie zielstrebig zum Turmzimmer im ersten Stock. Ihre Befürchtung ist wieder einmal unbegründet. Die ersten Frauen sitzen bereits fröhlich schwatzend am Tisch und begrüßen sie mit großem Hallo.

»Gut schaust du aus! Immer elegant! Und ich glaub, du bist die einzige, die seit Jahren ihr Gewicht hält«, ruft Rosa. Die anderen stimmen ihr zu.

»Ja, weil ich mir meine Jahresringe schon im Voraus zugelegt habe«, lacht Agnes und freut sich. »Und ihr, erzählt, wie geht's euch?«

Es wird ein unterhaltsamer, lustiger Nachmittag. Erna, damals Klassenbeste, ist mit Krücken und einer Betreuerin gekommen und erzählt ausführlich von ihrem Oberschenkelhalsbruch. So gekonnt, dass die Anwesenden sich unversehens als Zuschauerinnen einer aufführungsreifen Ballettnummer sehen: Eine schon etwas ältere, korpulente Lady im weinroten Morgenmantel stolpert, als sie singend aus dem Bad kommt, über den Bettvorleger im Schlafzimmer, *eine der dümmsten Erfindungen überhaupt, von Orthopäden gesponsert*, kann sich aber durch eine kunstvolle Pirouette vor dem Fall bewahren, dreht sich im Schwung zur Tür hinaus und weiter über den Flur, wo die Figur abrupt in einem Sturz über die Treppe endet.

Die Frauen lachen Tränen. Obwohl alle ein leises Grauen befällt bei dem Gedanken, alleine bewusstlos im Haus zu liegen, stundenlang, bis einen jemand findet. Aber Ernas Tochter ist rechtzeitig gekommen, und so ist alles gut gegangen, kann als Abenteuer zur allgemeinen Erheiterung erzählt werden.

Es ist wirklich sehr lustig.

Bis das Handy von Agnes klingelt. Und Walter fragt, wo sie denn sei, er habe einen Anruf aus dem Krankenhaus bekommen und müsse dringend mit ihr sprechen. Wegen Hero. Sie sollten sich sehen am Abend, entweder bei ihr oder, wenn sie wolle auch gern bei ihm und Teresa. Sie würde kommen, sagt Agnes bestimmt, sobald sie hier abkömmlich sei.

Sie hat nicht aufstehen und einfach weggehen können, dafür hat sie zu schnell abgenommen, und jetzt sind die Gespräche verstummt, alle schauen sie erwartungsvoll an.

Also gut, denkt sie und sagt: »Mein Mann ist im Krankenhaus, und das war gerade mein Sohn, er will etwas mit mir besprechen, aber das hat Zeit bis heute Abend, hat er gesagt.«

»Nichts Schlimmes«, fügt sie schnell hinzu, als sie die erschrockenen Gesichter sieht. »Ich habe nur nicht daran gedacht, denen meine Handynummer zu geben. Wie gesagt, kein Grund zur Panik.«

Trotzdem ist die Stimmung verändert. Nicht nur Rosa beißt sich auf die Lippen, um die brennenden Fragen nicht zu stellen. Was hat er denn? Ist es ernst, lebensgefährlich? Warum ist Agnes so gelassen?

Ist sie wohl doch nicht. Sie verabschiedet sich als Erste und kann nicht ganz verbergen, dass sie beunruhigt ist und es eilig hat.

Sie verlässt das Café, die am Fenster sitzenden Frauen winken ihr lächelnd nach, als sie über den Domplatz läuft, und berichten den anderen mit halbgeschlossenen Lippen, jetzt sei sie an der Bushaltestelle angekommen – erst da sprudeln die aufgestauten Fragen hervor. Die Antworten sind nur Mutmaßungen, die wortreich und ziemlich laut gegeneinander abgewogen werden. Es siegt die Annahme, dass der Mann von Agnes »jetzt dran« sei.

# 6

Hero sieht ihn und erschrickt. Der Pfarrer kennt das, das tun viele, wenn er ins Zimmer kommt. Jetzt wird es ernst, denken sie, und dass sie jetzt beichten müssen. Und manche meinen, nun endlich den Vertreter dessen vor sich zu haben, der das alles arrangiert hat, für das alles verantwortlich ist. Für ihre Krankheit, die gescheiterte Heilung, für die fehlenden Freunde, die verständnislose Frau und überhaupt. Die werfen ihm dann ihre Wut an den Kopf, erleichtern sich, indem sie sich bei ihm beschweren. Als ob er der Handlanger wäre für den da oben. Unter einer Decke mit ihm stecken würde, mit allem einverstanden.

Dabei weiß dieser Seelsorger, ein Mann um die fünfzig mit klugem Gesicht und ergrauten Haaren – er hat sich als Herr Gerhard vorgestellt – doch selbst nicht, warum es den einen trifft und den anderen nicht und warum die, die er gönnerhaft als Schweine bezeichnen würde, überleben, munter und frech, während die Schäfchen, die braven, oft so grausam leiden.

Der hier auf Zimmer 8, Herr Wieland, scheint anders zu sein. Fragt als Erstes, ob er ein Moribundus sei, ein Totgeweihter, ja so fragt er: *Moribundus.* Aber als der Krankenhauspfarrer sagt, er sei kein Arzt und wisse das nicht, will der im Bett ihn weiterschicken. Er sagt freundlich, aber bestimmt, er solle seine Zeit nicht mit ihm verschwenden und sich lieber um die kümmern, die ihn nötig hätten. Der Seelsorger denkt kurz, dass dieser Patient vielleicht selbst Theologe sei, so souverän, wie er redet. Und so gelassen, wie er daliegt. Aber er ist Baustoffhändler! Zeigt wie zum Beweis auf einen Katalog mit Fassadenanstrichen. Hat er sich kommen lassen, von seiner Firma. Aber er ist zu schwach, den dicken Schinken vom Nachttisch zu heben. Und winkt ab, als der Pfarrer ihm helfen will, er solle seine Zeit nicht vergeuden. Doch wenn er einmal eine Kirche zu renovieren hätte, könne er sich an *Baustoff Wieland*, seine Firma, wenden. Selbstverständlich würde er Sonderkonditionen erhalten.

Damit ist von seiner Seite alles gesagt. Er lehnt sich ins Kissen zurück.

Und es ist dann der Seelsorger, der fragt, ob er sich kurz setzen könne. Weil er selbst ein Moribundus sei. Leukämie, mit einer Lebenserwartung von achtzehn Monaten. Das haben sie genau berechnet. Und ihm als Pfarrer, sagt er mit etwas gequältem Lächeln, könne man das ja unter die Nase reiben. Er habe ja Gott und somit keine Probleme damit. Auch wenn er erst Anfang fünfzig sei und verdammt gerne lebe. Aber den letzten Satz sagt er Herrn Wieland dann doch lieber nicht. Nur, dass er krank sei und gerne auch einmal von sich erzählen würde. Nicht nur immer Input, wie man das heute nennt. Manchmal sei es gallig wie Erbrochenes, was Patienten und auch die Angehörigen da in ihn hineinschütten. Eben, er habe ja den Allmächtigen als Gegenüber, der werde schon verdauen helfen. Viele sähen ihn als eine Art Blitzableiter in umgekehrte Richtung. Als jemanden, der alles nach oben weitergibt und um Rettung bittet. Aber manchmal kommt die eben nicht, und die Not ist so groß. Und oft wisse er ja nicht einmal, sagt er, worum er bitten solle. Vielleicht darum, besser zu hören. Denn manchmal spreche der doch ziemlich undeutlich, dieser Gott. Und er könne den wenigsten sagen, dass er als Geistlicher auch nicht alles verstehe, und daher nicht wisse …

Hero ist jetzt interessiert. Aufmerksam hört er den etwas abgehackt klingenden Sätzen des Geistlichen zu und bietet ihm mit einladender Geste den Stuhl neben seinem Bett an.

Und dann folgt erst einmal ein Verhör. Das Hero führt und dabei vor nichts zurückschreckt. Was der Mann Gottes vom Papst halte, von der Hierarchie in der Kirche, wie sein Gottesbild aussehe und seine Sexualität. Der andere ist katholischer Priester, räuspert sich hin und wieder, aber Hero merkt schnell, dass er erstaunlich offen ist. Er wolle niemanden bekehren, sagt der Geistliche. »Gott gibt es – oder es gibt ihn nicht. Die Chancen stehen fünfzig zu fünfzig. Ich kann nur sagen, dass ich gute Erfahrungen mit ihm gemacht habe, daher gibt es ihn für mich.« Mehr könne man nicht sagen. Und beweisen könne man erst recht nichts.

Hero fragt ihn, wie er mit dieser Haltung Priester bleiben könne, ob die Kirche vielleicht, von ihm, Hero Wieland, unbemerkt, mittlerweile tolerant geworden sei.

Das mit Sicherheit nicht, antwortet der Besucher lächelnd, aber Krankenhausgeistliche hätten eine Art Narrenfreiheit. In die Schule, zum Unterrichten, würden sie ihn wohl nicht mehr lassen, und eine eigene Pfarrei – um Himmels willen. Sein protestantischer Kollege, die Frau für psychosoziale Beratung und er teilten die Stationen unter sich auf, nicht die Konfessionen. Sie seien fest angestellt und immer zu geregelten Zeiten in der Klinik anzutreffen. Es gebe auch einen muslimischen und einen jüdischen Seelsorger, aber die würden nur bei Bedarf gerufen. Denn natürlich komme es immer wieder einmal vor, dass Patienten *ihren* Geistlichen wollten, aus ihrer Religionsgemeinschaft. Darauf würden sie dann eingehen. Bis jetzt habe sich noch niemand beschwert. Die meisten freuten sich einfach über jemanden, der Zeit für sie habe. Der Rest sei ihnen egal.

Herr Gerhard betreut also die Innere, Chirurgie und Geriatrie. Die Kinderstation hat die Kollegin übernommen. Das könne er nicht, erklärt er, er habe zu nah am Wasser gebaut. Während der Ausbildung, so peinlich, er selbst nur ein Schluck Salzwasser vor dem Bett eines aufgeweckten Kindes mit Kopfverband und Riesenaugen, das mit trockenem Mund sagt, er solle sich keine Gedanken machen. Nur die Mama, die solle halt noch einmal kommen ... Und die ist bei dem Unfall, der den Kleinen auf die Intensivstation katapultiert hat, gestorben. Nein, das könne er nicht. Da würden auch kein Training und keine Supervision helfen.

In diesem Zimmer scheint es nichts derart Dramatisches zu geben. Herr Wieland wirkt gelassen. Ein Mann, der wohl alles erreicht hat. Hat ein traditionsreiches Familienunternehmen geführt, das jetzt der Sohn übernehmen wird oder bereits übernommen hat, und eine treu sorgende, ja das hat er gesagt, *treu sorgende* Frau und fünf Kinder. Und ein respektables, wenn auch noch nicht sehr hohes Alter. Ein zu hohes Alter, ja auch das gibt es, wünscht Herr Gerhard niemandem. Da sieht er in der Geriatrie einiges, was man den Menschen lieber ersparen möchte. Ab neunzig wird es für die meisten schwierig, vor allem für die Angehörigen.

Der Seelsorger betrachtet den Bücherstapel auf Heros Nachttisch und schließt daraus, dass er einen vielseitigen und intellektuellen

Menschen vor sich hat. Die Gespräche mit ihm versprechen interessant zu werden.

Er beginnt von dem zu erzählen, was er hier Tag für Tag erlebt, erfährt. Seine *Storys*, natürlich anonymisiert, will er mit jemandem teilen, er macht keinen Hehl daraus, dass er hofft, etwas davon abzuladen. Und Hero hört zu, zeitweise mit geschlossenen Augen, aber aufmerksam. Manchmal fragt er nach. Er ist am Schicksal der Kranken genauso interessiert wie an den Antworten und Ratschlägen des Pfarrers. Herr Gerhard erzählt bereitwillig, ein bisschen erscheint ihm dieser Herr Wieland wie ein Vater, so, wie man sich einen wünscht. Er hofft, dieser Patient möge noch eine Weile bleiben.

# 7

Martha denkt, Hero hätte sich einmischen sollen, damals. Jetzt sitzt sie da, trinkt einen Genever nach dem anderen und heult sich die Augen aus. Kerstin ist in der Flötenstunde, und Andreas ist weg. Mehr oder weniger endgültig.

Ja, damals wäre vielleicht noch etwas zu retten gewesen, als Hero endlich zu Besuch kam. Sie hatte ihn schon an seinem Geburtstag eingeladen, als Geschenk sozusagen. Ein Wochenende zum Verwöhnen, in Weitling, bei ihr, Andreas und Kerstin. Sie wollte ihn alleine dahaben, ohne Agnes. Hero liebt diese Kleinstadt zwar nicht besonders, betrachtet sie als geschichtsloses und gesichtsloses Schlafdorf und ist in all den Jahren, die sie hier wohnen, nur zweimal zu Besuch gekommen. Aber diesmal war es einfach wichtig, sie wollte den Vater für sich haben. Sich noch einmal zurückversetzen in die Zeit, als sie noch Kind und sein Liebling war. Als noch keine Männer störend zwischen ihnen standen. Sie wollte ihm zeigen, dass er immer noch ihr Vertrauter war und dass sie seine Hilfe brauchte. Und sie wollte auch sein Vertrauen wiedergewinnen. Ja, sie dachte, dass genau diese Geschichte mit Andreas ihr dabei helfen würde.

Und das alles ging eben nur, wenn er alleine kam. Agnes hätte wieder jedes Wort von Hero auf die Goldwaage gelegt und mit seiner Haltung Johannes gegenüber verglichen. Die alten Grabenkämpfe und Rivalitäten. Vielleicht hat es ja auch deshalb so lange gedauert, bis er zugesagt hat.

Aber dann kommt er und erzählt, dass er krank sei. Krebs, doch wie er gleich dazusagt, noch heilbar. Was er sicher zu dem Zeitpunkt selbst geglaubt hat.

Er sagt das unmittelbar nach dem Abendessen, Kerstin ist gerade nach oben in ihr Zimmer gegangen, und sie hätten ungestört über alles reden können. Hero schätzt gutes Essen, sie hat gekocht wie eine Meisterin und sich gewundert, dass er so wenig isst, hat aber gedacht, er sei vielleicht sauer wegen des Blockflötenspiels. Eine Telemann-Sonate, die Kerstin, sonst seine Lieblingsenkelin, unbedingt ihrem

Opa vorspielen wollte. Kam nicht so gut an. Hero konnte sich zu keinem Kompliment durchringen, und Kerstin war beleidigt.

Erst jetzt weiß sie, dass ihm anderes im Magen lag, und sie könnte sich ohrfeigen.

Andreas, geschmacklos wie oft im letzten Jahr, wartete keine Sekunde und fing sofort mit seiner neuen Investment-Beratungsfirma an, bot Hero eine Beteiligung an. Und der lehnte kategorisch ab, trotz aller Argumente und Überredungskünste. Andreas bekam diesen kalten Blick aus zusammengekniffenen Augen und redete dann kein Wort mehr. Weder mit dem Alten noch mit ihr.

Und sie hatte die ganze Zeit dieses andere Problem, denkt, schließlich ist er ihr Vater, soll er ihr doch helfen. Er bräuchte doch nur ein Machtwort zu sprechen. Andreas ist so autoritätshörig. Der Scheißkerl. Sie geht also mit Hero nachts spazieren, er ist ja immer ganz wild darauf, bei Vollmond noch einmal hinauszukommen, und diesmal treibt ihn auch das Völlegefühl, behauptet er. Obwohl er kaum etwas gegessen hat. Sie gehen also allein, Andreas schmollt, das kommt ihr gelegen, denn sie hatte doch kurz Angst, dass er mitgehen würde, nur, um zu verhindern, dass sie etwas verrät. Sie laufen durch die mondbeschienenen Straßen der Neubausiedlung, es ist ruhig, außer ihnen niemand unterwegs, und sie überwindet sich, ihm alles zu erzählen. Eben das mit Andreas und ihrer Kollegin, der Informatiklehrerin. Diese Gemeinheit. Schon seit Monaten, und sie hat es selbst entdecken und ihn überführen müssen. Nicht nur verlogen, sondern auch feige. Und wie sie jetzt dasteht. Ausgerechnet eine Kollegin. Und wie die das auskostet, sie vor allen blamiert, im Lehrerzimmer und nachts, wenn sie spät noch anruft, ohne jede Scham. Und wie Andreas immer dreister wird, Kerstin scheint ihn überhaupt nicht mehr zu interessieren. Im Fall einer Scheidung will er seine Anteile am Haus ausbezahlt haben, und sie fragt also Hero, ob er da nicht was machen könnte.

Und er schaut die ganze Zeit nur in den Mond, als ob er vorhätte, gleich dort hinauf zu springen, und sagt einfach: »Nein.«

Sie kann es nicht fassen, sucht eine Erklärung und denkt, sicher ist er abgelenkt und durcheinander jetzt, wegen allem. Irgendwie außer sich, aber Geduld, er wird schon wieder. Wenn sich das geklärt hat mit seiner Krankheit. Und, denkt sie weiter, warten wir bis nach Mallorca, das liegt ihm wohl auch im Magen. Johannes, immer noch der alte Spinner und Egoist, der dem Vater mächtig auf die Nerven geht.

Und dann war es doch gar nicht so schlimm auf Mallorca, hat ihm am Schluss sogar gefallen. Nun sind sie alle zurück, er wirkt entspannt, ja richtig erholt, da will sie noch einmal vorstoßen und ihn in Neuburg treffen, vielleicht in der Firma oder in einem Café, auf jeden Fall auf neutralem Boden. Und was macht er? Hat plötzlich beschlossen, sich operieren zu lassen. Legt sich ins Krankenhaus und will keinen Besuch.

Martha trinkt ihr Glas aus und gießt sich gleich das nächste ein. Sie schraubt den rotweißblau gestreiften Deckel auf die fast leere Flasche. Genever hat sie in Holland lieben gelernt, in den Ferien mit Kerstin und Andreas – zu Zeiten, in denen sie noch glücklich war. Aber da hat sie nur genippt, nicht so wie jetzt, becherweise.

Die einzige Hoffnung ist, dass Hero in spätestens zwei Wochen wieder zu Hause sein soll. Nur sitzt da dann auch Agnes wieder, wachsam und misstrauisch. Und vielleicht auch alle anderen.

Dabei drängt die Zeit. Andreas ist zwar mit der Sippe nach Mallorca gereist, als ob nichts wäre, will bis heute noch intakte Kleinfamilie spielen. Doch dabei hält er Augen und Ohren offen, um etwaige »Schiebereien« innerhalb der Familie zu entdecken, er will auf keinen Fall übergangen werden. Aber gleichzeitig plant er, sie aus ihrem eigenen Haus zu werfen. Das weiß sie. Er hat es jetzt mit der Neuen brisant, vielleicht ist die ja schwanger, das würde er natürlich nicht sagen, solange es sich verheimlichen lässt. Sie muss noch abwarten.

Nur weil er ein Drittel des Hauses mitfinanziert hat, gibt ihm das noch kein Recht, sie auszubooten. Und weil er auf einmal meint, Informatik und Immobilieninvestment passten ideal zusammen, auch nicht.

Martha beginnt, sich in ihren Gedanken zu verheddern, sie gießt sich noch einen letzten Schnaps ein. Dann geht sie leise und leicht wankend nach oben in ihr Bett. Sie haben immer noch dieses bescheuerte gemeinsame Schlafzimmer. Andreas schnarcht bereits. Er wird schon sehen, wenn Hero erst wieder gesund ist, dann Gnade ihm Gott.

# 8

Es geht einfach dem Alter nach, denkt Walter. Erst Josepha, dann Klara, jetzt irgendwann Hero. Der Blick auf den leeren Schreibtisch gegenüber ist ungewohnt. Noch. Hero hat die ganzen Jahre nicht mehr als zwei, drei Tage hintereinander gefehlt. Jetzt wird er nach spätestens zwei Wochen wieder zurück sein, sagt er.

Walter ordnet seinen Schreibtisch, stapelt die Unterlagen und überlegt, ob er die Sitzung mit Herrn Linder am Nachmittag nicht besser verschieben soll. Die Auftragslage ist nicht schlecht im Moment, und Herrn Linders undurchsichtigen Projekten würde er sich gerne noch eine Weile entziehen. Es würde sicher reichen, das alles zu besprechen, wenn Hero wieder zurück ist.

Immerhin hat er Walter die Firma überschrieben. Richtig mit Notar und allen Unterlagen. Wäre ja ohnehin Zeit gewesen, hat er gesagt. Bloß hat Walter das vor zehn Jahren schon vorgeschlagen. Und da wollte Hero nicht. Seine Firma, sein Lebenswerk, seine heilige Kuh. Hat immer gedacht, Walter würde sie nicht schützen können.

Nicht, dass er ein schlechter Vater war, denkt Walter und schaltet seinen PC an, nein, er ist nur nicht praktisch veranlagt und hatte nicht die mindeste Achtung oder Wertschätzung für diese Art der Begabung. Er fand es selbstverständlich, dass andere, inferiore Wesen derartige Arbeiten erledigten. Walter war begabt, was das Praktische und Organisatorische betraf, es machte ihm sogar Spaß, das hatte er wohl von seiner Mutter. Hero konnte nicht einmal ein Zelt aufstellen, geschweige denn, sich ein Spiegelei braten, und war auch noch stolz darauf. Für diese Dinge, pflegte er zu sagen, gebe es andere, solche wie Walter eben. Und die durften sich im Betrieb um die Lagerhaltung, um Warenein- und -ausgang kümmern, die elektronische Buchhaltung einführen, sollten aber kein Wort des Lobes dafür erwarten.

Mein Gott, denkt Walter, während er sich hinter seinen aufgeräumten Schreibtisch setzt, sich zurücklehnt und die Arme über dem Kopf verschränkt, es ist schwer, seinen Vater lieben zu wollen, wenn man selbst schon viele Jahre Vater ist und versucht hat, alles anders zu machen. Aber es hilft, dass man ihn jetzt nicht mehr braucht. Ich muss ihm nicht mehr gefallen, bin nicht mehr von seiner Bewunderung abhängig, denkt er erleichtert.

Er will Robin und Stefan einmal fragen, was sie von ihm halten, bisher hat er immer angenommen, dass sie entspannt und ohne Druck aufgewachsen sind. Sie haben ein ganz anderes Verhältnis zu ihm. Und Teresa hat sich im Gegensatz zu Agnes auch niemals auf seine Autorität berufen, ihn nie gegen die Kinder ins Feld geführt: *Warte nur, bis der Papa kommt.* Nein, sie war sogar der Meinung, dass er zu streng sei, beim ersten Anzeichen von erhobener Stimme sagte sie *bitte nicht so laut* oder *musst du denn so schreien, die Kinder hören gut.*

Er ist froh um sie. Und beide Söhne sind gut geraten, was man von Heros direkten Nachkommen eigentlich nicht so sagen kann. Jeder hat mindestens eine Macke und spinnt auf seine Weise. Vor allem Heros Liebling Johannes. Natürlich tut er so, als könne er Johannes nicht ausstehen, aber das sieht doch ein Blinder, dass nur der ihn interessiert. Der jüngste Wieland, intelligent, draufgängerisch, von sich überzeugt, also genau das, was Hero bewundert. Dieses ganze Tamtam mit Mallorca hätte er, Walter, mal wagen sollen. Und das mit dem Kredit hat Johannes doch nur mit ihm, dem Bruder, abwickeln wollen, um vor dem Alten sein Gesicht nicht zu verlieren. Aber dann ist es doch herausgekommen.

Natürlich ist Hero enttäuscht, dass Johannes sein Studium abgebrochen hat, er hätte so gerne gehabt, dass wenigstens dieser Sohn Akademiker wird. Am liebsten Historiker. Als ob Söhne etwas mit den verlorenen Träumen der Väter zu tun hätten.

Ihm, Walter, haben sie keine Wahl gelassen. Die Firma. Und da nicht als Nachfolger, sondern als ewiger Untertan.

Er ist trotzdem geblieben, und das war seine, allein seine Entscheidung. Teresa wollte ihn vor Jahren abwerben, wegen der vielen, natürlich unbezahlten Überstunden im väterlichen Unternehmen. Er hatte ein Angebot von *Baustoff Traudt*, dem Betrieb, in dem sie als Buchhalterin arbeitete. Ohne Hero etwas davon zu sagen, hatte er sich entschieden zu bleiben.

Es war ein gutes Gefühl. Seitdem weiß er um seinen Wert und weiß, dass es auch andere Möglichkeiten gibt.

So wie es jetzt aussieht, hat es sich gelohnt auszuhalten. Er wird Teresa bei sich einstellen, ganztags, da die Söhne aus dem Haus sind und sie gerne mit ihm zusammenarbeiten will. Und er wird Herrn Linder hinausschmeißen, aber das sagt er dem Alten lieber noch nicht. Und er sagt ihm auch nicht, dass er von den Verlustgeschäften weiß, die sie zusammen getätigt haben. Sie machen beide den Fehler, dass sie ihn für dumm halten. Ist er aber nicht. Er hat parallel zu ihnen ein sehr lukratives Geschäft gemacht, genau mit den Aktien, von denen Herr Linder abgeraten hat. Ja, und dabei hat er etwas für sich und seine Familie zurückgelegt.

Hero hätte früher aufhören sollen zu arbeiten, denkt er, statt noch jeden Tag in die Firma zu gehen, mit siebzig! Und hätte mal zur Vorsorge gehen sollen, in seinem Alter.

Es klopft, Frau Murnau tritt ein und bringt den Kaffee. Seit vielen Jahren genau um zehn Uhr, ein Ritual. Sie schaut so irritiert zu Heros leerem Sessel, dass Walter denkt, sie werde gleich in Tränen ausbrechen. Aber sie stellt wortlos das Tablett neben der Tastatur des PCs ab und zieht sich wieder zurück.

Hero hat wohl geglaubt, einem Helden passiert nichts. Selbst wenn er in Wirklichkeit nicht Hero, sondern Herwig heißt. Und wirklich kein Held ist. Er hat Angst, dieser Vater. Hat Angst verbreitet, solange Walter denken kann. Vor dem großen Zusammenbruch, der immer unmittelbar bevorstand: Atomkrieg, Weltwirtschaftskrise, Verrohung der Massen. Er hatte ein ausgetüfteltes Überlebensprogramm entwickelt, legte Unmengen von Vorräten im Keller an und verbrachte mit Agnes viele Wochenenden damit, im Gebirge in einem nach einer dubiosen Wahrsagung vor Atomstrahlungen geschützten Tal nach einem Gasthof zu suchen, wo die Familie im Ernstfall überleben sollte.

Seit einer Weile kommt die Angst hinzu, dass er seine Kinder nicht richtig erzogen habe, dass die Krankheit ihn verändern werde, dass Walter die Firma nicht halten könne, weil er sich in Verhandlungen nicht durchsetzen kann und weil er sich der Belegschaft gegenüber nicht so väterlich verhält wie er. Stimmt. Will er auch gar nicht. Er sieht nicht ein, dass er sich um seine Sekretärin kümmern soll wie um seine Frau. Nein, die Firma ist nicht seine Familie. Zu der geht er nach Feierabend. Auch jetzt, wenn er der Chef ist, wird sich daran nichts ändern. Robin und Stefan sind zwar aus dem Haus, aber er hat mit Teresa auch ein Privatleben – außerhalb von *Baustoff Wieland*.

Er, Walter, hat den anderen den Vorschlag gemacht, Hero in dem Glauben zu lassen, dass er gute Überlebenschancen hätte, nach der überstandenen Operation. Das ist der Rat von Roland, diesem mit Hero befreundeten Arzt, der meint, Hero würde die Wahrheit nicht verkraften, noch nicht. Vielleicht denkt Roland dabei an Klara und dass so was womöglich in der Familie liegt. Dem Tod ausweichen, indem man direkt hineinrennt. Aber das glaubt Walter eigentlich nicht. Obwohl man natürlich nie ganz sicher sein kann.

# 9

Ich bin jetzt dran. Ob er will oder nicht, ich werde ihn besuchen. Ich werde ihm sagen, wie es um ihn steht. Er hat ein Recht darauf. Und ich will ihm Ken vorstellen. *Mein neuer Freund, ja, es ist ernst. Hoffentlich gefällt er dir. Wenn nicht, kann ich nämlich auch nichts machen.* Nein, das Letzte werde ich nicht sagen, das wäre unfair. Aber er soll seine Vorurteile begraben. Nein, auch das werde ich nicht sagen, begraben passt nicht, besser überwinden.

Er soll wissen, dass die anderen es ihm nicht sagen wollen. Angeblich aus Rücksicht, um seinen Lebensmut nicht zu zerstören. Aber ich glaube, eher aus Angst. Weil sie nicht wissen, was sie danach sagen sollen. Weiter lügen, um seinen Lebensmut wieder aufzubauen? Braucht er den jetzt noch, den Mut zum Leben? Vielleicht sollten wir ihm besser Mut zum Sterben machen. Nicht, dass er selbst was dazu tun soll. Er braucht doch gar nichts mehr zu machen. Es geht von allein. Und es geht ja vielleicht schnell.

Aber hoffentlich nicht zu schnell, ich brauche ihn noch, bin noch lange nicht fertig mit ihm. Wir beide haben noch gar nicht angefangen. Mit Gesprächen, die keine Vorwürfe sind. Nein, ich habe keinen Schaden genommen an dieser Familie. Daran, dass ich nie im Mittelpunkt war. Das muss ich ihm sagen. Natürlich habe ich gesehen, dass die anderen wichtiger waren, dass Agnes und er ihre Lieblinge hatten, dass ich nicht dabei war, auf irgendeine Weise immer nicht *da*. Aber ich habe mir das schon zurechtgelegt, habe mir Sätze aufgeschrieben wie: *Unbeachtete Menschen werden unsichtbar und können sich alles erlauben – wie im Märchen die Besitzer von Tarnkappen.* Ja, das ermöglicht eine ungeheure Freiheit, die die anderen nicht haben. Wenn ich an die endlosen Diskussionen mit Johannes denke, darüber, wie er lernen sollte, was er zusätzlich an Sport und Nachhilfekursen absolvieren musste. Und dann, was er nach seinem nicht gerade glänzenden Abitur studieren sollte. Das ist mir erspart geblieben, diese Einmischung. Trotzdem gab es Abstürze, zugegeben. Eifersucht und Einsamkeit. Und die äußerten sich dann auch: *Gesehen werden kann man nicht erzwingen. Geliebt werden erst recht nicht. Vor allem nicht in der Familie.* Das hat erst einmal geholfen. Und dann habe ich sie überall schlechtgemacht, diese Familie. Meine Freundinnen und später meine Freunde standen immer auf meiner Seite. Ich hatte die tragische Rolle – und das Mitgefühl der anderen. Und so bin ich ganz gut über die Runden gekommen. Finde ich. Und das werde ich ihm sagen. Dass er sich darüber keinen Kopf mehr zu machen braucht. Dass anderes jetzt wichtiger ist. Und dass, wenn er will, wir ja alle bei ihm sind. Jeder natürlich auf seine Weise. Etwas gemeinsam zu machen, haben wir ja nicht gelernt, aber das brauche ich ihm auch nicht zu sagen.

Auf einmal denke ich, es drängt sich mir auf, ob ich will oder nicht, dass es nicht richtig ist, dass wir so viel Aufhebens um das Sterben eines Einzigen machen. Woanders sterben sie massenweise, und wir nehmen das ungerührt zur Kenntnis. Gestern bei einem Selbstmordattentat einhundertachtundvierzig Tote. Und keiner hier schreit.

Ich habe Ken gefragt, ob er sich *Tausende* von Toten vorstellen könne. Kann er nicht, sagt er, kann niemand. Er hat ja beruflich immer wieder damit zu tun. Ich habe ihm erzählt, wie ich sie aufteile, die Toten, sie in einzelne Zimmer lege, in jedes nur zehn. Jeden mit Gesicht und Namen. Kinder, Frauen, Männer, alte und junge. Und dann gehe ich von Zimmer zu Zimmer, schaue sie mir alle genau an. Bis ich vor Traurigkeit und vor Erschöpfung nicht mehr kann. Doch bei großen Sachen wie Erdbeben, den Twin Towers, den Kriegen in Bosnien, Afghanistan, Tschetschenien und anderswo, da geht das nicht mehr. Und ich werde auch älter und abgebrühter und müde.

Wenn es um den Tod geht, sind wir überfordert. Und keiner weiß eigentlich, warum. Wo doch jeder damit zu tun hat, früher oder später. Und wo man das doch von Anfang an weiß.

Aber jeder denkt, es trifft nur die anderen. Zumindest, solange es einem selbst gut geht.

# 10

Cleo will ihren Sohn Hero nennen. Johannes findet das schrecklich. Bei aller Liebe, sagt er, oder besser: bei allem Respekt, das sei wirklich keine gute Idee. Sie findet es lustig. Ein kleiner Held mit amerikanischem Akzent. »Stell dir vor, wie süß, *hirou.*« Und keiner würde es als Angeberei sehen, sie haben ihn nach seinem Großvater benannt. Der das leider nicht mehr erlebt.

Oder vielleicht doch, überlegt Johannes. Hero soll wieder richtig munter sein, wie sie sagen, und nächste Woche nach Hause entlassen werden. Ärzte irren sich ja bekanntlich. Johannes ist der Meinung, dass in der Familie zu viel dramatisiert wird, und der Alte ist keiner von der Sorte, die schnell abdankt. Er will noch so viel regeln, und das wird ihm helfen zu überleben. Das weiß man, dass unerledigte Aufgaben selbst Todkranke noch ganz schön lange auf Trab halten können. Und Hero hat wirklich noch Wichtiges zu erledigen. Johannes hat von seiner Mutter erfahren, dass er noch nicht einmal ein notariell beglaubigtes Testament verfasst hat. Zwar einiges aufgezeichnet, das er aber immer wieder ändert, ergänzt – und Agnes nicht zeigt.

Nicht einmal eine Patientenverfügung hat er, und die sollte er ja auf jeden Fall als Erstes machen. Wo er doch derart eigen ist, um nicht zu sagen, wehleidig. Da sollten die Mediziner nicht alles mit ihm machen dürfen. Vor allem, wenn es nichts mehr bringt.

Und sicher wird er mit jedem seiner Kinder noch ein »ernstes Gespräch«, wie er das immer genannt hat, führen wollen. Also jedem eine eigens für ihn verfasste Predigt halten, die er vielleicht auch schriftlich überreicht, als Andenken. Das alleine wird dauern. Die Vorbereitung und die Termine mit jedem Einzelnen. Soll ja bestimmt unter vier Augen stattfinden, dieses Gespräch.

Ob die etwas voreilige Übertragung der Firma an Walter der klügste Schritt war, muss sich erst noch zeigen. Johannes denkt, es wäre besser gewesen abzuwarten, dann den Laden zu verkaufen und alle auszubezahlen. Bis dahin wäre vielleicht auch das Darlehen, das er noch an eben diese Firma zurückzuzahlen hat, vergessen. Hofft er.

Walter mahnt zwar von Zeit zu Zeit, aber eher dezent. Will wohl auch nichts an die große Glocke hängen. Obwohl Hero ja sicher beim Notar davon erfahren hat.

Aber sie sind Weltmeister im uneigentlichen Reden in dieser Familie. Dabei wird Unliebsames vom Tisch gewischt, wird mit Nichtigkeiten bis zur Unkenntlichkeit verkleistert, oder es erscheint erst gar nicht. Und oft, ohne dass es jemand merkt. Vielleicht hat genau dieser Umgang miteinander sie davor bewahrt, sich gegenseitig zu ermorden.

Auf Cleos Seite reden sie direkt und kommen trotzdem miteinander aus. Alles scheint geklärt. Ihr Vater will mit seiner neuen Lebensgefährtin auf Mallorca bleiben, sie demnächst heiraten und mit ihr das kleine Hotel weiterführen. Cleo, Johannes und der Kleine werden immer willkommen sein. Und auch alle anderen von Cleos neuer Familie. Die Schwiegereltern sind vom Wieland-Clan begeistert. So ein Zusammenhalt, so eine Fröhlichkeit.

Vielleicht will ja der Alte noch einmal dorthin. Könnte man arrangieren. Das Meer und die Landschaft haben ihm ausgesprochen gut gefallen. Und Agnes würde ihn begleiten, hätte also auch einen Lichtblick. Den sie jetzt wirklich braucht.

# 11

Was die von der Auslieferung wieder für einen Mist geschickt haben, denkt Tina, als sie die neu eingetroffene Ware aushängen will. Von Esprit und Escada nur die kleinen Größen, schimpft sie. Ihre Mitarbeiterin, eine kräftige junge Frau, die ihr zweimal die Woche beim Saubermachen, Dekorieren und allen körperlich anstrengenden Arbeiten wie bei der Entgegennahme der bestellten Ware hilft, nickt wortlos. Man müsse sich doch nur diese Gestalten da draußen anschauen, wie die herumlaufen, Monster, alles Größe 46 und darüber, und sie könne doch nicht die ganze Kollektion mit nach Hause nehmen, schimpft Tina weiter und streicht selbstgefällig den engen Rock über ihren schmalen Hüften glatt.

Als ob sie keinen anderen Kummer hätte.

Sie muss zwar nichts entscheiden, als Jüngste der Geschwister hat sie diesen Vorteil. Das übernehmen die anderen, die *Großen.* Als Jüngste wird man nie groß, bleibt für immer die Kleine, nicht nur in dieser Familie. Trotzdem sollten sie jetzt auf sie hören. Alles ist so verfahren, von Anfang an. Typisch für diesen Wieland-Clan. Jeder macht seinen Part ohne den anderen. Sie hätten gleich miteinander reden und erst einmal erhaltende, aufbauende Maßnahmen versuchen sollen. Das hätte natürlich vorausgesetzt, dass Hero sie rechtzeitig informiert hätte. Dabei hätte er allerdings über seinen Schatten springen müssen, der mindestens so groß ist wie das ganze Krankenhaus, in dem er seit einer Woche liegt. Und es hätte vorausgesetzt, dass die anderen sich ein Mindestmaß an Wissen über alternative Heilmethoden angeeignet hätten. So folgen sie wie ahnungslose Lämmer allen Anweisungen und Vorgaben der Schulmediziner und lachen über Ayurveda, was doch nur zeigt, dass sie keine Ahnung haben.

Aber mittlerweile ist das ja kein Thema mehr. Sie haben Tatsachen geschaffen, die Niere ist weg. Und die Metastasen werden wachsen, prophezeit Tina. Das wisse man, dass der Körper sich wehrt, dass die Narbenbildung nach jeder Operation eine Aufforderung zu neuem Zellwachstum ist. Darauf sagen die Geschwister, das sei

Populärmedizin, habe mit medizinischem Fachwissen nichts zu tun, und es fehlten nur noch ihre psychosomatischen Erklärungen. Wäre bei Hero auch nicht abwegig, meint sie. Aber sie sei keine Therapeutin. Und schon gar nicht seine. Sie ist ein Mutterkind, das Nesthäkchen. Und für ihre Welt, für gutes Aussehen, Mode, für Es-sich-gut-gehen-Lassen, einfach Lebenslust, hat Hero sich nie interessiert. Immer nur Verantwortung, Abhärtung, Pflicht, Tiefe. Nie Leichtigkeit, ja Leichtsinn. Aber das braucht sie nun mal. Und Jens, ihr Mann, glücklicherweise auch.

Den Unfall hat er tapfer überstanden, ohne sich ins Bockshorn jagen zu lassen. Damals war sie in Panik geraten, an jenem ersten Tag, und hatte Hero angerufen. Und, das muss man ihm lassen, er hat sofort reagiert und seinen Freund Roland eingeschaltet, obwohl ihm das ja sicher peinlich war. Ein Motorradunfall – in seiner Familie!

Jens ist glücklicherweise genauso mutig, ja draufgängerisch wie vorher, und das gefällt ihr. Er ist nicht von dieser immer ängstlichen, gelehrten Sorte. Er lacht über die. Obwohl er selbst gerne und viel liest und – wie Tina findet – eigentlich gebildet ist. Seiner Meinung nach wäre Hero der ideale protestantische Pfarrer. Er hätte, sagt Jens, vielleicht ein paar Bücher von Luther umgeschrieben, zum Beispiel *Von Kaufhandlung und Wucher*, andere mit begeisterten Kommentaren versehen, hätte sich als Prediger einen Namen gemacht, wahrscheinlich nicht mal einen schlechten, es gibt ja viele Menschen, die aufrüttelnde Worte lieben, und hätte so seinen Prinzipien entsprechend gelebt.

Seine Familie, das heißt die Kinder, hätte er dann ganz und gar Agnes überlassen und sich nur dem Geistigen gewidmet. Aber das kann Tina nicht glauben. Mit Sicherheit hätte er sich in die Erziehung eingemischt, hätte seiner Jüngsten das Schminken und Tanzen und Motorradfahren genauso verboten wie jetzt auch, und genauso vergeblich.

Jeder geht seinen Weg. Nur kann man als Jüngste nicht mehr frei wählen, weil durch die Vorausgehenden viele Wege schon besetzt sind. Und sie wollte in niemandes Fußstapfen treten, sie hat abgewartet. Als die anderen weit genug voraus waren, Tina hatte in der Schule alle zulässigen Klassenrunden gedreht, war also in jeder Stufe einmal sitzen geblieben, fühlte sie sich frei. Hero, erst einmal nur froh, dass sie überhaupt das Abitur geschafft hatte, und überzeugt, dass sie ohnehin bald heiraten würde, womit er ja auch recht behielt, hat ihr in der Wahl des Berufes nicht dreingeredet. Dass sie sich für eine kaufmännische Lehre entschied, gefiel ihm, nur der Bereich Mode war nicht sein Fall. Aber dieses *Problem*, wie er es nannte, überließ er dann Jens. Der als Designer und Art Director von Hugo Boss gerne übernahm.

Hero und sie haben ein gutes, Tina würde sagen *entspanntes,* Verhältnis. Das heißt, sie haben eigentlich keine gemeinsamen Themen, aber sie lassen sich in Ruhe. Und wenn sie Hilfe braucht, wie bei dem Unfall von Jens, ist er da. Das reicht ihr.

Jetzt tut er ihr leid. Sie würde ihm gerne das Leben erleichtern. Einfach lustiger machen, ihn zum Lachen bringen. Er hatte früher selbst manchmal den Versuch gemacht. Einmal, als sie als Kind krank war, Mumps oder Masern, sie weiß es nicht mehr genau, lief er, um sie zu erheitern, wie ein Clown durch das Zimmer. Das heißt so, wie er sich einen Clown vorstellte. Er torkelte mit ausufernden Bewegungen, jonglierte mit zwei Orangen, die ihm natürlich mehrmals aus der Hand fielen, und versprach das Blaue vom Himmel. Alles würde die Prinzessin bekommen, wenn sie nur erst wieder gesund wäre.

Sie bedauert, in dieser Lage nichts für den Vater tun zu können. Und sie bedauert es noch mehr, dass es ihn so früh erwischt hat, ihre Kinder sind noch so klein, Anna neun und Philip erst drei. Sie werden sich später kaum an ihren Großvater erinnern können. Sie muss noch Aufnahmen von ihm machen, möglichst viele und möglichst bald, bevor er zu sehr von seiner Krankheit gezeichnet ist.

# 12

Annabelle hat eine Sonderstellung. Sie gehört nicht zu den Kindern. Aber sie ist näher an Hero und Agnes als die anderen Enkelinnen und Enkel. Sie ist nur sieben Jahre jünger als Tina, ihre Tante, und Agnes hat sie die ersten Jahre wie ein eigenes Kind behandelt. Eine Nachzüglerin. Und das, obwohl Martha nicht ihr Lieblingskind war. Und obwohl Hero, dessen Lieblingskind Martha immer gewesen ist, aber eben seit Udo nicht mehr und seit Annabelles Geburt erst recht nicht mehr, nicht einverstanden war. Keine Unterstützung für die Treulose. Für die Gefallene. Doch dann hat er doch die Vormundschaft für das Kind übernommen. Als Vater einer minderjährigen Mutter.

Das alles liegt vor Annabelles Erinnerung. Auch Udo, ihr Vater, von dem es nur ein paar nicht sehr vorteilhafte Aufnahmen gibt. Aus der Zeit vor der Trennung von Martha und vor seinem tödlichen Unfall. Ein Mann mit dichter Lockenmähne, ungewaschen, auf jedem Bild eine Zigarette zwischen den Lippen, viele Aufnahmen verwackelt, unscharf. Ein Mann, der oft lacht. Nie mit ihr, nur mit Martha. Annabelle ist auf keinem der Bilder zu sehen. Heute fragt sie sich, ob sie lieber Hero als Vater gehabt hätte. Für sich alleine vielleicht schon. Aber nicht mit all den anderen zusammen. Lieber einen Vater für sich allein. Und dann hat sie es nicht einmal geschafft, einen für ihre Tochter Lena zu finden. Einen, der blieb. Aber Annabelle sieht, dass es auch so geht. Nicht besonders gut, aber es geht. Das Netz ist da. Auch, wenn es oft gespickt ist mit Dornen, die verletzen. Und auch, wenn sie bisweilen nicht so aufgefangen wird, wie sie es braucht oder wünscht.

Warum, zum Beispiel, hat damals niemand diesen idiotischen Namen verhindert, so autoritär wie Hero geschildert wird, hätte er ihn einfach verbieten können. Martha und Udo hatten ihn ausgesucht, noch bevor Reinhard Mey auf diesen unsäglichen Song kam, der ihr in der Pubertät dann den Reim *intellektuell* verpasste. Und sie meinte, jedem erklären zu müssen, dass sie davor geboren sei, also nichts damit zu tun habe, und verdammt noch mal ihr Opa, der ihr Vormund war, nichts, rein gar nichts dagegen unternommen hat.

Trotzdem war er immer da, wie ein Fels in der Brandung. Aber sie lebt auf dem Festland und fragt sich, was ihr ein Fels da draußen nützt. Einer, nach dem sie immer eine nicht genau zu beschreibende Sehnsucht fühlte. Das war später, als ihre Mutter ihr Studium abgeschlossen und eine Stelle als Lehrerin in einer anderen Stadt angenommen hatte. Sie hatte mit Martha alleine in einer kleinen Wohnung in diesem langweiligen Kaff gewohnt, war da zur Schule gegangen und hatte ihre Großeltern nur bei Besuchen zu Gesicht bekommen. Meist bei Festen, mit allen anderen zusammen. Hero war dann immer der Vater für alle gewesen – und gleichzeitig auch für niemanden mehr.

Sie ist selbstständig. Hat eine Ausbildung als Steuerberaterin und kennt sich folglich mit Finanzen aus. Martha war begeistert, sah kostenlose Beratung und Betreuung ihrer Einkünfte voraus und zahlte, besser: investierte in ihre Ausbildung. Sogar nach ihrer Heirat mit Andreas, der das gerne verhindert hätte, aber dann doch für das eigene Unternehmen auch Vorteile witterte. Nur, dass er und Annabelle sich nicht riechen können. Sie hat nie mit ihm Frieden geschlossen, sie durchschaut ihn. Und in beruflichen Dingen ist sie selbstbewusst. Damit kann er nicht umgehen. *Dieses vaterlose Balg*, hat er über sie gesagt und sagt das auch bis heute über Lena. Aber nur, wenn sie, Annabelle, nicht in der Nähe ist. Sie vermeidet nach Möglichkeit, Lena mit ihm alleine zu lassen. Auf Heros letztem Geburtstag gab es einen Eklat, weil Andreas ständig versucht hatte, Kerstin und Lena gegeneinander auszuspielen. Martha sah nur zu. Doch dann war Hero eingeschritten. Dem Alten entgeht nichts. Endlich war Ruhe.

Wegen Andreas geht Lena auch nie alleine zu Martha, ihrer Oma. Nur zusammen mit ihr, Annabelle. Wenn die Frauen alleine sind, vertragen sich auch Kerstin und Lena. Manchmal machen sie sogar zusammen Musik. Sie kichern zwar mehr, als sie spielen, aber die Mütter halten sich da heraus. Das Musizieren hat für sie immer noch den Geschmack von etwas Unbekanntem, ja fast Anrüchigem, was sie ihrer Erziehung, was sie Hero verdanken.

Seit bekannt ist, dass Hero krank ist, wacht Andreas eifersüchtig darüber, ob der ihr irgendetwas anvertraut. Das Familienerbe betreffend.

Doch da braucht er sich keine Gedanken zu machen.

# 13

Ich bin doch alleine gekommen. Zuerst wollte ich Ken mitbringen, dachte, besser, er sieht ihn gleich, statt dass ich lang erkläre. Aber Ken will lieber warten, sagt, Hero würde sich überrumpelt fühlen und will als stolzer Mann bestimmt nicht von einem Fremden, und schon gar nicht von einem Schwarzen, im Bett beäugt werden, da er schon seiner eigenen Familie keinen Besuch erlaubt. Hat er sicher recht. Auch wenn mir jetzt der Anlass fehlt, einfach so aufzutauchen.

Dann geht alles ganz schnell. Ich habe mir die ersten Sätze genau zurechtgelegt. Ich klopfe, und weil keine Antwort kommt, gehe ich gleich rein, sie haben mir gesagt, dass er allein liegt, und das war gut, sonst hätte ich vielleicht geglaubt, ich hätte mich im Zimmer geirrt, denn er sieht auf einmal ganz anders aus. Ein bisschen wie Samuel Beckett, ganz hager, mit struppig hochstehenden, grauen Haaren. Obwohl ich Beckett natürlich nie im Schlafanzug gesehen habe, ihn überhaupt nur von Fotos kenne, aber er könnte genau so einen tragen, beige mit blauen Streifen und ein wenig zerknittert. Ich sage meine vorbereiteten Sätze, entschuldige mich, aber das scheint gar nicht nötig zu sein, er schaut mich nachdenklich und gar nicht unfreundlich an, sagt: »Ist schon gut, du traust dich wenigstens was.«

Und dann bin ich aus dem Konzept. Ich setze mich auf den Stuhl neben seinem Bett. Und da sitze ich erst einmal, ohne was zu sagen. Wie eine Schülerin. Warte, dass ich aufgerufen werde. Aber er sagt auch nichts und schaut mich nur an. Irgendwie erstaunt oder auch amüsiert, ich kann es nicht genau erkennen, aber er lächelt ein bisschen. Und dann fängt er doch an zu reden. Erinnert mich daran, wie wir uns vor ein paar Jahren bei der Sonnenfinsternis zufällig getroffen haben. Wie er damals eigentlich auch niemanden sehen wollte von der Familie und deshalb zum Katzenberg hochgefahren war, um da in der Menge von Unbekannten unterzutauchen. Und wie ich dann plötzlich vor ihm stand. So wie jetzt. Er redet ziemlich leise, und ich muss mich nah zu ihm hinbeugen. Das Lächeln ist jetzt ganz deutlich. Und meine Erinnerung auch. Weil wir uns da auch auf einmal sehr nah waren. Das Licht war so eigenartig, fast bedrohlich. Alles mit fahlem Grau überzogen, die Menschen wie Tote. Absolute Windstille und kein Pieps von den Vögeln, die vorher fast schreiend durch die Gegend geflogen waren. Und wie schnell es kalt war, mitten im August. Er hat mir seine Jacke um die Schultern gelegt, sein Jackett. Kam ja direkt von der Firma. Agnes war, glaube ich, mit dem Pfarrgemeinderat unterwegs.

Und ich frage mich, warum er mir das eigentlich alles erzählt, und dann frage ich ihn, und er sagt: *das Licht.* Es sei die letzten Tage das gleiche Licht um ihn gewesen. Stelle ich mir grauenhaft vor, er muss wohl in einer Art Koma gelegen sein. Aber jetzt, sagt er, sei das vorbei, und er spüre richtig, wie er wieder zu Kräften komme. Ich vermeide es, zu skeptisch zu schauen, vor allem nicht auf seine dürr gewordenen Arme und die Hände, wie durchsichtig mit blaubraunen Flecken, da, wo vorher wohl die Kanülen waren. Ich weiß ja nicht, was sie mit ihm gemacht haben, aber es muss tierisch anstrengend gewesen sein. So wie er aussieht.

Aber da sagt er noch einmal, lauter jetzt, dass es ihm wieder gut gehe. Und dass er wieder Pläne schmiede. Natürlich muss ich ihn fragen, welche. Er will noch einmal ans Meer fahren, wenn er wieder draußen und richtig erholt ist. Aber natürlich erst nach der Beerdigung von Klara, die sei erst einmal das Wichtigste.

Von dem Gedanken will ich schnell wieder weg und frage ihn, wo er denn hinfahren wolle. Ach, das Land sei nicht so wichtig, nur, dass es schön warm und das Meer sauber sei. Und zu weit sollte es auch nicht sein. Italien, schlage ich vor, und er nickt, ja, das sei eine gute Idee. Und jetzt kann ich beim besten Willen meinen Plan nicht mehr ausführen und ihm sagen, wie es um ihn steht, dass er nicht mehr zu weit in die Zukunft planen, sondern sich auf eine andere Reise, auf das Sterben, einstellen soll. Nein, das geht wirklich nicht. Er schaut mich mit seinen hellen Augen an, und jetzt weiß ich, warum er mich an Beckett erinnert, der hatte auch diesen Habichtsblick, und ich sage zu Hero: »Ich habe übrigens einen neuen Freund. Er ist ganz anders als Wolf, er interessiert sich für unsere Familie, und er würde dich gern kennenlernen. Wenn du willst.«

# WIEDER DA

# 1

Er ist wieder da. Dem Tod noch einmal von der Schippe gesprungen, wie er allen erzählt, die es hören wollen. Er ist noch ein bisschen blass, was durch den schwarzen Mantel, den er trägt, unterstrichen wird, steht aber aufrecht, ja in gewisser Weise stolz im Kreis seiner Familie. Den Besuch einer Reha-Klinik im Anschluss an seine Operation hat er abgelehnt, ebenso alle Ratschläge, sich zurückzuziehen und zu schonen.

Er hat Wichtigeres zu tun. Zuerst einmal das hier, Klara beerdigen. Sie wartet ja schon lange genug.

Es ist kein schöner Tag für eine Beerdigung. Wenn es für so etwas überhaupt schöne Tage gibt. Aber bei strahlendem Sonnenlicht bedauert man diejenigen, die man unter die Erde bringt. Bei dieser scheußlichen Witterung kommt fast ein bisschen Neid auf. Ein atlantisches Tief, seit Wochen das erste, bläst böigen kalten Wind über den Friedhof. Das sind sie alle nicht mehr gewohnt, der Juli war so heiß und trocken gewesen – und jetzt ohne Übergang im August schon Herbst. Hero fröstelt und mustert nachdenklich die Umstehenden. Sie warten vor der Aussegnungshalle des Stadtfriedhofs. Seine ganze Familie, feierlich wie vor Kurzem bei der Hochzeit. Aber jetzt das Kontrastprogramm, eine gebeutelte Familie. Vollzählig bis auf Cleo, die wegen der bevorstehenden Geburt zu Hause geblieben ist, *das wäre doch zu peinlich, wenn er ausgerechnet auf dem Friedhof käme*, hat sie mit dem ihr eigenen Humor erklärt. Sogar Nele ist gekommen, steht allerdings abseits, mit diesem Mann, der offensichtlich ihr neuer Freund ist. Sie hat Hero im Krankenhaus erzählt, dass er aus Nigeria sei und schwarz. Er ist also eingeweiht. Ja, sonst wäre er jetzt erschrocken. Wie die anderen. Aber so hat er ihnen etwas voraus und genießt es, ihre Reaktionen zu beobachten. Und ergreift Partei für Nele. Seine Meinung hat er ihr schon gesagt.

Er reckt den Hals und schaut prüfend über die Köpfe der Anwesenden. Wie ein Lehrer, der seine Klasse durchzählen will, und tatsächlich stehen sie da, als würden sie auf eine Strafpredigt warten. Jeder scheint sich zu ducken, sich klein und unscheinbar zu machen.

Auch Agnes, die neben ihm auf ihre Schuhspitzen schaut, als ob die Antworten geben könnten. Abseits stehen ein paar unbekannte Trauergäste. Auch sie eher verlegen. Vielleicht Freundinnen von Klara, vielleicht nur Neugierige, die es in der Zeitung gelesen haben. Hört man ja nicht so oft, dass Alte sich das Leben nehmen.

Jetzt hat Martha ihre Schwester und deren schwarzen Begleiter entdeckt. Und stößt sofort Andreas in die Seite, um auch ihn aufmerksam zu machen. Dann scheint sie sich zu erinnern, dass sie mit ihm ja nichts mehr zu tun haben, mit ihm nie mehr gemeinsame Sache machen will, lässt ihn gaffend stehen und geht ein paar Schritte nach links zu Tina und Jens, dann dreht sie sich nach hinten zu Johannes. Sie rücken alle zusammen und tuscheln und werfen immer wieder Blicke unverhohlener Neugier auf die beiden im Windschatten der Aussegnungshalle.

Walter und Teresa, mit ihren Söhnen eine eigene Gruppe, bleiben unter sich, reagieren nicht. Robin hat seine Frau Meral mitgebracht, obwohl sie doch Muslimin ist, und Veli, den kleinen Sohn, obwohl er doch erst zwei Jahre alt ist. Hero sieht das mit Rührung, denkt, diese übernächste Generation, sie scheint wieder Familiensinn zu haben. Von Anfang an alle miteinbeziehen. Er war gegen diese Heirat mit einer Türkin gewesen, hatte aber als Großvater keinen Einfluss gehabt. Zumal auch Agnes sich gemeinsam mit Walter und Teresa vor das junge Paar und das sich bereits deutlich abzeichnende Kind gestellt hatte. Jetzt ist das gut so.

Es beginnt zu regnen, leicht, wie aus einem Zerstäuber, und die Erwachsenen drängen sich gleich einer Herde frierender Schafe unter das Vordach vor dem Eingang. Die Kinder stören sich nicht an Nässe und Wind und spielen fröhlich auf den Kieswegen Fangen, bis sie ermahnt und zurückgerufen werden. Es ist ohnehin Zeit. Die Türe der Aussegnungshalle, eigentlich ist es eine kleine Kapelle, wird geöffnet. Schlagartig wird es still. Hero und Agnes gehen als Erste. Ist eine Beerdigung wirklich eine Familienfeier, fragt sich Hero, der sich an den Einzug in die Kirche auf Mallorca erinnert. In diesem Fall eher nicht. Obwohl sie alle gekommen sind. Aber es gibt nichts zu feiern. Klara hat die Abkürzung genommen, ohne ihn oder sonst jemanden zu fragen, und offensichtlich, ohne dass ihr etwas gefehlt hätte. So hat sie sich am Ende ihres Lebens unsympathisch gemacht. Egoistisch und rücksichtslos, das wird man mit ihr verbinden. Vielleicht ist es auch typisch Einzelkind. Dazu ohne die korrigierende Hand eines Vaters aufgewachsen, irgendwann zeigt sich so etwas. Davon war Hero schon immer überzeugt, und jetzt hat sie das bestätigt. Hat keinen Gedanken daran verschwendet, was sie der Familie antut. Und es ist Blasphemie, denkt Hero. Das Leben einfach wegzuwerfen. Während er um seines kämpfen muss.

Aber vielleicht wird man sich später, nach langer Zeit, doch wieder erinnern. An die andere Klara, an ihr Lachen, ihre Güte. Daran, wie liebenswürdig und lustig und, mit Josepha, wie aufopfernd sie war. So wie bei Verstorbenen das letzte, vom Tod gezeichnete Gesicht als Bild verblasst und ein schöneres, eines von lang vorher, von mitten im Leben, wieder durchscheint. Je länger Hero nachdenkt, umso deutlicher kann er das andere sehen. Und das wird er später, bei der Tischrede, seiner Familie sagen.

Er ist froh, dass Walter und Nele alles übernommen haben, Agnes hat in ihrer ersten Verzweiflung und Scham eine anonyme Beerdigung in Erwägung gezogen, wollte sich distanzieren. Aber die beiden hatten protestiert.

Und so sind sie jetzt hier. In derselben Kapelle, auf demselben Friedhof, auf dem sie vor nur drei Monaten Josepha beerdigt haben. Hero kommen sie wie Jahre vor.

Nele hat sich mit Ken in eine der letzten Reihen gesetzt. Sie sind sich uneinig. Ken versteht nicht, warum so weit weg, und Nele war dagegen, dass er überhaupt mitkam. Sie hält eine Beerdigung nicht für die passende Gelegenheit.

Er betrachte es als ethnologische Studie, sagte er. Und dass er es sich nicht entgehen lassen wolle, ihre ganze Familie auf einmal zu sehen, und das, ohne dass ihn jemand einladen müsse. Nele schien enttäuscht, niedergeschlagen, und so sagte er das andere: dass er bei ihr sein wolle. Während genau dieser Beerdigung, und dass ihm sei, als würde er Klara kennen. Also deshalb.

Aber warum sie denn so weit hinten säßen, allein, fragt er jetzt noch einmal halblaut, sie würden doch dazugehören.

Das würde sie gleich erklären, sagt sie. Und dass sie nicht lange alleine bleiben würden.

Tatsächlich schieben sich Tina und Jens mit den Kindern in die Reihe vor ihnen. Philip schaut mit großen Kinderaugen immer wieder neugierig zurück auf den fremden Mann. Tina und seine große Schwester Anna drehen ihm abwechselnd den Kopf wieder nach vorne. »Da spielt die Musik«, sagt Anna dabei jedes Mal mit breitem Grinsen zu Ken.

Schon nach kurzer Zeit, alle haben mittlerweile Platz genommen, sind die zwei letzten Reihen dicht besetzt mit Bekannten und Freundinnen Klaras. Im übrigen Raum sitzen locker verteilt kleine Gruppen, einzelne Inseln, von denen nur zwei durch ihre Kinder wie durch Landzungen miteinander verbunden sind. Hero und Agnes, als Einzige in der ersten Reihe, gleichen verlorenen Zugvögeln: ein Pärchen, klein, schwarz, vom Rest der Formation getrennt.

»Kennst du das von Edward Said, wo er sagt, dass in seiner Familie kein gemeinsamer emotionaler Raum war, nur bilaterale Beziehungen zur Mutter?«, flüstert Nele. »Bei uns ist das auch so, nur gehen die Linien alle in Richtung Hero.« Als ob er sie gehört hätte, dreht Hero sich genau in dem Moment um und sieht erstaunt die Konstellation der vereinzelten Gruppen. In der Trauer rücken Angehörige doch näher zusammen, denkt er. Warum treibt es seine Familie auseinander, warum sondern sie sich alle voneinander ab? Sie müssen doch zusammenhalten. Gerade jetzt. Verdammt, warum begreifen sie das nicht.

Die Abschiedsrede ist kurz, es gibt nicht viel zu sagen. Ein Pfarrer liest Klaras Lebenslauf unbeteiligt, mit einstudierter Betonung ab, und Nele argwöhnt, dass er eine vorhandene Schablone, die er bei den verschiedenen Trauerfeiern nur geringfügig ändert, mit den passenden Daten versehen hat.

Lediglich die Tatsache, dass Klara ihrem Leben selbst ein Ende gesetzt hat, scheint ihn zu intellektuellen Höchstleistungen herausgefordert zu haben. Er spricht vom bescheidenen Hintreten einer Ungerufenen vor Gott, einer Eilfertigen, Dienstbeflissenen, vielleicht gar zu Eifrigen, wobei er nicht ganz falsch liegt, einiges hat er den Vorgaben von Walter und Nele doch entnommen. Und dennoch kann keiner der Anwesenden ein vertrautes Bild von Klara in der dargestellten Person erkennen.

Am Grab dann, sie haben sich mühsam gegen Regen und Wind durchgekämpft, fangen einige an zu weinen. Auf dem polierten Eichensarg stehen Wassertropfen, die Lilien sehen durchweicht und mitgenommen aus, als ob sie schon mehrere Auftritte hinter sich hätten.

»Staub bist du, und zu Staub wirst du zurückkehren!« Er sollte besser Matsch sagen, denkt Nele. Der Priester steht vor dem aufgeworfenen Erdhügel und hält die Hände in die Höhe. Der Wind bläst ihm unter die Soutane und bläht die Albe, das weiße feine Messgewand. Verleiht dem eigentlich schmächtigen Mann ein imposantes, mächtiges Aussehen. Dann will der gleiche Wind die Stola in die Luft reißen, der Priester ergreift schnell die Enden, drückt sie fest gegen seine Hüften und sieht jetzt, in dieser Haltung, wie ein Fallschirmspringer aus. Er beginnt, die Gebete zu sprechen.

»Wir sind nur Gast auf Erden und wandern ohne Ruh mit mancherlei Beschwerden der ewigen Heimat zu ...« Dünn und zittrig wehen die Stimmen des Kirchenchors herüber und klingen, als wären sie selbst schon auf dem Weg ins Jenseits.

Das war sicher Neles Idee mit der Musik. Hero beschließt, wieder einmal, schriftlich festzulegen, dass auf seiner Beerdigung jede Art von Musik vermieden werden soll.

Ist es der Wind? Erschrocken stellt Hero fest, dass er kein einziges Wort der Grabrede aufgenommen hat. Verunsichert schaut er auf Agnes, die klein, in sich gekehrt, fröstelnd neben ihm steht. Da überfällt ihn plötzlich eine abgrundtiefe, würgende Traurigkeit. Er sieht sich nicht mehr auf dem Bild, ist wie wegretuschiert. Nur diese gebeugte, schwarz gekleidete Frau steht verlassen an seinem Grab. Entsetzt sieht er sich seiner eigenen Beerdigung beiwohnen. Die Anwesenden spritzen Weihwasser auf den Sarg in der von nahezu beleidigend bunten Kränzen und Gestecken umgebenen Grube. Dann werfen sie Erde und Blumen nach, und das alles machen sie für ihn, Hero. Er ist derjenige, der im Sarg liegt – und gleichzeitig verfolgt, wie sie hier oben Abschied nehmen.

Ihm wird schwindelig, er hat das Gefühl, nach unten zu rutschen, in die Tiefe gezogen zu werden, weg von allen, und spürt dabei unsägliches Mitleid mit Agnes, die zurückbleiben wird, so klein und schutzbedürftig, dass er ihr fürsorglich den Arm um die Schultern legt. Er muss nur aufpassen, dass er sie nicht mit hinunterzieht. Als sie den Kopf hebt und ihn erstaunt mustert, kommt er zu sich.

»Was hast du?«, fragt sie.

»Nichts«, sagt er und schüttelt sich.

Wer ihn in diesem Moment sieht, denkt, ihm sei wohl kalt.

# 2

Nach außen lebe ich weiter wie bisher, fahre zur Arbeit und zurück, mache dies und das, und doch hat sich alles geändert. Ich lebe anders jetzt, hänge zum ersten Mal am Leben. Mit jeder Faser, seit ich Ken liebe. Ich möchte die Tage, die ich von ihm getrennt bin, im Zeitraffertempo überfliegen und zum Ausgleich die Abende mit ihm in Zeitlupe dehnen. In die Zukunft spiegle ich nicht nur mein Leben, meine beruflichen Wünsche, sondern, so vage es auch aussehen mag, das Gemeinsame. Er ist immer dabei.

Stunden der Ruhe sind manchmal wie ein Rohrbruch, alles sprudelt hervor, mit nicht einzudämmender Macht, vermischt sich. Heute Abend habe ich Zeit, ich werde aufräumen. Innen und außen.

Hero sieht so überzeugend gut aus, so stark, dass ich nicht mehr sicher bin. Dass ich hoffe, es wäre doch nicht aussichtslos. Und die anderen hoffen offensichtlich auch. Er ist so hinreißend und mitreißend, mit seinen Plänen, dem in die Zukunft gerichteten Blick, seiner Offenheit für das Leben. Aber vielleicht machen wir uns alle etwas vor. Oder lassen uns von ihm etwas vormachen.

Er soll nicht merken, dass ich ihn beobachte. Aber ich bin da. Und Ken auch.

Er ist dein Vater, sagt er, und der geht mich auch an. So einfach.

Doch er hätte nicht mitkommen sollen. Oder wir hätten unmittelbar nach der Beerdigung gehen sollen. Aber ich war ja diejenige, die wollte, dass Klara zu Ehren alles feierlich wird. Ein Leichenschmaus. Schon das Wort. Ken wusste nicht, ob er lachen oder sich erbrechen soll.

Und bei Tisch dann gleich das Gerangel um den passenden Platz. Martha ist erpicht auf den neben Ken, kann aber nicht verhindern, dass Andreas sich neben sie drängt. So eine Sitzordnung ist entscheidend, und hätte Agnes das Ganze geplant, hätte es sicher Tischkärtchen gegeben. Von ihr handgeschrieben. Und da sie ja nicht gewusst hat, dass es Ken gibt, wäre es noch peinlicher geworden. *Wolf* auf dem Kärtchen für den Platz neben mir.

Dann das Affentheater. Zirkus Wieland. Jeder muss den anderen übertrumpfen, lechzt nach dem großen Applaus. Johannes und Andreas liefern sich einen Schlagabtausch mit lateinischen Zitaten *Quod licet Iovis* trifft auf *Praeter speciem stultus est*, und der Einzige, der sich über Derartiges amüsieren kann, ist Hero.

Manchmal muss man seine Familie hinnehmen wie ein schreiend schlechtes Fernsehprogramm. Aber da kann man ausschalten, und alles ist weg. Abhauen war keine Option. Allein wegen Hero nicht. Und wegen Klara auch nicht. Aber Ken zuliebe hätte ich es tun sollen.

Endlich sitzen also alle, auch Cleo ist irgendwann eingetroffen, beim Essen würde es ja nichts machen, wenn das Baby kommt, erklärte sie breit lachend und legte ihr Handy vor sich auf den Tisch. Für den Notfall. Ich habe Ken vorgestellt, als meinen neuen Freund. Vor versammelter Runde. Habe noch witzig sein wollen. *Er steht anschließend für Interviews zur Verfügung*. Ich Kuh, so dumm. Ich kenne sie, diese Familie. Ich hätte es sehen müssen. Es gibt keine Entschuldigung. Fragen wie Schläge, überallhin. Ohne Hemmung immer unter die Gürtellinie.

Nicht nur: *Woher kommen Sie, was machen Sie hier* – oder so. Nein. *Wer hat Ihnen Ihr Auslandsstudium bezahlt? Was war denn Ihr Vater von Beruf? Woher hatte er das Geld?*

Ich hätte sie alle umbringen können. Und er – er spielt mit ihnen, schubst mich unter dem Tisch und sagt, er studiere Ethnologie. *Ach, das hat Nele ja auch einmal, allerdings ziemlich erfolglos. Und Ihr Vorgänger auch, Wolf, kennen Sie ihn? Aber wieso sind Sie hier, Sie hätten doch in Afrika genug zu erforschen.* Fehlt nur noch, dass sie aussprechen, was sie denken. Gehen Sie doch dahin, wo Sie hingehören, dahin, wo der Pfeffer wächst. Und glauben Sie bloß nicht, dass wir uns abzocken lassen.

Nein, er habe genau hier zu tun, sagt er, er arbeite an einer Untersuchung über Trauerrituale der bürgerlichen weißen Schicht. Er lächelt. Und da erstarren sie, sind irritiert und endlich still.

Nur ich sehe, dass er hinter diesem Lächeln traurig ist. Und müde. Es muss einfach scheiße sein, jedem hirnlosen Menschen zu erklären, wer man nicht ist. Und zu wissen, dass die doch alle nichts kapieren.

Dann sagt eine Weile erst mal niemand etwas. Irgendwann steht Hero auf und hält seine Rede. Ganz in Ruhe, ganz der Alte. Er erinnert an den Anlass des Treffens, eben, dass sie sich nicht einbilden, das Ganze sei nur für mich und den Auftritt meines Freundes arrangiert.

Hero ist berühmt für seine Reden – und gefürchtet, er kann donnern wie ein Barockprediger und dabei die Stimmung eines Festes gründlich zerstören. Für eine Beerdigung ist er bestens geeignet.

Ja, er habe nachgedacht, sagt er, nach dem ersten Entsetzen sehe er einiges jetzt anders.

Wir müssten uns doch fragen, ob wir für Klara eine gute Familie waren, sie klage ja an mit ihrer Tat. Sie hat einen Zeitpunkt gewählt, zu dem niemand da war, alle auf Mallorca, bei der Hochzeit von Johannes, und ich in Italien. Und dann stellt er nur noch Fragen. Beantwortet keine. Fühlte sie sich im Stich gelassen? Hätte es etwas geändert, hätte es etwas verhindert, wenn nur eine oder einer von der Familie erreichbar gewesen wäre? Oder waren wir innerlich so weit von ihr entfernt, waren wir so sehr mit unseren eigenen Angelegenheiten beschäftigt, dass Klara, auch als alle da waren, gar nicht auf die Idee kommen konnte, jemanden in ihre Gedanken, in ihre Verzweiflung einzuweihen?

Fühlte sie sich überflüssig? Oder hatte sie vielleicht eine schwere Krankheit ohne Aussicht auf Heilung, von der wir alle nichts wussten?

Er müsse uns mit diesen Fragen alleinlassen, sagt er. Und dann, ohne Überleitung, beginnt er, um Verständnis zu bitten. Niemals, sagt er, hätte Klara sich das Leben genommen, wenn sie eine andere Lösung gesehen hätte. Es gibt Situationen, wo man keinen Ausweg mehr sieht, einfach, weil es keinen mehr gibt. Das sollen wir bedenken. Und Klara ein gutes und ehrendes Andenken gewähren. *Requiescat in pace.* Er zitiert selbst gerne auf Latein. Gibt die Hoffnung nicht auf. Eine gebildete großbürgerliche Familie.

Und jetzt frage ich mich, ob Hero selbst vielleicht mit dem Gedanken spielt, ob wir Angst um ihn haben müssen. Irgendwann, wenn er denkt, dass es keinen Ausweg mehr gibt.

Es wird früher dunkel, jeden Tag nur ein paar Minuten, aber ich sehe es. Die Sonne kommt am Nachmittag gerade noch bis zum

Schlafzimmerfenster. Wenn sie scheint. Später, ab Ende September streift sie noch kurz am Balkon vor meiner Küche vorbei. Bevor sie sich im Winter mittags zum Abschied über meinen Schreibtisch legt. Noch ist Sommer, das tröstet. Und es soll nach diesem Sturmtief auch noch einmal warm werden. Wie jedes Jahr habe ich um diese Zeit Angst. Angst vor Dunkelheit, vor Kälte, vor der toten Zeit. Brauche meine ganze Energie, um nicht abzustürzen. Wie Ken das hier überlebt? Kakteen können im Kühlschrank überleben, habe ich mal gelesen. Aber Menschen? Er wird heute Abend nicht kommen, hat noch eine Besprechung und ist müde. Sagt er. Hoffentlich nicht abgrundtief, und nicht wegen mir und meiner Sippe.

# 3

Er ist wieder in der Firma. Es geht ihm blendend, sagt er, und er hat einfach Heimweh. Ist doch kein Thema, sagt Walter gönnerhaft, und: *Wir können deine Hilfe immer gebrauchen.* So ist der Senior also wieder jeden Tag da. Nur ein paar Stunden, meistens vormittags, manchmal auch am Nachmittag. Er ist der gute Geist, der Vater für alle, hat für jeden ein freundliches Wort und versucht, sich sonst möglichst unauffällig zu verhalten. Das ist neu. Außer für seine Gespräche mit Herrn Linder macht er keine Termine, hält sich zurück. Walter soll sehen, dass es ihm ernst ist mit der Übergabe.

Und noch etwas ist anders. Er hat sich Bücher mitgebracht. Keine Kataloge oder branchenbezogenen Schriften, nein, seine eigenen, privaten Bücher. Walter kennt einige seit der Kindheit, aus dem Herrenzimmer. Andere sind neu, womöglich erst kürzlich gekauft. Skurrile Titel wie *Lectio Brevis* oder *Reichtum, Macht, Gewalt,* ein schmales Bändchen, oder *Töte mich, aus Liebe.* Ein Sammelsurium, aus dem Walter nicht schlau wird. Was Hero wohl auch nicht erwartet. Denn er verliert kein Wort darüber, sitzt stundenlang an seinem Schreibtisch und liest. Konzentriert und nicht ansprechbar. Als ob er kein Zuhause hätte. Oder das hier sein Zuhause wäre.

Sind wir hier eine Wärmestube?, denkt Walter. Es ärgert ihn jetzt doch, dass er nicht einbezogen wird. Was macht der Alte hier, wenn er doch nicht da ist? Wenn er so deutlich zeigt, dass er nicht gestört werden will. Auf der anderen Seite, er stört ja auch nicht.

Hero weiß, warum er hier ist. Mit Agnes gibt es keine Ruhe. Sie hat immer zu tun, immer etwas im Kopf. Und sie lässt sich nicht helfen. Bringt aber jeden dazu, bei allem, was sie tut, mitzufiebern. Es ist wie beim Autofahren, wenn man nicht selbst fährt, aber alle Verkehrszeichen sieht und mitschaltet und mitbremst. Alleine, dass man zuschauen muss, wie sie so aufgeregt hin- und herläuft, lässt einen am Abend todmüde ins Bett fallen. Ohne dass man selbst etwas Nennenswertes geleistet hätte. Agnes übrigens auch nicht. Kein Wunder, dass alle Haushaltshilfen nach kurzer Zeit das Weite suchen. Agnes hat etwas an sich, das es unmöglich macht, mit ihr zusammenzuarbeiten. Zerfleddert, ja, das ist es. Sie ist zerfleddert, nicht äußerlich, aber in ihrem Tun. Sie beginnt irgendetwas, dann fällt ihr etwas anderes ein, das keine Sekunde länger verschoben werden kann, sie geht ins Nebenzimmer, um etwas zu holen. Dort findet sie eine liegengebliebene Arbeit vom Vortag, vergisst dabei schlagartig ihr ursprüngliches Unternehmen, das dann darauf warten muss, von ihr wieder entdeckt zu werden. Manchmal, wenn es sich nicht gerade um Kochen und einen dabei vergessenen Topf handelt, kann das ziemlich lange dauern. Und das ganze Durcheinander garniert sie mit unzähligen, zum Teil endlosen Telefongesprächen. Sie muss Termine ausmachen, der Pfarrgemeinderat ruft und die Frauengesprächsrunde. Hero liebt Agnes so, wie sie ist. So war sie schon immer. Und als sie jung und quirlig war, hat sie ihn gerade deshalb fasziniert. Doch jetzt im Alter hätte er es gerne etwas ruhiger. Sie aber scheint ihr Tempo immer noch zu steigern.

Und sie hat sich daran gewöhnt, dass er morgens aus dem Haus geht. Das heißt, er ist eben nie zu Hause geblieben, trotz seines Alters war er nie Rentner oder Pensionär, und deshalb hat sie sich nicht daran gewöhnen müssen. Und auch nicht können.

So kommt Hero jeden Tag in die Firma, hier hat er seinen Schreibtisch, seine Bücher und seine Ruhe. Er wird weiterhin kommen. Solange es geht. Er hat sich wirklich überraschend gut erholt.

# 4

Wir suchen. Wir suchen uns und einen gemeinsamen Weg, erforschen, ertasten unsere unterschiedlichen Welten. Wir gehen zusammen ins Kino, nach der Arbeit. Er kommt mit mir nach Neuburg, steigt nicht in Walldorf aus, sondern bleibt im Zug. Das haben wir so ausgemacht, schon vor Tagen. Und wir laufen gleich zum *Corso* an der Uni, dort gibt es einen Abend mit Filmen von Ousmane Sembène. Wir kaufen Karten für zwei Vorstellungen: *Guelwaar* und *Faat Kine.* Ken schätzt Sembène, kennt auch *Guelwaar* schon, schaut ihn aber gern noch einmal. Passt auch für mich, meint er, wegen der Beerdigung. Und weil sie eine christliche mit einer muslimischen Leiche vertauschen und es dann einen Aufstand gibt. Mehr verrät er nicht. So jemanden wie Sembène bräuchten sie auch in Nigeria, jemanden, der auf der richtigen Seite steht und diesen klaren Blick hat. Und Humor. Wir nehmen uns ein Heft mit den Filmbeschreibungen und lesen ein bisschen herum. *Faat Kine* wird mir sicher gefallen, mit einer starken Frau im Mittelpunkt. Sie ist zwar Betreiberin einer Tankstelle, was ja nicht so mein Ding ist, aber Sembène habe auch über den Bau einer Eisenbahn gedreht, sagt Ken und grinst mich an.

Weil wir noch viel Zeit haben, gehen wir in eine Kneipe in der Nähe. Es regnet Katzen und Hunde, wie sie in England sagen, aber wir rennen nicht, nein, wir *duschen*, sagt Ken, und bis wir ankommen, sehen wir selbst aus wie Katzen, die man durch die Waschanlage gezogen hat. Eine weiß, eine schwarz. Oder noch peinlicher. Mein Kleid – was musste ich auch ein helles anziehen, aber ich bin braungebrannt und eitel – ist fast durchsichtig, und Ken, na ja, man sieht Umrisse, im Internat hätten sie mir eine Blindenbrille auf die Nase gedrückt. Wir lachen uns fast kaputt und bestellen uns erst einmal eine heiße Suppe. Die Bedienung sieht studentisch aus, und ich komme mir auf einmal wieder sehr jung vor. Ich kenne die Kneipe von früher, das Institut für Ethnologie ist gleich um die Ecke. Deshalb ist auch das Programm des *Corso* so speziell. Und auch die Musik hier. Machen wohl eine afrikanische Woche. Ken ist hin und weg, als er die Juju-

Musik hört. »Aber das ist doch … *Okin Omo Ni* von Dairo, wie kommt das?« »Wohl eher Zufall«, sage ich. Aber er bleibt aufgeregt. Erzählt mir, dass das ein *nigerianischer* Musiker ist, allerdings schon vor Jahren gestorben. Und Ken war damals gerade mit seiner Frau Bukola zu Besuch bei ihren Eltern. Sie hörten die Nachricht von Dairos Tod im Radio, dann wurde fünf Tage lang nur seine Musik gespielt. Kein anderer Musiker trat öffentlich auf, als Zeichen der Anerkennung und Trauer. Ken war beeindruckt. Und ich bin es auch, bei uns würde das niemand machen, die Konkurrenz ist zu groß.

Und dann denke ich, dass ich das auch gerne mit ihm erlebt hätte, gerne schon bei ihm gewesen wäre, damals. Ich würde viel darum geben, ihn schon viel länger zu kennen. Ja, eigentlich wäre ich am liebsten mit ihm aufgewachsen. Jetzt muss ich in so vielem ganz von vorne anfangen. Er will mir CDs von Dairo vorspielen. Und auch von anderen, von Fela Kuti und Fema Kuti. Vater und Sohn. Best of Nigeria. Und ziemlich abgefahren. Wenn ich einmal bei ihm bin, in Walldorf. Was ja längst fällig ist, sagt er. Und was ich wohl als Einladung auffassen soll.

Es ist noch früh am Abend, die Kneipe ist fast leer, nur im hinteren Teil sitzen ein paar einzelne Leute und eine Gruppe Studenten. Wir suchen uns gleich beim Eingang eine Nische, rutschen hinter einem Holztisch auf die Eckbank.

Ja, und dann kommt, was kommen musste, worauf ich aber gerne verzichtet hätte. Wolf steht auf einmal an unserem Tisch. Sieht aus wie immer. Jeans, Pulli, schlank, mit diesen zerwühlten dunkelblonden Haaren. Die Daumen lässig vorne in die Hosentaschen gehängt. Er wippt in seinen Sportschuhen auf und ab und wartet wohl, dass wir ihn auffordern, sich zu uns zu setzen. Tun wir aber nicht. So fängt er an, fragt erst einmal mit Blick auf Ken, mit wem er die Ehre habe. Ich lache innerlich. So steif, so betont höflich. Er hat uns einmal zusammen in der Stadt gesehen, an dem Abend, an dem ich von Italien zurückgekommen bin. Und er hat sich bestimmt schon seinen Reim darauf gemacht. Ich stelle ihm genauso höflich Ken vor. Mit *Herr Onagoruwa.* Und *Rechtsanwalt.* Er weiß wohl nicht, wie er reagieren soll, redet also erst einmal von sich. Er gehöre zu dieser Gruppe da hinten, das seien seine Studenten. Sie würden mittwochs immer Filme im *Corso* anschauen. Ausgerechnet, denke ich. *Filmische Repräsentationen sozialer Wirklichkeiten, Leitung Wolf Geyer.* Ob ich das nicht im Vorlesungsverzeichnis gelesen hätte. Als ob ich das noch lesen würde. Sie dürften den Nebenraum des *Corso* nutzen für ihre Veranstaltung, und dann sei hier die Nachbesprechung. Die ganze Zeit, während er redet, schaut er Ken so herausfordernd an, als ob er ihn in flagranti beim Ehebruch erwischt hätte. Und Ken schaut zurück, als ob Wolf ihn mal könne. Zwei Gockel. Als sei nicht längst alles entschieden.

Und als Wolf dann zur Toilette geht – deshalb ist er ja an unserem Tisch vorbeigekommen, wir liegen auf dem Weg –, stellt Ken eine dieser Fragen, die keine sind. *Er meint wohl, er hat noch Anspruch auf dich?* »Ja«, sage ich, »aber mach dir nichts draus, wir sind endgültig getrennt, und die ganze Zeit hat er sich doch ruhig verhalten. Und nur weil er jetzt sieht, dass ich glücklich bin, will er sich noch ein bisschen aufplustern. Vielleicht auch, weil er es bis jetzt noch nicht fassen kann, dass ich es war, die die Entscheidung getroffen hat.«

Und da kommt Wolf auch schon zurück, fragt Ken, fast wie ein Kollege, was er denn so mache, hier in Deutschland, genauer hier in Neuburg, wie er die Stadt finde. Und dann, ob er nicht mal bei ihm im Seminar vorbeischauen wolle. Mich beachtet er nicht mehr, es ist ein Gespräch unter Männern, unter Ethnologen sozusagen. Weil Ken schwarz ist und Wolf etwas Interessantes riecht. Er würde ihn einladen, als Gast, nur so. Was von Nigeria erzählen.

Ken lehnt ab, zieht einmal kurz die Augenbrauen nach oben. Audienz beendet.

Wolf tut so, als sei ihm das ohnehin klar gewesen. Wendet sich jetzt wieder an mich, da weiß er, was er hat, fragt, ob ich noch Italienisch mache. *Certo,* sage ich. Dann nach Klara, wie die Beerdigung war, und dass ich ja sicher verstehen würde, warum er nicht gekommen ist. *Selbstverständlich,* sage ich. Und auf einmal denke ich, ich sollte ihm von Hero erzählen. Nur einen kurzen Moment. Dann beschließe ich, dass ihn das nichts mehr angeht. Ich suche unter dem Tisch nach irgendetwas von Ken, Hand oder Knie.

Wolf merkt, dass wir nichts mehr zu reden haben. Das heißt, nicht mehr reden wollen. Er verabschiedet sich. Seine Sicherheit haben wir ihm von den Schultern geklopft. Wie er davongeht, sieht er aus, als ob ihm jemand stattdessen etwas daraufgepackt hätte, etwas richtig Schweres. Fast tut er mir leid.

Während Ken den Arm um mich legt, erinnere ich mich, dass Hero Wolf eigentlich gut leiden mochte. Bei aller Fremdheit, dieser Mann ist eigen, aber er hat Charakter, sagte er einmal. Allerdings zu einer Zeit, als unsere Beziehung schon zerbröckelte. Aber das konnte Hero ja nicht wissen.

Hoffentlich wartet er mit seiner Anerkennung für Ken nicht zu lange.

# 5

Er liest viel. Auch zu Hause. Und scheint guten Mutes zu sein. Hat sich eingerichtet in diesem Leben der offenen Fragen. Einfach, indem er es vermeidet, zu viele zu stellen. Vor allem nicht die nach seiner Prognose. Er fühlt sich gut, und das reicht. Und er macht mehr mit Agnes zusammen. Fast nach jedem Mittagessen geht er mit ihr spazieren. Wenn in der Firma nichts Dringendes ansteht und das Wetter nicht ganz abstoßend ist. Und da hat sich seine Wahrnehmung sehr geändert. Früher waren Nebel, Wind oder eine einzige graue Wolke am Horizont schon Grund genug, um nicht. Unterkühlung, Rheuma, Lungenentzündung, alles wurde ins Feld geführt. Nichts davon hat er jemals gehabt.

Jetzt ist er überzeugt, dass regelmäßiges Gehen gut für ihn ist, und er bedauert, es nicht schon immer gemacht zu haben. Agnes ist im Haus ständig in Bewegung, sie braucht diese Spaziergänge nicht so wie er, denkt er, und außerdem ist sie gesünder. Allerdings ist sie auch jünger. Vor zwei Jahren war er selbst noch kerngesund und voller Kraft. Nur hat man ihm das nie angesehen. Hagere Menschen sehen immer schwächer aus und älter, er sogar ausgemergelt. Allein die Falten. Solange er denken kann, hat er diese Furchen über der Nasenwurzel. Deine Hahnenkralle, lacht Agnes, selbst glatt wie ein Pfirsich und gut gepolstert. Ja, und die steilen Falten senkrecht neben den Mundwinkeln, wie geschnitzt, alles streng. Aber wenn du lachst, leuchtest du, sagt sie.

Die Sonne scheint, sie haben Urlaubsgefühle und fahren, was sie sonst nur selten tun, mitten unter der Woche mit dem Wagen aus der Stadt, wollen auf einem der umliegenden Hügel die grandiose Aussicht genießen. Sie wählen einen der ausgeschilderten Rundwanderwege, nicht den längsten, aber einen, der auf der sonnigen Seite bleibt, am Waldrand entlang.

»Was merkwürdig ist«, sagt Agnes auf einmal in den blauen Himmel, »dass du kaum noch Untersuchungen hast. Müssten die nicht öfter mal nachschauen?« »Ach nein«, meint er und schreitet weit aus, betont weit, »solange man keine Schmerzen hat, und ich habe ja keine, soll man lieber Ruhe geben, nach dem Motto, ein guter Arzt hat die Geduld abzuwarten, bis die Krankheit von alleine verschwindet.«

Agnes ist skeptisch.

»Aber du verschweigst mir doch nichts?«

Was sollte er. Die Niere, die noch da ist, arbeitet gut. Die Werte sind in Ordnung, alles Weitere muss er auf sich zukommen lassen. Und das Entscheidende ist doch, wie er sich fühlt, oder? Er bleibt stehen, nimmt ihre Hand und lächelt sie so lausbübisch und gleichzeitig melancholisch an, dass sie versteht. Sie gehen weiter, und Agnes wechselt das Thema, fragt nach der Firma, wie es mit Walter läuft, und Hero lässt sich sofort darauf ein. Ja, Walter mache sich als Chef besser als erwartet, auch habe Teresa schon in der Firma angefangen und komme gut an. Nur, na ja, es stelle sich doch immer drängender die Frage, ob man so ein kleines mittelständisches Unternehmen noch lange in eigener Regie führen könne. Walter will durchhalten, solange es geht, aber er selbst denke mittlerweile darüber nach, ob es nicht doch besser wäre, in einem größeren Konzern mitzuspielen. Ein Angebot gebe es bereits. Und Herr Linder meine, es sei durchaus überlegenswert.

Was noch gar nichts heiße, sagt Agnes, und dass Walter jetzt entscheiden solle. Hero hat übergeben und damit Schluss. »Du wirst dich doch nicht bis an dein Lebensende damit herumschlagen«, sagt sie noch und beißt sich auf die Lippen. Seine Hand hat sich über ihrer zusammengezogen, als hätte ihm jemand eine Spritze gegeben. Schmerzhaft. Warum ist es mit ihm manchmal so schwierig, denkt sie. Sie sollten endlich offen reden. Dass sie beide nicht ewig leben werden, ist doch klar. Ihm so gut wie ihr. Und dass er womöglich eher geht, durch diese Krebskrankheit, ist wahrscheinlich. Auch wenn es ihm jetzt so erfreulich gut geht. Aber warum, um Himmels willen, können sie nicht ganz normal darüber reden. Nach so vielen Jahren weiß sie immer noch nicht, was er denkt. Über die sogenannten letzten Dinge. Und sie weiß nicht, was er weiß, über seinen Zustand. Sie spielen Katz und Maus, und Agnes glaubt, er freut sich, wenn er sie überlisten kann. Und das Allerschlimmste ist, dann grinst er wieder so wie jetzt – und sie kann ihm einfach nicht böse sein.

Hero hat den Arm um sie gelegt und schaut sie an. Ja, sie gefällt ihm. Was anderes scheint im Moment nicht wichtig zu sein. Ob sie interessiert, was er gerade lese, fragt er leichthin. Als ob sie sich gerade erst kennengelernt hätten und ihre Hobbys auskundschafteten. Wollen Sie meine Briefmarkensammlung sehen? Ich habe da ein paar sehr interessante Exemplare. Sie spielt mit. Auf jeden Fall, sagt sie.

Und er erzählt ihr von seinen wieder aufgenommenen Studien und einem Buch über Familienleben in Deutschland. Er sagt, dass sich die Vorstellung einer glücklichen Großfamilie, so wie er sie immer im Kopf hatte, als irrig erwiesen habe. Ja, sie entbehre jeder historischen Grundlage. Es scheint sie in dieser Form nie gegeben zu haben, diese verschiedenen Generationen unter einem Dach. Einfach, weil die Menschen früher nicht alt genug wurden. Kaum ein Kind hatte die Möglichkeit, seine Großeltern kennenzulernen, viele nicht einmal die eigenen Eltern. Weder im Altertum noch im Mittelalter. Nur in einer sehr kurzen Zeitspanne, Ende des neunzehnten Jahrhunderts …

Agnes ist überrascht. Aber er hat doch genau dieses Bild immer hochgehalten, hat es heraufbeschworen, um den Zusammenhalt der Familie zu festigen. Es stand hinter seinem Wunsch nach einer eigenen Großfamilie. Alle vereint, glücklich, jeder in Sicherheit und dabei auch Schutz für die anderen.

Und das soll auf einmal nicht mehr gelten? Doch, sagt er, Hausgemeinschaften habe es immer gegeben. Nur gehörten eben nicht alle einer Familie an. Hero scheint unbekümmert, er hat den Arm von ihr genommen und geht wieder schneller, vielleicht will er ihr nur nicht ins Gesicht schauen, auf jeden Fall hat sie Mühe, ihm nachzukommen. Und dabei scheint er sogar noch die Aussicht zu genießen. Bei dem Tempo. Das Gold über den noch sattgrünen, aber auf geheimnisvolle Weise leuchtenden Eichen und Hainbuchen. Wie auf alten italienischen Gemälden. Die Hügelkette in der Ferne, das ebenso ferne Blau. Endlich bleibt er stehen. »Wir haben es ja ohnehin nicht geschafft.«

»Was?«, fragt sie außer Atem.

»Nun, die verschiedenen Generationen in einem Haus. Deine Eltern wollten nicht, meine waren tot. Und unsere Kinder konnten alle nicht schnell genug ausziehen. Weg von uns und voneinander. Sie haben doch nichts miteinander zu tun. Gar nichts. Wenn wir nicht wären, würden sie sich nie sehen.«

Hero hat die Arme auf dem Rücken verschränkt, was ihm ein trotziges Aussehen verleiht, wie er ihr so vorausgeht und selbstverständlich findet, dass sie ihm folgt.

Vielleicht, denkt er, wenn wir beide nicht mehr zusammen sind, wenn einer alleine zurückbleibt, also, er zwingt sich weiterzudenken, nachdem ich gestorben bin, dann könnte es doch sein, dass sie sich näherkommen, sich gemeinsam um ihre Mutter kümmern und darüber zusammenwachsen.

Agnes will das Gespräch wieder in Gang bringen und fragt ihn über Martha und Andreas aus. Ob er auch den Eindruck habe, dass da einiges nicht mehr in Ordnung sei. Hero antwortet einsilbig. Sie versucht es noch einmal. Tina und Jens. Sie wollen Philip in eine Waldorfschule schicken. Wie er das findet?

Hero schaut in die Landschaft. »Keine schlechte Idee«, sagt er. Und denkt: Diese alten Fragen, wie konnte es passieren, dass ich sie so aus den Augen verloren habe? Dass ich sterblich bin, ich, genauso wie alle anderen, und immer noch nicht weiß, was ich mir für danach vorstellen soll.

Ich glaube, er hört mir gar nicht mehr zu, denkt Agnes und gibt auf.

So laufen sie schweigend weiter, Agnes immer einen Schritt hinter Hero, der es auf einmal eilig zu haben scheint. Sie sehen ein bisschen aus, als ob sie gestritten hätten.

# 6

Mit einer großen Familie verhält es sich wie mit Locken oder schwarzen Haaren oder mit anderen Dingen, mit denen man zur Welt kommt und die man nicht selbst gewählt hat. Wer sie hat, versucht sie loszuwerden oder zu verändern. Die anderen bewundern sie neidvoll aus der Ferne und wünschen sich genau diese.

Klara war von diesen anderen. Sie wünschte sich sehnlichst viele Geschwister, eine richtig große Familie, doch Josepha hat immer versucht, sie von den Vorteilen genau dieses Daseins als Einzige, als Kleinod, zu überzeugen. Als Kriegswitwe blieb ihr ja nichts anderes übrig. Vielleicht war sie aber auch wirklich der Meinung. Sie selbst kannte das andere, stammte aus einer Großfamilie mit sieben Geschwistern. Es gelang ihr nicht, ihre Tochter umzustimmen. Klara fühlte sich immer allein. Sagte sie. Und als ich dagegenhielt, dass ich in dieser großen Familie verdammt einsam sei und sie das mit Sicherheit auch wäre, selbst wenn sie richtig dazugehörte, als Tochter, zu dieser Hero-Wieland-Sippe, da schwieg sie.

Und ich erzählte ihr, was ich vorher noch nie jemandem gesagt hatte. Dass ich als Kind Jesus immer beneidet habe. Ja, den Jesus, Gottes einzigen Sohn. Genau deshalb. Einzig. Immer im Angesicht des Vaters. Nie zur Unsichtbarkeit in der Vielzahl verdammt. Wenn Gott sich nicht zutraut, mehrere eigene Kinder, nicht symbolische, nein, *eingeborene*, gleich zu lieben, wie kann Hero das von sich verlangen? Oder jeder andere kinderreiche Vater. Von Müttern ganz zu schweigen. Diese Hybris.

Ken findet das europäisch. Das Nachdenken darüber und das Reden. Kinder kommen einfach, und man sollte nicht so viel Aufhebens darum machen, in welcher Zahl und Konstellation. Sie entscheiden selbst, wann sie kommen und zu wem und wann sie wieder gehen. Macht natürlich einiges einfacher. Für die Eltern. Die Verantwortung für alles liegt bei den Kindern. Mit der Idee könnte ich mich anfreunden. Auf jeden Fall besser als das Geschwätz von Martha. Sagt auf der Beerdigung so nebenbei, stichel stichel, wie es ihre Art ist, *ich an deiner Stelle würde ja schon aufpassen, dass ich nicht so ende.* Damit meint sie Selbstmord aus Einsamkeit. In ihren Augen selbst schuld, wenn man keine Kinder hat. Dann löffelt eure Suppe bitte alleine aus. Man kann doch von den wenigen, die jetzt jung sind, wirklich nicht verlangen, dass sie die *Horden,* ja, so hat sie gesagt, *Horden von Alten,* pflegen und verhätscheln. »Unsere Kinder sind mit den eigenen Eltern vollends ausgelastet«, sagt sie.

Ich wünsche mir, dass Kerstin mal ganz außer Reichweite sein wird. Wenn es bei Martha so weit ist mit Alterseinsamkeit. Australien, mindestens. Oder dass Kerstin sich dann um Andreas kümmern wird. Er ist ein paar Jahre älter als Martha und bleibt Kerstins Vater, auch wenn sie sich scheiden lassen. Und er wird das verlangen, steht ihm doch zu. Schließlich hat er die ganzen Jahre Unterhalt gezahlt. Und Kerstin mag ihn lieber als ihre Mutter. Annabelle kommt nicht infrage. Die war schon immer weg, innerlich. Ist näher bei Agnes und Hero, wenn man mich fragt. Und vielleicht auch bei mir. Immerhin hat sie mich als Patin für ihre Tochter ausgesucht. Also, liebe Martha, kann sein, dass du auch einmal alleine dastehst. Kinder sind keine Garantie, für nichts.

Aber wir sind alle da. Um Hero. Und das alleine ist schon erstaunlich. Vielleicht geht seine Rechnung doch auf. Der Vater, der alle um sich versammelt. Sogar einen Nigerianer.

Er hat ihn angenommen. Oder sich mit ihm abgefunden. *Warum ausgerechnet ein Nigerianer?,* hat er als Erstes gefragt, aufgebracht, wütend. *Weil er in meinen Zug gestiegen ist,* habe ich gesagt, *und ausgerechnet in mein Abteil.* Ganz einfach.

Wir sehen uns jetzt öfter, so oft wie nie zuvor, seit ich ausgezogen bin. Er lädt uns zum Essen ein, geht wandern, spazieren. Er scheint Energie ohne Ende zu haben. Und die beiden Männer beschnüffeln sich, versuchen sich einzuschätzen. Schlagabtausch, Redegefechte, um sich kennenzulernen. Zum ersten Mal denke ich, mein Vater hat Sorge um mich, will nicht, dass der Fremde – und er empfindet ihn als fremd, mehr als er Wolf jemals fremd gefunden hat – ein Spiel mit mir treibt. Das rührt mich. Und ärgert mich gleichzeitig, weil es verletzend ist für Ken. Auch wenn der Alte ihn mittlerweile schätzt.

*Ein interessanter Mann, und sehr gebildet,* hat er zu mir gesagt. Klang so, als ob er sich wundern würde, dass Ken ausgerechnet mich ausgesucht hat. Aber das hat er natürlich nicht gesagt. Vielleicht nicht einmal gedacht.

Wobei ich mich das manchmal frage. Und dann hoffe, dass es Ken geht wie mir. Ich bin süchtig nach ihm und gebe ihm jede Art von Bonus. Ich will mit ihm leben, so lange wie möglich und so eng wie möglich. So kenne ich mich nicht. Ich hoffe, dass ich ihm nicht zu fremd bin. Und dass er Geduld hat mit mir – und damit, dass ich so wenig weiß. Und dass wir unsere Sehnsüchte erfüllen können. Gegenseitig.

Ich werde sentimental. Und das ist es, was Hero sieht, und was ihn um mich fürchten lässt. Denn so kennt auch er mich nicht. Wenn er mich überhaupt jemals gekannt hat.

# 7

Und dann taucht in der übernächsten Generation eine so pralle Lebenslust auf, etwas derart Leichtes, Fröhliches, Sorgloses, dass Hero angesichts seines zerknitterten Gesichts und seines verstrichenen *mühsamen* Lebens ins Grübeln kommt. Robin hat ihn eingeladen. Mehrmals und einfach so, wie er sagt. Und dass er sich wünscht, dass Veli, der Kleine, seinen Urgroßvater noch genießen kann. *Noch*, hat er gesagt, und das hat den Ausschlag gegeben. Hero hat den Besuch immer vor sich hergeschoben, aber jetzt ist es wohl Zeit.

Er kommt mit Agnes. Sie sind pünktlich vor Robins Wohnung, etwas außer Atem. Im vierten Stock, Altbau, schön, aber ohne Aufzug. Meral und Robin strahlen, Veli ist frisch gewaschen und gekämmt und thront wie ein Prinz auf dem Arm seines Vaters, nach Rosenwasser duftend. Sie fühlen sich geehrt, die Großeltern waren noch nie bei ihnen in der Wohnung gewesen, und Robin hatte Mühe gehabt, das seiner Frau zu erklären. Nein, keine Beleidigung, bei uns ist das so. Jeder eher zurückgezogen, und bei einer so großen Familie, du verstehst, da kommst du gar nicht durch mit Besuchen. Meral versteht nicht. »Was redest du«, sagt sie, »bei uns sind die Familien größer, aber trotzdem lässt man sich nicht zweimal einladen. Man braucht gar keine Einladung. Man kommt. Bei euch: einfach kalt, kein Interesse.«

Deshalb freut sie sich jetzt besonders. Sie hat, wie sie sagt, ein paar Kleinigkeiten vorbereitet, weil sie ja weiß, dass Hero und Agnes abends nicht schwer essen. Dabei lächelt sie vielsagend. Und als Hero kurz darauf den üppig gedeckten Tisch sieht, weiß er, warum. Auf welcher Stufe der kulturellen Entwicklung des Menschen es eigentlich begonnen habe, fragt er, dass Familienmitglieder sich gegenseitig zu Tode mästen. Er erntet einen entrüsteten Blick von Agnes, die noch nie Sinn für diese Art von Humor hatte. Niemand zwinge ihn zu übertreiben und mehr zu essen, als ihm gut täte. Sie solidarisiert sich mit der Hausfrau, lobt und bewundert und lässt sich von Meral all die

Speisen erklären. Während Hero theatralisch die Schultern hochzieht und Robin wie einem Verbündeten zuzwinkert.

Es ist alles sehr unkompliziert. Meral hat keine Berührungsängste, keine langen Fragen, was isst du und was nicht, nein, jeder soll sich einfach nehmen.

»Erst einmal von allem ein wenig probieren, und was euch gefällt, davon nehmt ihr noch einmal. Und dann noch einmal.« Sie schiebt mit einladender Geste die verschiedenen kleinen Schüsseln und Platten vor die Gäste und erklärt. Dolma Biber, gefüllte Paprika, ein Lieblingsgericht von Robin, ein zweites Imam Bayildi, Auberginen mit Hackfleisch und ihr eigenes, Yaprak, Weinblätterröllchen mit Reis-Hackfleischfüllung.

Veli sitzt mit am Tisch, und Hero denkt, dass er seine Kinder so klein nie beim Essen gesehen hat. Agnes hat das immer vorher erledigt, füttern und alles. Und wie er noch dabei ist, sich zu erinnern, beugt Veli sich von seinem Kindersitz nach vorne und zieht ein Schälchen mit eingelegtem Schafskäse zu sich. Bevor jemand eingreifen kann, packt er mit seinen kleinen Händen ein öltriefendes Stück und wirft es glucksend vor Lachen quer über den Tisch. Agnes auf den Schoß. »Bavo, bavo«, ruft er und patscht seine Händchen aneinander.

Agnes springt auf und stürzt in die Küche. Meral folgt ihr mit tausend Entschuldigungen.

»Ja, mein Lieber, Eltern haften für ihre Kinder.« Hero stößt Robin in die Seite, macht sich mit hochgezogenen Augenbrauen über die zwei Frauen lustig, deren lautstarke Beteuerungen und Beschwichtigungen aus der Küche zu ihnen dringen.

Irgendetwas ist anders hier, denkt er. Veli hat keine Ohrfeige bekommen, nicht mal einen Klaps, und ist auch nicht geschimpft worden. Er muss Robin sagen, dass er nichts versäumen darf. Aber der kommt ihm zuvor. Sagt, Veli sei einfach noch zu klein, könne noch nicht begreifen, was er macht. Dabei streichelt er seinem Sohn beruhigend über den Rücken.

Hero schluckt.

Aber er müsse doch verhindern, dass Veli sich als Käseschleuder betätige. Welche Erziehungsmaßnahme?

Robin lächelt. »Man braucht Geduld. Und er sieht ja, dass das nicht gut war. Und hört es auch.« Robin deutet mit dem Kopf in Richtung Küche.

Also wieder niemand, der mich versteht, denkt Hero. Und fragt sich, nicht ganz ernsthaft, eher selbstironisch, wohin seine Intelligenz verdunstet ist auf dem weiten Weg zu seinen Nachkommen. Er spielt kurz den Schmollenden, dann stößt er Robin in die Seite. Und lacht. »Du gefällst mir«, sagt er.

Die beiden Frauen kommen zurück. Auch sie haben offensichtlich etwas zu lachen. Meral bestand darauf, das Kostüm auf ihre Kosten reinigen zu lassen, woraufhin Agnes sofort daranging, die Ölflecken selbst zu entfernen. Mit dem falschen Reinigungsmittel und dem Resultat, dass sie jetzt mit geliehenen Kleidern, noch von Merals Schwangerschaft, in der Tür steht. Hero entfährt ein Ausruf der Bewunderung. Agnes sieht jung und sehr exotisch aus, Meral hat ihr ein durchsichtiges Tuch über den Kopf und ein buntes über die Schultern gelegt.

Jetzt werden sie ausgelassen, Hero trinkt Raki, und sie essen, bis sie fast platzen.

Beim türkischen Mokka sagt Meral zu Hero: »Ich freue mich so, dass es dir wieder richtig gut geht. Man sieht es dir an. Und ich wünsche mir, dass du jetzt öfter kommst.«

Und Hero verspricht.

Dann sagt sie noch: »Meine Eltern fragen nach dir, sie möchten, dass wir euch im nächsten Sommer in die Türkei mitnehmen.«

Das könne er jetzt noch nicht versprechen, meint Hero. Aber er würde sein Bestes tun. Und Agnes glaubt zu hören, dass er ein bisschen lallt. Obwohl er sich sehr beherrscht.

# 8

Fela Kuti klingt wild, aber nicht abschreckend, im Gegenteil. Ich frage mich, warum mir afrikanische Musik so vertraut ist, auch früher schon war, und immer so etwas wie Heimweh hervorruft. Fernöstliche Musik dagegen gar nicht. Ken lacht. Ob ich nicht wüsste, dass die afrikanische Musik der Ursprung sei. Nicht nur für Ragtime, Jazz, Blues …

Das ganze Zimmer dröhnt. Ken hat seine CDs mitgebracht, und wir warten auf Lena, die mit ihrem Saxofon vorbeikommen will. Ken tanzt und erzählt mir von Fela Ransome-Kuti. Ein legendärer, unbeugsamer und kritischer Mensch. Und ein Bündel an Energie. Wollte Politik machen, sich einmischen. Ist aber immer wieder ausgeschaltet worden. Und dann früh gestorben, mit nicht mal sechzig. Die einen sagen Aids, andere, dass Gefängnis und die Schläge auf seine Hände ihn so geschwächt hätten, dass die Krankheit eintreten und ihn töten konnte. Es gebe bei ihnen immer mindestens zwei Geschichten für eine Sache, sagt Ken. Und fragt, ob ich Chinua Achebe kenne.

»Ich hab mal was von ihm gelesen«, sage ich, »er hat vor ein paar Jahren in Frankfurt den Friedenspreis bekommen.« Genau der. Ob ich wisse, dass er gelähmt ist. Ich schüttle den Kopf.

»War kurz vor seinem sechzigsten Geburtstag, ein Autounfall. Und es gibt Menschen in Nigeria, die überzeugt sind, dass Wole Soyinka daran schuld ist«, sagt Ken.

»Der Nobelpreisträger?«, frage ich. »Wie das?«

»Soyinka hat seinem Kollegen zum Geburtstag einen weißen Hammel geschickt – aber ein paar Monate zu früh. Und außerdem hat er ihn angeblich verhext, weil er neidisch war auf Achebes Erfolg. In Nigeria war er viel beliebter als Soyinka. So kann man alle rätselhaften Vorgänge erklären.«

Es klingelt. Ich drücke auf den Türöffner, und wir schauen ins Treppenhaus. Ganz unten beginnt eine schwarze Instrumententasche am Geländer vorbeizuwandern. Lena hört man, kann sie aber nicht sehen.

Das Saxofon ist übrigens ein Geschenk von mir. Annabelle zahlt den Unterricht. Und so entreißen wir wenigstens ein Kind der nach Heros Aussage genetisch bedingten Wielandschen Musikfeindlichkeit, der taubstummen Ödnis. Niemand in dieser Sippe kann auch nur ein Lied singen oder versteht ansatzweise etwas von Musik. Dass Martha ihre Tochter Blockflöte spielen lässt, ist nur ein Zugeständnis an die Kolleginnen ihrer Schule. Sicher wartet sie sehnsüchtig auf den Tag, an dem Kerstin ihre Flöte in die Ecke schmeißt.

Ich habe mich gerettet. War nicht leicht. Der Graben zwischen Hörenden und Nichthörenden, zwischen Musikliebhabern und Ignoranten ist so tief wie der zwischen Blinden und Sehenden. Mindestens. Und in Gesellschaft vertragen sich die beiden so wenig wie Raucher und Nichtraucher.

Ich habe Glück gehabt. Eine Lehrerin und zwei Freundinnen. Mit Mena bin ich bis heute befreundet. Gerade als ich, nach Jahren sehnsüchtigen Heulens, begann, mir selbst einzureden, dass ich sehr gut ohne Musik auskommen könne, bekam ich diese neue Musiklehrerin. Die ließ mir das nicht durchgehen. Bestand darauf, dass ich mitmache, von null an. Zuerst singen, war ich nicht so gut, mit Gitarre und Mena dann besser. Und dann, schon fast übermütig, wollte ich Klavier spielen. Den ersten Unterricht gab mir eine Mitschülerin. Ich liebe sie bis heute dafür.

Und dann, nachdem ich ausgezogen war, kaufte ich mir ein Klavier. Ich, aus dem Hause Wieland. Jawohl. Ein gebrauchtes. Als es geliefert wurde, war ich so aufgeregt, als ob ich mir ein Flugzeug, nein, ein Raumschiff bestellt hätte. Aufbruch in eine neue Welt. Für meine Verhältnisse unvorstellbar grandios.

Leider meinte mein Lehrer, er müsse den Schwerpunkt auf Fingerübungen legen. Und Präzision. Und auf ernste Musik. Das war seine Welt. Habe zu spät erfahren, dass er Organist in der Stephanskirche war und bis heute ist. So spielt er auch Klavier. Erhaben, um nicht zu sagen überheblich, und schwülstig. Und das mir. Ich habe im Internat für den Rest meines Lebens Orgelmusik hassen gelernt. Und ich kann sehr gut ohne Max Reger und Gustav Mahler leben. Deshalb habe ich Herrn Schalck, der Name gefiel mir zuerst, wieder verlassen, habe gesagt: »Ich höre auf, wissen Sie, die Zeit reicht nicht mehr …« Glatte Lüge, aber er war voller Verständnis. Zum ersten Mal.

Mein neuer Lehrer ist Musikstudent, nicht mehr ganz jung, zweites Studium, weil er als Mathematiker keine Stelle fand. Ihm habe ich gleich gesagt, dass ich nicht anstrebe, in der Carnegie Hall aufzutreten, nie *perfekt* sein werde, mir aber das Vergnügen am Spiel wichtig sei. Ich sei *spätberufen*, habe ich gesagt und berufstätig. Und er hat gelacht und verstanden.

Wenn ich Geld erben sollte, von Josepha oder Klara oder beiden, weiß ich, was ich damit mache. Musik ist schön, aber kostet. Ich werde Lena einen Teil geben, für Blätter und ein neues Mundstück. Und vielleicht neue Instrumente kaufen. Aber das alles hat Zeit. Das denken die vom Amtsgericht wohl auch, weil sie sich nicht gerade beeilen mit dem Erbschein. Scheint auch kompliziert zu sein, wegen der Todesfälle so kurz hintereinander. Und Hero ist nicht so dahinterher wie sonst.

Lena ist bei uns oben angekommen. Sie strahlt Ken an, hat ihn auf der Beerdigung schon bewundert. Aber da waren die anderen wie eine Barriere. Und sie am Kindertisch. Wir gehen zusammen in die Wohnung. Sie packt gleich ihr Saxofon aus und fragt Ken, ob er auch ein Instrument spiele. Er lacht und sagt nein, aber ich weiß, dass er alles spielt, Löffel, Stifte, meine Schuhe, einfach alles, was irgendwie geklatscht, geschlagen, getrommelt werden kann. Wenn er nichts hat, genügen die Hände. Big Band. Ein Mann allein. Rhythmus mit klopf, schlag, patsch, klick.

Ja, und dann legen wir los. Ich spiele zum ersten Mal vor Ken, bin unsicher und habe Angst, nicht locker genug zu sein. Wir beginnen mit den Stücken, die Lena gerade im Unterricht durchnimmt. Gershwin. Habe ich geübt. Improvisieren kann ich nicht so gut. Lena schon. Sie hat das gleich von Anfang an gemacht, und ich beneide sie. Ken sagt, das sei gar nicht schwer. Man muss nur zuhören, was der andere macht, und dann antworten. Wenn mir aber doch die Antwort nicht so schnell einfällt und wenn ich sie auch noch auf Tasten übertragen muss. Manchmal fühle ich mich überfordert. Aber die beiden sind einfach gut. Lassen alles kommen, und wir wachsen richtig hinein. Es klingt so, dass es mir leidtut, dass uns niemand hört. Außer denen in der Wohnung unter uns vielleicht. Aber ob die das schätzen, ist die andere Frage.

Und dann sagt Lena, was ich gerade denke. »Ist doch schade«, sagt sie, »dass wir so was nie Hero vorspielen können, oder?«

Und ich sage: »Warum eigentlich nicht? Er hat sich in vielem geändert.«

# 9

Er hat tatsächlich zugesagt, fährt mit Nele und Ken zum Wiesengrundsee. Mit dem Zug. Das hätten sie sich nicht träumen lassen. Hero steigt in die Bahn wie in einen Viehtransporter. Dabei ist der Zug in Ordnung, neu, modern gestaltete Abteillandschaft, man kann wählen zwischen Großraumwagen und kleinen Abteilen. Die beiden haben da schon ganz anderes kennengelernt. Sie beobachten amüsiert Heros abschätzende Haltung, sein Schwanken zwischen Neugier und Abneigung. Er ist immer passionierter Autofahrer gewesen, hat, solange Nele sich erinnern kann, nie ein öffentliches Verkehrsmittel benutzt. Und jetzt das.

Er wählt ein leeres Sechserabteil, wenigstens ein bisschen Intimität, sagt er, setzt sich misstrauisch auf einen der gepolsterten Sitze, als ob er an dessen Stabilität zweifle. Und kritisiert sofort das verwendete Material. Die Bezüge seien einfach schäbig, schon abgewetzt. Und sie laden sich elektrisch auf. Wer weiß, ob sie geprüft sind, für den Fall eines Brandes. Und dann passiert so etwas wie bei dieser brennenden Bergbahn in Österreich. Schlamperei. In der Privatwirtschaft könne sich das niemand erlauben.

»Diese Bahn ist mittlerweile privat«, sagt Nele. Sehr sanft, als müsse sie ihm das schonend beibringen. Sie will jetzt keine Grundsatzdiskussionen, einfach diesen schönen Herbsttag am See verbringen. Es ist Samstag, Agnes ist bis zum Abend auf dem Gemeindebasar beschäftigt, Hero ist also frei.

Der Buffetwagen kommt, ein junger Inder, den sie für einen Pakistani halten, aber dann nach seiner Herkunft fragen, bietet Brötchen und heiße Getränke an. Nele lädt alle auf einen Kaffee ein, und ab da beginnt Hero, sich zu entspannen. Verkneift sich einen Kommentar über die nicht richtig schließende Schiebetüre. Der Inder hat sie mit Wucht zugeschoben. Aber sie ist nicht dicht und öffnet sich während der Fahrt immer wieder von alleine. Ken sitzt als Nächster und beeilt sich jedes Mal, sie wieder zu schließen. Beflissen und möglichst beiläufig. Nach dem sechsten oder siebten Mal fängt Hero an zu lachen.

Er findet das unglaublich komisch. Die anderen werden angesteckt, lachen erst zögernd, dann aus vollem Hals. Da zahlt man eine Fahrkarte und arbeitet die ganze Reise als Türschließer. »Muss man noch andere Dienste übernehmen?«, fragt Hero. Ken sagt: »Ja, die Toiletten, man soll sie so hinterlassen, wie man sie vorfinden *möchte.* Da hat man zu tun. Auf kurzer Strecke gar nicht zu bewältigen. Allein, bis man die Putzmittel alle zusammen hat.« Sie lachen und lachen, und da sind sie schon angekommen.

Der Zug hält direkt am Wiesengrundsee. Eine Unterführung – und unversehens sind sie in einer anderen Welt. Das schöne Spätherbstwetter hat viele Menschen an den See gelockt. Kleine Kinder tollen am Ufer entlang. Ältere Leute sitzen auf den Bänken der Promenade und halten mit geschlossenen Augen die Gesichter der Sonne entgegen. Es gibt keine Straße, nur diese Fußgängerpromenade am Wasser entlang.

»Traumhaft«, sagt Hero und breitet die Arme aus. Nele und Ken, hinter ihm, überlegen noch, wohin als Erstes. Da sagt Hero: »Wisst ihr was, wir mieten ein Boot.« Und schon ist er auf dem Weg zu den Anlegestellen. Die drei Bootsverleihe haben noch oder noch einmal geöffnet. Es gibt immer wieder diese goldenen, warmen Tage im Oktober. Und da sind sie dann alle da, die Fischer und Verleiher und Verkäufer. So könne man selbst einen verregneten Sommer ausgleichen, erklärt einer der Besitzer. Aber dieser Sommer war ja wunderbar, da ist das jetzt noch ein geschenktes i-Tüpfelchen.

Hero vergleicht die Preise und entscheidet sich für den ersten Verleih. Und für ein Ruderboot.

»Ich rudere«, sagt Ken zu Nele. »Du weißt schon, meine Prädestination als Nachkomme der Sklaven.« Er grinst, und Nele schubst ihn. »Wenn deine Vorfahren Sklaven gewesen wären, wärst du jetzt nicht hier. Sondern in Amerika oder Arabien. Und zwar seit Generationen. Mein liebes Möchtegernopfer.«

Hero hat seinen Führerschein als Kaution hinterlassen, und der Mann vom Bootsverleih zieht gerade das Boot an den Steg. Sie wollen einsteigen, da ruft jemand *Herr Wieland!* und: *Das ist ja eine Überraschung!* Nele kennt den Mann nicht. Hero schon. Es ist Herr Linder von der Firma. Was sucht denn der hier?, denkt er. Und dass ihm das jetzt gar nicht passt. Das hilft ihm aber nicht, Herr Linder ist schon auf dem Weg zu ihm, mit Frau und zwei kleinen Mädchen im Schlepptau. *Nützen Sie auch das Traumwetter für einen Familienausflug?*, fragt er mit so unverhohlen neugierigem Blick auf Ken, dass Hero absichtlich nicht darauf eingeht. Ja, dieser Herr Linder, durch seine Fehleinschätzung hat er das Familienvermögen verloren. Auf der anderen Seite ist er ein zuverlässiger Mitarbeiter und kann Walter, wenn der es geschickt anstellt, noch von Nutzen sein. Also zwingt Hero sich zu einem Lächeln. Lobt das Wetter, den See und lässt den Rest über sich ergehen. *Herr Wieland, schön, Sie hier zu sehen. Ich wollte Ihnen ja schon lange, unter vier Augen, einmal sagen, dass Ihr Sohn sich wirklich gut entwickelt hat und ganz brauchbare Ideen einbringt. Wir können sehr zufrieden sein.*

Nele mustert den Mann. Feindselig. Was maßt der sich an, über ihren Bruder zu urteilen, als ob er sein Vorgesetzter wäre. Sie mag diesen Mann nicht und freut sich, als ihm eine seiner Töchter in ihrer nervösen Zappeligkeit auf den Fuß hüpft. Mit voller Wucht.

Ken ist schon im Boot, der Mann vom Verleih wird langsam ungeduldig, er hält das Boot mit dem Tau dicht am Steg. Nele steigt ein, und Hero ist froh, sich schnell verabschieden zu müssen.

Herr Linder ist sichtlich enttäuscht, er hätte gern mit seinem Chef – ja, als solchen sieht er ihn immer noch – alleine eine Runde um den See gedreht.

Nele will rudern. Hero und Ken sind dagegen. Wie sieht das denn aus, eine Frau rudert zwei Männer. Nele kontert. Und wie sieht das aus, ein Neger rudert zwei Weiße oder ein Alter rudert zwei Junge. Sie lachen und beschließen, gut, der Reihe nach. Nele fängt an. Vom Ufer winkt Herr Linder, neben ihm Frau und Töchter. Sie scheinen es nicht eilig zu haben. *Der Senior sieht gar nicht so schlecht aus*, sagt Herr Linder zu seiner Frau. *Schade, dass er die Firma übergeben hat. Meines Erachtens voreilig.*

Nele, die als Einzige das Ufer und die maskenhaft grinsenden Gesichter sieht, beeilt sich, auf den See hinauszukommen.

Dort dann Geschichten von früher. Familiengeschichten. Hero will wohl im Schnellverfahren Ken in alles einweihen, erzählt von gemeinsamen Reisen, Wanderungen und Ausflügen. Die Familie kommt dabei sehr gut weg. Ken muss denken, dass nur gute Laune und Begeisterung geherrscht hätten. Beim Bergwandern und Pilze suchen und überhaupt. Dabei gab es im Vorfeld schon immer Streit. Zwischen den Eltern, weil Agnes andere, nähere Ziele im Auge hatte als Hero. Zwischen den Kindern und Hero, weil er darauf bestand, noch vor Tagesanbruch aufzubrechen, um ja nicht in den Wochenendverkehr zu geraten. Aber kein Protest half. Und dann die seltenen Momente von Solidarität, wenn die Geschwister müde und schlecht gelaunt, im Auto zusammengepfercht, die Reise mit den Eltern antraten.

Nele will unterbrechen, will alles richtigstellen. Stattdessen rudert sie mit zusammengebissenen Zähnen. Sie legt sich mächtig ins Zeug. Das Boot gleitet schnell dahin. Nein, sie erzählt nicht, dass Hero alle zur Verzweiflung trieb, weil er immer allein bestimmte. Vor allem den Weg. Er allein. Und das sah so aus, dass man einem markierten Weg folgte, bis Hero sich aus unerklärlichen Gründen für eine Abkürzung entschied. Dann mussten sie senkrecht nach oben, ohne Weg und Steg, durch wildes Brombeergebüsch, über Geröllfelder, durch Bachläufe – und fanden nie wieder zu den markierten Wegen zurück. Auch auf dem Rückweg nicht. Einmal war sie auf einem dieser Abwege in ein Nest von Erdwespen getreten, hatte versucht, sich in einem leider zu seichten Bach vor der Wolke der Verfolgerinnen zu retten. Trotzdem hatte sie mehr als zwanzig Stiche und am Abend Beine mit Noppen wie eine Massagebürste.

Aber das erzählt sie jetzt nicht. Auch nicht, dass die Ausflüge oft mit Tränen endeten. Enttäuschung, Hunger und Müdigkeit sind ihr noch sehr präsent. Für Hero schien es anders gewesen zu sein. Er hat alles in bester Erinnerung, und lediglich Neles Übelkeit bei den Autofahrten ist ihm als unangenehme Störung erwähnenswert. Ken hört amüsiert zu. Er kann sich Neles spätere Kommentare vorstellen. Sie schaut so grimmig, dass er anbietet, sie abzulösen.

Nele zieht die Ruder ein und lässt das Boot eine Weile über das spiegelnde goldgrüne Wasser gleiten. Ein Ausflugsschiff zieht in der Ferne vorbei und treibt Wellen zu ihnen herüber. Das Boot tanzt auf und ab.

Sie betrachtet ihren Vater, der glücklich lächelnd vor den leuchtend roten und gelbgrünen Herbstfarben der umliegenden Hügellandschaft genau in diesem Rhythmus auf und ab schwebt, daneben das dunkle Gesicht von Ken.

Sie könnte ewig so schaukeln.

Aber dann steht Ken auf, und sie tauschen vorsichtig balancierend Platz.

Ken rudert sehr versiert. Spritzt nicht und zieht die Ruder gleichmäßig durch. Kraftvoll und doch locker, es scheint ihn nicht anzustrengen. Woher er das so gut könne, fragt Nele voller Bewunderung und reibt ihre von der kurzen Anstrengung bereits geröteten Handflächen. Noch von England, er sei da eine Weile in einem Ruderclub gewesen. Und außerdem, er schneidet eine Grimasse zu Nele, hätte er ihr doch schon erklärt. Genetisch bedingt.

Woher er eigentlich so gut deutsch könne, fragt Hero, um dem Gespräch eine andere Wendung zu geben. Überhaupt, könne man ihn, wenn man ihn nicht sähe, fast für einen Europäer halten. Hero glaubt, ein Kompliment gemacht zu haben. Und ist erstaunt, dass Ken heftig reagiert.

Wieso denn nur, wenn man ihn nicht sehe. Es gebe doch genug farbige Menschen, die in der zweiten und dritten Generation Europäer seien. Und er hoffe doch, dass man ihn als das wahrnehme, was er sei – ein Mensch mit schwarzer Haut. Und der genau damit hier Erfahrungen macht, die einem Weißen erspart bleiben.

Und dann, er gerät in Fahrt, sagt er noch, er glaube, dass Hero gerne blind sei. Und nicht sehen wolle. Nicht, dass seine Tochter einen Schwarzen liebt, und nicht, dass in seiner Familie alle miteinander konkurrieren, und zwar um seine, Heros, Aufmerksamkeit. Und dass diese Tochter die Einzige sei, die …

Da bricht er ab, weil Nele ihn gegen das Schienbein getreten hat. Sie würde am liebsten im Erdboden, nein, im Wasser versinken und vermeidet es, Hero, der neben ihr sitzt und ihr den Kopf zugewandt hat, anzuschauen. Sie will zurück an Land, und zwar sofort. Wenn es sein muss, schwimmend. Es gibt nichts Schrecklicheres, als in einem Boot zu sitzen und sich nicht zu verstehen, denkt sie. Das will sie sich aufschreiben, später.

Keiner sagt etwas. Ken rudert weiter wie zuvor, kraftvoll, ruhig. Das Boot läuft gleichmäßig, und bestimmt sehen sie aus der Ferne beneidenswert glücklich aus.

»Wir sollten umkehren«, sagt Nele. »Mir wird kalt, vor allem an den Füßen.«

Ken bremst ohne ein Wort. Mit gegeneinander geführten Rudern dreht er das Boot und rudert zurück.

Er habe nachgedacht, sagt Hero in die Stille des Sees. So, als ob er nicht mit ihnen reden würde. Als Vater sei er vielleicht eine Zumutung gewesen.

Für manches gebe es keine Entschuldigung. Außer, dass er dieser, seiner Generation angehöre. Der ohne Vorbilder. Dass er vieles nicht gewusst habe, weil er keine Familienerfahrung gehabt hätte, als Einzelkind.

Aber noch hätten sie ja Zeit. Sie sollten miteinander reden. Bitte.

Nele schaut erst Ken, dann ihn an. Als würde sie prüfen, wen sie sich da ins Boot geholt hat. Für so etwas.

»Jetzt gleich?«, fragt sie.

# 10

Ich soll zu ihm kommen. Endlich einmal bei ihm übernachten, hat er gesagt. Ja, gerne, habe ich geantwortet. Und jetzt bin ich nervös. Ich kenne das. Man glaubt, man wüsste, mit wem man es zu tun hat, und dann … Wenn man die Wohnung sieht, kann es sein, dass alles aus ist. Lange vor Wolf war da mal so einer. Sammelte Fotocollagen. Von weiblichen Körperteilen, Busen und Schamlippen, mit Schrauben verbunden. Hunderte, in allen Variationen, farbig, schwarz-weiß, manchmal die Brustwarze bildbeherrschend, manchmal die Metallteile. Im Flur, im Schlafzimmer, sogar in der Küche, überall an den Wänden nur das. Ich war sofort wieder weg.

Auch bei Wolf war es nicht gerade einladend. In der Küche stapelweise ungewaschenes Geschirr und der entsprechende Geruch. Aber immerhin das Bett war frisch. Und es gab Kerzen und bunte Tücher im Zimmer.

Wie lebt ein Afrikaner in Deutschland? Nein, wie lebt Ken? Er sieht immer gepflegt aus. Aber sagt das was? Da kenne ich so jemanden. Eine Frau, immer tipptopp mit Kostüm und gebügelter Bluse und geschminkt. Und zu Hause eine stinkende Müllhalde.

Ich packe das Nötige für eine Nacht in die Tasche, die ich zur Arbeit immer dabeihabe. Horst, mein Boss, braucht nichts zu merken und mir keine blöden Fragen zu stellen.

Ausgerechnet heute wird Ken nicht einsteigen. Er hat einen Termin außerhalb von Walldorf und fährt mit dem Auto. Holt mich aber vom Bahnhof ab, heute Abend. Auch etwas Neues. Wir haben uns wieder versöhnt, sonst würde ich das jetzt nicht machen.

Ich habe ihm den Kopf gewaschen. Es ist eine Sache, als Tochter den Vater zu kritisieren, und eine andere, das als *Fremder* zu tun. Und wie er mir fremd war. Ich halte mich die ganze Zeit zurück, berichtige keine dieser bescheuerten Glückliche-Familie-Geschichten, und dann kommt er. Wir haben richtig gestritten. Es ist *mein* Vater, und *ich* bestimme, ob und wann ich ihn kritisiere. Denn auf einmal denke ich, Hero ist doch eigentlich ganz in Ordnung.

Und jetzt bin ich gespannt. Sage mir, den ersten Streit haben wir hinter uns. Gut, ab jetzt brauche ich keine Angst mehr zu haben.

Ich fahre einen Zug früher, damit ich heute Abend auf jeden Fall rechtzeitig wegkomme. Im Moment haben wir viel zu tun, zwei große Projekte, Spielplatzbegrünung und Gartengestaltung einer Neubauanlage. Soll vor dem Winter noch abgeschlossen werden. Ich habe Horst vorgeschlagen, noch jemanden einzustellen. Nicht nur wegen der vielen Arbeit jetzt. Dann wird es nicht die große Katastrophe, wenn ich gehen sollte. Aber das sage ich natürlich nicht.

Ich nehme was zum Lesen mit. Seit Langem mal wieder. Mit Ken habe ich mir das schon fast abgewöhnt.

Und dann ist der Zug brechend voll. Was für ein Glück, dass ich nicht jeden Tag um diese Zeit fahren muss, denke ich. Bin froh, einen Platz zu finden. In einem Großraumabteil. Meine Nervosität kriecht wieder hoch, die ängstliche Unsicherheit, was mich bei Ken erwarten wird. Ich halte es auf einmal für durchaus möglich, dass heute Abend, wenn es ganz schlimm kommen sollte, unsere Beziehung endet. Dann erwacht die Verteidigung in mir. Ruft alles in mein Gedächtnis zurück, was ich an Gutem mit diesem Mann schon erlebt habe. Um mich zu beruhigen, will ich lesen. Aber eine Frau mit lauter Schnarrstimme und schrecklichem Dialekt beginnt, in ihr Handy zu krähen, bedankt sich für eine SMS, der Absender scheint kurz angebunden zu sein, sie beendet das Gespräch, und ich will mich schon erleichtert zurücklehnen, da wählt sie wieder. Auch der nächste Adressat scheint ihr am Wochenende eine Mail oder SMS geschickt zu haben. Nach den einleitenden Dankfloskeln geht sie zu einer detailreichen Schilderung ihrer Abreise, der Platzverhältnisse im und der Landschaft außerhalb des Zuges über. Sie heißt Simone. Dafür kann sie nichts, aber dieser Name gräbt sich mit jedem Anruf, den sie tätigt, deutlicher in meine Hassliste von Namen ein. Ich stehe auf, nestle an meiner Tasche in der Gepäckablage herum und will einen Blick auf sie werfen. Neben ihr sitzt ein Mann mit geschlossenen Augen und Stöpseln im Ohr. Sie ist nicht so hässlich wie ihre Stimme. Vielleicht kann ich ihr verzeihen.

Nein, kann ich nicht. Sie sägt an meinen Nerven. Ich schaue um mich. Außer mir scheint sich niemand gestört zu fühlen. Nur eine ältere Frau sucht Blickkontakt mit mir und zuckt mit den Schultern. Ich könnte platzen, aus der Haut fahren, starre auf das aufgeschlagene Buch in meiner Hand, ohne einen Buchstaben zu lesen, und die Reihe der Menschen, die diese Schreckschraube von Frau mit einer Mail oder SMS bedacht haben, scheint unendlich zu sein.

Irgendwann, ich stehe bereits unter Starkstrom, geht Simone zur Toilette, nach allen Seiten breit grinsend. Ich schaue in mein Buch wie in einen Brunnenschacht. Als sie an mir vorbei ist, kritzle ich auf einen Zettel: *Simone, einer muss es Ihnen sagen: Sie reden nur Scheiß – und das ganze Abteil hört zu.*

Ich habe absichtlich *einer* geschrieben, soll sie ruhig denken, der Absender sei ein Mann.

Dann gehe ich an ihrem Platz vorbei zur Toilette in der anderen Richtung. Der Mann mit den Ohrstöpseln hat die Augen immer noch geschlossen. Mein Glück.

Als ich zurückkomme, sitzt Simone wieder auf ihrem Platz. Stumm. Mit meinem Zettel in der Hand.

Natürlich kann ich auch jetzt nicht lesen, schaue mit klopfendem Herzen aus dem Fenster, bis die Lautsprecherstimme Bernstadt ankündigt. Ich werfe mein Buch in die Tasche und gehe an Simone vorbei zum Ausgang. Sie schaut nicht einmal hoch.

Als der Zug hält, steige ich aus, fühle jetzt, als ich an der getönten Scheibe vorbeilaufe, ihren Blick im Nacken.

Ich fühle mich stark, mir kann nichts mehr passieren, denke ich.

Endlich einmal habe ich mich getraut.

Und mir passiert auch nichts. Der Arbeitstag vergeht wie im Flug, Horst bemerkt nicht das Geringste, und nach einem gefühlten Wimpernschlag sitze ich schon wieder im Zug zurück nach Walldorf.

Ken wartet am Ende des Bahnsteigs, lacht mit mir über meine Geschichte, die ich ihm gleich erzähle, malt sich aus, was er getan hätte, wenn er dabei gewesen wäre. Und rät mir, beim nächsten Mal Kopfhörer mitzunehmen. Er rechnet also mit einem nächsten Mal.

Er hat gekocht, und seine Wohnung sieht fast enttäuschend europäisch aus. Bis auf eine afrikanisch anmutende, gemusterte Tagesdecke und einen kleinen, mit Schnitzarbeiten verzierten Holzschrank.

Das Arbeitszimmer mit dem weißen Schreibtisch, den chaotisch ineinanderfließenden Bergen von Papieren, dem Computer und den unzähligen Bücherstapeln auf dem Boden, erinnert mich an das eines Dozenten, den Wolf und ich öfter einmal besucht hatten.

Ken beobachtet mich, wie ich so herumgehe und schaue. »Prüfung bestanden?«, fragt er. Ich nicke und sehe, wie erleichtert er ist. Und dass er genauso aufgeregt war wie ich. Ich umarme und küsse ihn.

Es gibt Eintopf mit Fisch, weißen Bohnen und Gemüse. Jams hat er nicht bekommen, sagt er, das isst man sonst dazu. Und er freut sich wie ein Kind, dass es mir schmeckt.

# HINEIN

# 1

Wo beginnt die Gegenwart? Der Horizont ist da, wo die Gegenwart auf die Vergangenheit trifft und die Zukunft berührt. Für Hero ist es der Zeitpunkt, an dem sein Ende feststeht. Ein halbes Jahr hat er gelebt, als ob es eine Zukunft für ihn gäbe. Und jetzt haben sie es ihm gesagt. Definitiv nichts mehr zu machen. Und er spürt es, diese diffusen Schmerzen, kein erkennbares Muster, jeden Tag woanders und jeden Tag unterschiedlich stark. Und dann wieder gar nichts. Bodenlose Unsicherheit. Obwohl er jetzt weiß.

Lange hat ihm niemand etwas gesagt, weil er niemanden gefragt hat. Die medizinischen Details haben ihn nicht interessiert. Wenn man nicht zu viel weiß, können Wunder passieren, hat er sich gesagt. Es ist keines passiert. Er hat Metastasen, überall. Und jetzt, ob er will oder nicht, geben sie ihm dieses Wissen weiter, nach der letzten Untersuchung haben sie ihn *eingeweiht*. Als ob er erpicht darauf gewesen wäre, mit denen unter einer Decke zu stecken. Die ganzen Monate haben sie herumgeredet, diese Herren in Weiß, ja, er kann auch Roland nicht freisprechen. Bestimmt hat auch er es gewusst. Und bestimmt ist es kein Zufall, dass er sich jetzt nicht mehr blicken lässt.

Die Medikamente scheinen auf die Augen zu schlagen. Aber je weniger er sehen kann, umso häufiger erinnert er sich an Szenen seiner Kindheit. Einzelne Begebenheiten tauchen gestochen scharf vor ihm auf. Wie er einmal zum Fasching unbedingt ein König sein wollte. Mit einer Krone aus echtem Gold – oder wenigstens aus so schwerem Metall, dass es wie Gold aussah. Seine Mutter schickte ihn dann mit einer lächerlichen Papierkrone los. Die er aus Enttäuschung und Wut gleich bei der ersten Polonaise auf den Boden warf und von den nachfolgenden Kindern zertrampeln ließ.

Was er auch deutlich sieht, ist, wie Agnes leidet. Weil sie an seiner Lage nichts, aber auch gar nichts ändern kann. Er weicht ihr aus. Gespräche haben sie in den zurückliegenden Monaten immer wieder versucht. Tastend, nicht offen von seiner Seite. Was soll er schon sagen, wenn für ihn selbst nichts klar ist. Und jetzt, wo es entschieden ist, was sagt man seiner langjährigen Weggefährtin, die man immer noch liebt, ja, sogar immer mehr, wenn die Kreuzung erreicht ist, an der man alleine weitermuss. Und weiß, dass man nicht mehr zurückkommt.

An ein einziges direktes Gespräch erinnert er sich. Natürlich wisse jeder, hatte er gesagt, dass er sterben müsse. Aber solange man lebe, sei es eben nur ein Wissen, eines, das in erster Linie andere betreffe. Für die eigene Person bleibe es immer ein Abstraktum, ein Konjunktiv. Und nur so könne man weiterleben, indem man verdränge. Deshalb betrachte er diese genaue Prognose jetzt als Gemeinheit, als Todesurteil, und wisse nicht, wie er die verbliebene Zeit überstehen solle, ohne zu verzweifeln.

Agnes hatte wohl nicht genau verstanden, zumindest hatte sie kein übertriebenes Mitfühlen oder Verständnis gezeigt, sondern gleich von pragmatischen Dingen wie ausreichend Schlaf, gesunder Ernährung und viel Bewegung gesprochen.

Bis heute macht sie alle möglichen Sperenzchen und Verrenkungen, beteuert auf der einen Seite mit tränenerstickter Stimme, was kaum auszuhalten ist, immer für ihn da zu sein. Wenn es so weit sei, meint sie, sagt das aber nicht. Und schmiedet im nächsten Moment Pläne von so aberwitziger Unmöglichkeit, dass er an ihrem Verstand zweifelt. Gemeinsame Reisen mit dem Flugzeug oder dem Schiff, falls ihm das lieber sein sollte. Zu Merals Eltern in die Türkei oder zu Cleos Vater nach Mallorca. Dabei weiß er schon nicht mehr, wie er hier in Neuburg zum Friedhof kommen soll. Alleine. Er fährt nicht mehr Auto wegen der Medikamente. Aber es zieht ihn immer wieder dorthin, zum anderen Ende der Stadt. Zu diesem ummauerten Ort, der wie eine Insel aus der lärmigen Welt herausgestanzt ist. Er dachte am Anfang, er käme wegen Klara, aber jetzt weiß er, er kommt wegen sich.

Er geht langsam die noch kahle Allee von Baumriesen entlang. Blutahorn im Wechsel mit Buchen. Schwarzglänzende, dicke Stämme wie Säulen. In der Ferne oben zarte winkende Linien am Himmel. Schwindelerregend. War auch im Herbst schön, als die Blätter noch da waren und immer dunkler, immer röter wurden. Wie Sonnenuntergang. Da hatte er noch gehofft.

Er muss sich setzen. Der Wind ist stark und noch kühl, aber die Sonne hüllt seinen dunklen Mantel in Wärme. Er kennt die Bänke auf dem Weg zu Josephas und Klaras Grab. Eine relativ geschützte steht in Sichtweite. Er ist dieses helle Märzlicht noch nicht gewohnt, setzt sich und schließt die Augen. Die Farben sind so fahl, dass einem leicht übel wird. Man sich schwach fühlt, bedrückt. Nun gut, er ist schwach, und auch bedrückt. Er weiß nicht mehr, wohin mit sich, hat jetzt doch den Boden unter den Füßen verloren. Er beschattet seine Augen mit der Hand und beobachtet die Friedhofsbesucher. Immer wieder ältere Paare, Arm in Arm, mit einem Gesteck oder frischen Blumen in der Hand. Alle sehen blass aus. Männer alleine sind kaum unterwegs. Dafür Frauen jeden Alters, mit Taschen, Tüten und Gießkannen in der Hand. Geschäftig laufen sie hin und her, im Dienst für die anderen, als ob sie selbst nie an die Reihe kämen. Die Wasserbecken sind wieder gefüllt, der Winter ist offiziell vorbei.

Den Rest meines Lebens werde ich sterben, denkt er. Und dann: Tut das nicht jeder?

Seine Gedanken wandern zu Klara. Wie immer, wenn er hier ist. Weil er keine Antworten finden kann, kreisen die Fragen unendlich. Wie geht Gott mit jemandem um, der ihm ins Handwerk pfuscht? Natürlich ist es eine Potenz, eine ungeheure, die der Mensch an sich reißt, indem er eigenmächtig entscheidet, ob er leben oder sterben will. Wird er dafür einmal zur Rechenschaft gezogen? Oder erfüllt der Mensch in dem Moment, in dem er es tut, sich tötet, einen längst festgelegten göttlichen Plan? Dann müsste Gott ja zufrieden sein, die Drecksarbeit wird ihm abgenommen. Warum sollte er dann strafen?

Hero ärgert sich über die Kirche, weil sie Antworten gibt, ohne zu wissen. Sie spricht Gebote und Verbote aus, als stünde Gott täglich für Interviews zur Verfügung. Und zwar nur dem Papst, den Bischöfen und Würdenträgern. Das kann man doch nicht ernst nehmen, denkt er. Man sieht aus jahrhundertelanger Geschichte, wie oft sie sich getäuscht haben.

Wissenschaftler wurden gefoltert und hingerichtet, Frauen als Hexen verbrannt, Menschen, die, würden sie heute leben, von der gleichen Kirche und der Gesellschaft anerkannt würden. Als Kind waren ihm Heilige, die sich um ihres Glaubens willen foltern ließen, immer unheimlich, ja unsympathisch gewesen. »Wieso«, hatte er seinen Vater gefragt, »sind sie denn so dumm und sagen nicht einfach, dass sie sich geirrt hätten, oder laufen einfach davon?« Die Antwort kam sehr schnell in Form einer Ohrfeige. Und er musste sich weiterhin jeden Sonntag diesen in einem Kessel mit heißem Öl siedenden Heiligen auf dem Bild des Seitenaltars anschauen. Ohne jemals zu verstehen.

In allem, was ihm wichtig war im Leben, musste er selbst herausfinden, was richtig ist. Auch jetzt. Das Ende ist eindeutiger als der Anfang. Da kann man streiten, wann es losgeht, ob beim Verschmelzen von Samen und Eizelle oder bei der Geburt oder irgendwo dazwischen. Aber Tod ist Gewissheit. Kein Atem heißt für Hero Tod. Das mit der Feder vor der Nase des Gestorbenen hat ihm immer gut gefallen. Wenn sich die Härchen bewegen, ist da noch ein Lebenshauch. Eine Messung von Gehirnströmen ist dann absolut überflüssig. Doch da haben diese kirchlichen Besserwisser nichts dagegen, dass man, ohne zu fragen, ein Leben verlängert. Manchmal nur Leiden. Vielleicht ist aber genau das gegen Gottes Willen, vor allem ab einem gewissen Aufwand an Technik und einer gewissen Aussichtslosigkeit des Unterfangens. Hero kann sich nicht erinnern, je eine Verlautbarung der Kirche dagegen gehört zu haben. Gegen eine Patientenbehandlung, die nur wirtschaftliche Vorteile im Auge hat. Vielleicht sieht die Kirche das ja selbst unter diesem Gesichtspunkt und ist deshalb gegen Abtreibung, Selbstmord und Euthanasie. Ein ungeheuerlicher Gedanke. Dass sich mit Lebenden mehr Geld machen lässt. Er will darüber einmal mit dem Krankenhausgeistlichen reden, wenn sich die Gelegenheit ergibt. Vielleicht auch mit Agnes.

Er hat für sich noch nichts festgelegt. Wenn es unerträglich werden sollte. Er hat Angst, dass er dann vielleicht nicht mehr entscheiden kann. Er wird sich womöglich verändern, ins Lächerliche oder Unappetitliche. Das muss er unbedingt mit Agnes besprechen. Rechtzeitig.

Was er auch auf jeden Fall klären muss – und es beschämt ihn sehr, das bis jetzt nicht geklärt zu haben –, ist seine finanzielle Lage. Er wird nichts hinterlassen außer seiner Firma und dem Haus, in dem sie jetzt wohnen. Und in dem Agnes weiter wohnen wird. Die anderen werden leer ausgehen. Und das müsste er ihnen sagen.

Denn sie warten auf ein Vermögen, das es nicht gibt. Weder von ihm noch von Josepha oder Klara. Und manchmal beschleicht ihn der Gedanke, dass das vielleicht die Ursache für Klaras Freitod war. Falls sie etwas gewusst hat.

Die Bank, auf der er sitzt, scheint auf einmal aus Eis zu sein. Die Kälte kriecht über die Beine in den Rücken. Bösartig. Er steht auf, stampft mehrmals auf den Boden, als ob er störende Gedanken zertreten wollte, dabei wird ihm wieder warm, und er geht weiter.

Weihnachten wäre eine gute Gelegenheit gewesen, die Bombe platzen zu lassen. Ja, das Bild gefällt ihm, es genau an Weihnachten krachen zu lassen. Diese Feiern hat er immer gehasst. In der Firma – und in der Familie ganz besonders. Agnes in Höchstform, genau in ihrem Element, Geschäftigkeit ohne Ende. Und jedes Jahr die Frage, ob man nicht doch *Stille Nacht* … Nein, das Weihnachtsevangelium. Basta. Und dann im Anschluss die Eröffnung: Kinder, ihr seid nackt und arm wie das Kind in der Krippe. Macht euch nichts daraus.

Nur, dass sie nicht da waren. Das heißt: nie zusammen. Sie haben ja ihre eigenen Familien. Martha und Walter und Tina. Agnes hat sie alle nacheinander eingeladen. Jeden Tag Besuch.

Johannes kam nicht, er war mit Cleo und dem Kleinen, Hero nennt ihn immer noch *der Kleine*, als ob er nicht wüsste, wie er heißt, auf Mallorca. Nele wollte Ken unbedingt Venedig zeigen, war also auch nicht da. Was sollten sie auch. Es ging ihm ja gut.

Er hat es also noch vor sich.

Er ist angekommen, eine junge Frau in gebückter Haltung macht sich an Klaras Grab zu schaffen. Offensichtlich hat sie aufgeräumt und pflanzt neu ein, neben ihr liegen ein Haufen trockener Tannenzweige und ein paar alte Gestecke. Als sie sich aufrichtet und umdreht, sieht er, dass es Nele ist. Sie streicht sich mit dem Handrücken eine widerspenstige Strähne aus dem Gesicht, die erdigen Finger von sich gestreckt.

Sie lächelt und sagt, dass sie gehofft hätte, ihn einmal hier zu treffen. Ein guter Tag. »Es wird Frühling, Hero, es geht bergauf.«

Er lächelt auch, nachsichtig. »Das sieht schön aus.«

Sie sei noch nicht ganz fertig, sagt sie, dort hinten bei den Tulpenzwiebeln fehle noch der Winterjasmin, den sie aus Klaras Garten geholt habe. Sie zeigt auf ein Loch neben dem provisorischen Kreuz mit Josephas und Klaras Lebensdaten. »Ich weiß«, sagt sie, »es ist eigentlich noch zu früh, aber der Hügel hat sich schon gesenkt. Und das hier kann Frost aushalten, falls es noch einmal kalt wird.« Was sie aber nicht glaube.

Man merke, dass sie vom Fach sei, sagt er. Nicht direkt, lacht sie, normalerweise würde sie größere Flächen gestalten. Und dann erzählt sie ihm, dass sie damals beim Steinmetz angerufen und erfahren habe, dass Klara ihren eigenen Namen und ihr Geburtsdatum bei Josephas Beerdigung gleich mit in Auftrag gegeben habe. Damit man später nur noch eine Kleinigkeit zu ergänzen brauche. Das sei nicht unüblich, habe der Steinmetz gesagt. Wie Hero das finde?

Nicht sein Fall, sagt er. Zu Lebzeiten den eigenen Namen auf einem Grabstein zu lesen.

Ihrer auch nicht, sagt sie. Ob er denke, dass Klara vielleicht schon gewusst habe …

Kann sein, sagt er. Doch dann hätte sie mit Sicherheit auch gleich den Todestag mit eingravieren lassen, so praktisch, wie sie veranlagt war.

Jetzt sei er zynisch, sagt sie. Und will nicht weiter darüber reden. Sie werden nie erfahren, was Klara sich gedacht hat. Sie schweigen, und Nele arbeitet weiter. Schüttelt den kleinen Strauch, befreit die Wurzeln von überflüssiger Erde, schneidet sie zurück und setzt mit einem kräftigen Ruck die Pflanze an die vorgesehene Stelle.

»Weißt du«, fragt sie unvermittelt, »was Klaras häufigster Satz war, wenn sie angerufen hat?«

»Sie hat doch kaum angerufen.«

»Ja, aber wenn – dann sagte sie grundsätzlich als Erstes *ich will nicht stören*. Und das, glaube ich, ist es. Sie wollte nie stören, und aus irgendeinem Grund meinte sie, dass sie es tat, dass wir uns verpflichtet fühlten, uns um sie zu kümmern …« Nele drückt die Erde um den Winterjasmin fest, so fest, als ob sie damit das Höchstmaß an *sich kümmern* zeigen wollte.

»So habe ich das noch nicht gesehen.« Hero betrachtet sie nachdenklich. »Ab wann stört man?«

»Es genügt, alleine zu sein und einsam. Und zu denken, dass man ein ständiger Vorwurf für die anderen ist, die mitten im Leben und lustig und unter Freunden sind.«

Hero räuspert sich. »Muss schrecklich sein«, sagt er.

## 2

Es ist nicht die Jahreszeit. Oder es ist eine Eintagsfliege. Auf jeden Fall liegt sie auf dem Rücken und macht einen ungeheuren Lärm. Dreht sich auf der Fensterbank pausenlos um die eigene Achse. Surrt wie ein Generator. Dabei könnte sie sich einfach die Sonne auf den Bauch scheinen lassen. Dummes Tier. Es ist ein so schöner Tag. Ich hole ein Blatt Papier, schiebe es unter sie und werfe sie mit einem Ruck auf die Beine. Da bleibt sie dann stehen. Irgendwie verdattert. Aber ruhig.

Kaum sitze ich wieder am Schreibtisch, geht das Gebrumme wieder los. Jetzt habe ich keine Lust mehr. Soll sie doch.

Aber dann stehe ich doch noch einmal auf. Sie kreiselt wieder wie wild herum, und ich frage mich, wie sie das geschafft hat. Sie hat doch genug Beine. Wie kann man da auf den Rücken fallen. Du brauchst gar nicht so vorwurfsvoll zu surren, denke ich, ich habe dich nicht umgeschmissen. Ich wiederhole die Prozedur mit dem Blatt. Das erste Mal kommt sie nicht richtig auf die Füße. Als ob jemand ihre Beine auf einer Seite abgeschnitten hätte, kippt sie gleich wieder um. Aber beim nächsten Mal klappt es. Sie steht da wie ein Monument von Fliege. Unerschütterlich und irgendwie perfekt. Rührt sich nicht. Dann fällt sie um und ist tot. Einfach so.

Auf einmal finde ich den Tag beschissen. Und weiß nicht mal, warum.

Ich habe immer wie eine Eintagsfliege gelebt. Ein Tag um, Ende. Vielleicht lebt Hero jetzt auch so. Nur von einem Tag zum anderen. Muss er vielleicht. Aber er hat sein Leben hinter sich, und ich denke, ich hätte planen sollen. Ein Menschenleben dauert lange, und man tut gut daran, eins auf das andere aufzubauen. Ich bin aus dem Internat gekommen mit nichts, was ich in der Welt hätte brauchen können. Habe also neu angefangen, habe Verschiedenes gelernt, vieles wieder abgebrochen, Spanisch, Literatur, Schreinerei. Dann wieder was Neues, ganz anderes, eben nicht aufgebaut. Ethnologie. Und wenn ich jetzt an die Uni zurückgehe, dann ist es noch einmal wie neu anfangen. Mit Afrika, genauer Nigeria. Ken gegenüber stehe ich mit leeren Händen da. Ich habe nichts aus mir gemacht. Habe keine Position. Nicht einmal Kinder.

Er liebt mich trotzdem, sagt er. Oder vielleicht deshalb. Vielleicht will er etwas aus mir machen, etwas nach seiner Vorstellung, das gut zu ihm passt. Und ich weiß nicht, ob ich das will. Ob ich mein Leben lang die sein will, die von ihrem Freund lernt. Es könnte doch auch einmal umgekehrt sein. Oder wechselseitig.

Ken sagt, dass er immer im blinden Fleck sitzt. Ich finde das Bild schön. Ein Schwarzer im blinden Fleck. Wie in einer Seifenblase. Und ich sage, *komisch, mir geht es in meiner Familie auch so.* Vielleicht können wir was daraus machen. Wir könnten ein interessantes Leben zusammen haben. Zwei Unsichtbare. Wir bräuchten nicht einmal ein Schild *Bitte nicht stören* aufzuhängen. Hat doch auch Vorteile.

Ich wollte, dass er Italien kennenlernt. Und er wollte schon immer einmal nach Venedig. Und an Weihnachten weg zu sein, war einfach verlockend. Nur wir beide. In diesem Land, das wie eine Brücke zwischen meinem und seinem ist, mit dieser musikalischen Sprache und der Stadt direkt am Wasser. Ich hätte mir mehr Sonne gewünscht, aber im Dezember hätten wir dafür in die Berge fahren müssen. Was wir beide nicht wollten. Dafür hatten wir dieses spezielle Licht durch den Nebel und jeden Abend den Blick über die Lagune.

Der Himmel wölbt sich also gelbrosagrau hinter den schwarzen Silhouetten der Palazzi. Und dazu hören wir Musik von Luigi Nono. Hier ein Muss, sagt unser Hotelier. Experimentell wie unsere Beziehung, finde ich. Im *Coro lontanissimo* kommen die Töne aus unendlicher Ferne. Ich denke: von Weitem über das Meer. Ken sagt, von zu weit her, ihn würden sie nicht erreichen. Aber die Geschichte des *Prometeo* gefällt ihm. Einer, der mit den Göttern handelt, mit dem höchsten Gott, Zeus. Der ihm die Stirn bietet und deshalb leidet. Diese Geschichte habe ich ihm erzählt.

Wir sind wie aus der Welt. Wie wenn wir keine Verbindung mit dem Festland hätten. Und ich keine Verpflichtung.

Dann streiten wir. Den ganzen Vormittag sind wir über Treppen und Brücken und verschieden große Plätze geschlendert, haben uns Kirchen und – natürlich – den Dogenpalast angeschaut und sitzen erschöpft beim Mittagessen in einem dieser zweitklassigen kleinen Restaurants, in denen um diese Jahreszeit mehr Ober als Gäste sind. Warum ich mich meinem Vater eigentlich so verpflichtet fühle, fragt Ken. Und sagt, wir würden um Heros Anerkennung buhlen, als ob der ein Gott im Olymp wäre. Genauso, wie manche Länder um die Aufnahme in die Staatengemeinschaft bettelten. Alle, von Martha über mich bis hin zu Tina, ja, bis in die nächste Generation – bis zu Annabelle und den Kindern. Aber man sehe doch an Palästina und Somalia und allen anderen, dass das überhaupt nichts bringe, dass es nur die Schwächen deutlicher mache. Und ich sage, es bleibe einem, der nicht wahrgenommen wird, doch nichts anderes übrig, als auf sich aufmerksam zu machen.

Aber er oder sie, bei *oder sie* lächelt er mir kurz zu, werde nie Anerkennung bekommen, nur Mitleid, sagt er. Und dann, dass er nicht verstehen könne, warum ich mich für Hero *zerreiße*. Ausgerechnet ich. Wo mein Vater nie für mich da gewesen sei. Doch, manchmal schon, sage ich und erzähle ihm die Geschichte mit dem Marzipanbrot. Ken liebt es, wenn ich Geschichten erzähle.

Irgendwann nach den Weihnachtsferien war das, ich musste alleine ins Internat zurück. Ich war im zweiten Jahr dort und hasste dieses Gefängnis ebenso wie meine Geschwister, die feixend um mich herumstanden, als Hero den verhängnisvollen Brief vorlas. Die Schlafsäle waren umgebaut und nicht rechtzeitig fertig geworden. Deshalb konnten nicht alle Klassen aufgenommen werden. Meine leider schon.

Hero brachte mich dann zum Bahnhof. Nur wir zwei im Auto. Ich war zwölf Jahre alt und sehr aufgeregt. So etwas hatte es zuvor nie gegeben. Als ob ein König seine einzige Tochter spazieren fährt. Seine Kostbare, seine Prinzessin. Ich sagte nichts während der ganzen Fahrt, um nichts kaputt zu machen. Er muss gedacht haben, ich sei traurig. Und am Bahnhof, kurz bevor wir zum Gleis gingen, ließ er mich in der Halle bei meinem Koffer warten. Es dauerte eine Weile, bis er wiederkam. Er hatte mir ein Marzipanbrot gekauft. Ein großes, in goldenes Stanniol gewickelt. Das war, wie wenn er mir meinen ersten Büstenhalter gekauft hätte. So intim. Mein Vater kaufte nie Essen für uns. Das war die Aufgabe von Agnes. Und dann ausgerechnet so etwas. Wir bekamen nie Süßigkeiten. Agnes hatte eine Broschüre *Krank durch Zucker,* die sie wie die Bibel immer wieder zitierte. Sie wachte streng darüber, dass wir von niemandem etwas derart Schädliches bekamen. Und Hero hat sie darin immer unterstützt, ja, er war im Laufe der Jahre noch fanatischer geworden als sie. Und dann das. »Um dir den Abschied zu erleichtern«, sagte er.

In dem Moment liebte ich ihn. Er war auf einmal genau der, als den ich ihn im Internat immer ausgegeben hatte. Der beste Vater der Welt. Wir hatten alle *beste Väter,* und ich glaubte, die anderen hätten sie wirklich. Was nicht stimmte, wie ich viel später erfuhr. Aber an dem Tag stimmte es für mich, ich hatte den besten Vater der Welt. Und eine Geschichte, die ich allen erzählen konnte.

»Und das reicht dir?«, hatte Ken ungläubig gefragt. »Du könntest Afrikanerin sein, wenn du so leicht zu versöhnen bist.« Das ist seine Art, sich wieder gut mit mir zu stellen. Wenn er irgendetwas an mir afrikanisch findet. Und ich fiel wie immer darauf herein.

Denn das Thema war für ihn noch lange nicht erledigt. Noch am selben Abend machte er so eine Bemerkung mit der Wirkung einer Detonation, obwohl er nicht laut redete. Er sagte, dass er manchmal den Verdacht habe, ich sei nur deshalb mit ihm befreundet, weil ich mit einem Neger auffallen wolle in dieser Familie. Und endlich einmal Aufsehen erregen. Es war, als ob er mir diese scheußliche Bodenvase, die in unserem Hotelzimmer stand, ins Gesicht geworfen hätte. Das Bild von ihm zersplitterte, und merkwürdigerweise zerfloss es auch noch, aber das lag vielleicht an dem Wasser, das mir in die Augen stieg. Ich wollte, kopflos, sofort abreisen. Alleine.

Ich war so schnell vor der Tür, dass ich mir bis heute nicht erklären kann, wie ich in der Geschwindigkeit dorthin gekommen bin, angezogen, mit Mantel und Stiefeln. Und dann lief ich stundenlang alleine durch die Nacht, über unzählige Brücken und durch Passagen und Häuserschluchten. Immer weniger Menschen waren unterwegs. Der Nebel wurde immer dichter, und irgendwann hatte ich mich verlaufen. Und da war dann wirklich niemand mehr.

Genau in diesem Moment, in dieser zeitlosen Alleinheit, wie außerhalb der Welt, sah ich auf einmal so gestochen scharf, dass es wehtat: Ich selbst war die Ursache für den Ausbruch, war der Auslöser für den Knall. Ich hatte den ganzen Tag über immer wieder nach Kens Kindern in Nigeria gefragt, er antwortete wortkarg. Ich habe gebohrt. Erst wollte ich wissen, wie alt sie jetzt seien, ob er den Sohn oder die Tochter lieber hätte, ob er sie überhaupt noch kennen würde, nach so langer Zeit, wo sie sich doch nur zweimal im Jahr sähen. Und als ob das noch nicht penetrant genug gewesen wäre, habe ich noch eine Bemerkung mit *Rabenvater* hinterhergeschickt. Gar nicht ernst gemeint, nur flapsig – und dumm. Er hat undeutlich vor sich hingemurmelt, es sei nun mal so, er könne es auch nicht ändern. Kurz darauf waren wir wieder von den Sehenswürdigkeiten, den Stimmungen am Himmel und den damit verbundenen Lichtspielen auf dem Wasser des Canale Grande abgelenkt. Für mich war das Thema erledigt.

In dieser einsamen Nacht dann beschämte mich dieses Erkennen meiner Blindheit, meiner eigenen Grobheit derart, dass ich laut hätte heulen und schreien mögen.

Nach langem Herumirren fand ich eine noch geöffnete Bar und fragte nach dem Weg zum Hotel. Ich war wohl abseits von den Wegen, die Touristen nehmen, und die Blicke der Gestalten an der Theke machten mir deutlich, dass ich als Frau eine Erklärung schuldig war. Warum als Frau, allein, zu so später Stunde … Die Runde vor mir bestand nur aus Männern, und sie sprachen einen Dialekt, den ich nicht verstand. Mein Italienisch half mir wenig, sie sahen sofort, dass ich Touristin war. Aber vielleicht, weil ich verheult aussah oder weil ich sagte, dass ich mich verlaufen hätte und dass meine alte Mutter im Hotel auf mich warte, halfen sie mir, machten Skizzen auf eine Papierserviette und beschrieben mir wortreich den Weg zurück.

Als ich sehr spät in der Nacht, im Sommer wäre es schon die Zeit des Morgengrauens gewesen, zum Hotel zurückkam, sah ich aus der Ferne einen einsamen Menschen auf der Straße ziellos herumlaufen. Als er mich sah, hatte er auf einmal ein Ziel. Und als er bei mir ankam, war es Ken. Und er sah auch verweint aus. Das reichte.

Wir redeten noch, bis es hell wurde. Und am Schluss, bevor wir einschliefen, lachten wir noch über die *alte Mutter.*

Am nächsten Tag dann, als alles wieder gut war zwischen uns, sagte ich noch, dass es doch eine Gnade sei, wenn man seine Eltern so lange erleben dürfe, in all den unterschiedlichen Phasen. Die erste, die der Zärtlichkeit für ein Neugeborenes, sei mir zwar entgangen, dafür sei ich jedoch in den ausführlichen Genuss der nächsten Phase, der autoritären, strafenden, gekommen. Ich habe diese Jahre überlebt, habe mich befreit, und jetzt, wo wir auf Augenhöhe miteinander reden könnten, mein Vater und ich, würde ich ihn nicht gerne versäumen, sagte ich. Genau jetzt hätten wir doch die Chance, miteinander zu reden, ohne Kritik mit Angriff und Anschuldigungen zu verwechseln. Ken schaute zwar skeptisch, meinte aber, ich könne es ja versuchen.

Und mittlerweile denke ich, gut, Ken hat vielleicht recht, ich bin nicht so wichtig für Hero. Es hat womöglich wirklich etwas von Vordrängen, von Vereinnahmen, wenn ich jetzt zu viel mache. Er hat noch Agnes und die anderen. Die brauchen auch ihre Zeit mit ihm. Aber vielleicht sollten wir näher zusammenrücken, wir Geschwister. Einfach ihm zuliebe.

# 3

Für Hero scheint alles eine Spur dunkler geworden zu sein. Als ob jemand einen Schleier aus Gaze oder Tüll über die Welt gebreitet hätte. Nur, wenn er ganz nah an die winzigen Öffnungen herankommt, kann er punktuell die Farben dahinter erkennen. Aber die Dunkelheit auf seiner Seite bleibt.

Als Kind hatte er sich einmal nachts auf dem Flur versteckt, um durch das Schlüsselloch einen Blick auf die Vorbereitungen im Wohnzimmer zu erhaschen. Es war am Tag vor Weihnachten, und er war gerade alt genug, um nicht mehr an das Christkind zu glauben, aber noch nicht alt genug, um sicher zu wissen, wer denn statt seiner die Geschenke und den Christbaum bringen würde. Er hatte einen Verdacht, und den wollte er an diesem Abend prüfen. Er spürt bis heute, wie seine Wimpern die Öffnung des Schlüssellochs streichelten, riecht den Duft von Tanne, Wachs und den etwas modrigen Geruch diverser Schachteln, die in der Nähe des Baumes auf dem Boden lagen. Aber noch bevor er eine Person im Zimmer ausmachen konnte, sagte hinter ihm die Stimme seines Vaters: »Na, was suchst du denn hier? Marsch, ab ins Bett, sonst fliegt das Christkind sofort wieder weg – und nimmt alles wieder mit.« Im Dunkeln schob ihn der Vater in sein Zimmer zurück, wartete nicht einmal, bis er im Bett war, sondern schloss unmittelbar hinter ihm die Tür. Der kleine Hero, der damals noch Herwig hieß, tastete sich in sein Bett zurück und wagte nicht mehr zu atmen. »Es soll mich auch mitnehmen«, wünschte er inbrünstig, bevor er einschlief.

Gehen, ohne Spuren zu hinterlassen. Warum fällt ihm der Gedanke daran schon so schwer. Ohne diese Sehnsucht, etwas Bleibendes zu hinterlassen, etwas, das überdauern würde, wäre alles einfacher. Das Problem beginnt genau damit, denkt Hero, dass man in irgendeiner Form überleben, noch da sein will. Ja, er hat Kinder. Aber die gleichen Gene interessieren ihn nicht, sie haben eigene Leben, eigene Vorstellungen, Charaktere. Werden sie sich an ihn erinnern? Von ihm erzählen? Er glaubt es nicht. In seiner düsteren Stimmung denkt er, dass nur sein Grabstein noch Zeugnis von ihm geben wird. Granit hält am längsten. Das sollte man überlegen. Verwittert nicht so wie Marmor. Was er auch braucht, unbedingt, ist ein guter, treffender Spruch.

Er sitzt zu Hause in seinem Herrenzimmer und wälzt Kataloge über Kataloge. In der Firma würde er sich von Walter beobachtet fühlen, hier ist er sicher. Agnes ist mit dem Haushalt beschäftigt und wird ihn jetzt nicht stören.

Vielleicht ist das alles falsch, denkt er. Vielleicht sollte er einfach akzeptieren, dass, sobald der Mensch stirbt, der Körper Abfall ist. Man ruft die Müllabfuhr. Die fährt das Teil weg. Aus.

Bei diesem Gedanken schaudert ihn, er versucht, alles unvoreingenommen zu sehen, spielt tapfer alle Variationen durch, aber er sieht Massengräber, anonym, ohne Würde. Fragt sich, warum er so erschrickt. Schon die Toten der Generation seiner Eltern haben kein Gesicht mehr, sind Masse. Auch die Mächtigen und die Reichen, die zu ihrer Zeit mit großem Pomp beigesetzt wurden. Die Grabmale sind verfallen, verschwunden. Und diejenigen, die damals getrauert haben, auch. Wozu dann das alles? Warum nicht gleich ganz weg?

Er ist keine historische Persönlichkeit. Und beneidet auf einmal Herrscher, Politiker, Künstler. Die leben länger, die ganz Großen, die etwas bewegt haben. Die etwas hinterlassen, etwas Geistiges, Ideen, die fortdauern. Aber auch diese Menschen sind gestorben, ohne zu ahnen, dass man sich so lange an sie erinnern wird. Sokrates, Platon, Aristoteles, die römischen Herrscher, die Könige und Präsidenten, es war für alle trostlos zu gehen.

Selbst der Blick auf das Leben im Jenseits hat die Mächtigen nicht abgehalten, sich auf dieser Welt noch verewigen zu wollen. Wenigstens ein Mausoleum, ein die Zeiten überdauerndes Monument.

An ihn, denkt Hero, wird sich niemand erinnern, wenn diese Familie nicht mehr ist. So versucht er, wenigstens die nächste Generation noch zu beeindrucken. Vielleicht noch Robin von der übernächsten. Oder Tinas Kinder, für die er jetzt Fotos von sich machen lässt. Tina ist hartnäckig, immer wieder nimmt sie ihn auf, bei jeder Gelegenheit zückt sie ihre kleine Kamera, und noch ehe er es sich versieht, hat sie schon wieder ein Bild von ihm. Solange sie nicht von ihm verlangt, dass er sich ruhig hält, soll es ihm recht sein. Er prüft, bis zu welcher Generation er seine Vorfahren noch erinnert, und stellt beschämt fest, dass es hinter seinem Vater schon erschreckend blass wird.

Und das liegt nicht daran, dass er jetzt immer schlechter sieht, so schlecht, dass es ihm Angst macht. Mehrmals am Tag zwingt er sich zu Sehübungen, nein Sehprüfungen. Er schließt erst das linke Auge und prüft das Gesicht gegenüber, meist ist es das von Agnes, die aber nichts merken soll. Manchmal ist es auch sein eigenes, vor dem Spiegel. Die Konturen lösen sich auf, die Farben werden weicher, zerfallen in einzelne Striche wie ein impressionistisches Gemälde. Wenn es Agnes ist, kann er nicht erkennen, ob sie lacht oder wütend ist. Er sieht nicht einmal, ob sie die Augen offen oder geschlossen hat. Wenn er sich selbst betrachtet, dann *weiß* er es, aber sehen kann er es auch nicht. Noch schlimmer ist es, wenn er das rechte Auge schließt. Dann ist er nahezu blind. Keinerlei Farben oder Konturen, nur graubraune Flächen, zerfließend, und sie befinden sich nicht da, wo zuvor das Gesicht und die Haare waren. Von Agnes, ihm selbst oder irgendjemand anderem.

Aber mit beiden Augen zusammen und mit seiner Brille geht es ja noch. Hauptsache, dass er noch lesen kann. Und alleine aus dem Haus gehen.

Deshalb muss er sich beeilen mit dem, was er noch vorhat. Er wird niemandem etwas sagen, sie würden sicher versuchen, es ihm auszureden. Er hat den Verdacht, dass sie alle darauf lauern, über ihn entscheiden zu können. Das wird er verhindern. So lange wie möglich.

# 4

Agnes ist so unruhig, dass sie beschlossen hat, einen Frühjahrsputz für das ganze Haus zu veranstalten. Das Wetter ist noch alles andere als frühlingshaft, kalt, grau und feucht. Aber sie wird drinnen arbeiten, aussortieren und dabei ihr Herz erleichtern, hofft sie. Sie wird in seinem Arbeitszimmer beginnen, da er nicht im Haus ist und sicher nicht vor dem Mittagessen zurück sein wird. Sie weiß nicht, wo er sich die ganze Zeit herumtreibt, Walter sagt, er sei nur noch selten in der Firma.

Sie hätte jetzt gerne jemanden an ihrer Seite. Oder besser: an Heros Seite. Die Situation spitzt sich zu, und keines von den Kindern hat Zeit. Dass die Söhne sich fernhalten, ist verständlich. Das hat sie nicht anders erwartet. Ein Vater zieht eher die Töchter an sich. Aber die sind alle mit den falschen Männern zusammen. Martha wird betrogen und läuft durch die Gegend wie eine betäubte Kuh vor dem Schlachten, weil sie einfach nicht fassen kann, dass ihr Mann sie verlassen will. Nele, immer noch nicht verheiratet, hat jetzt diesen Neger, der mit der Familie nichts zu tun hat und jedem fremd ist. Tina hat Jens. Und *das ist doch kein Mann*, nach Heros Aussage. Was soll das für ein Mann sein, der sich mit Mode beschäftigt, selbst wenn es beruflich ist. Klar, dass er sein Motorrad braucht. Auch wenn er sich damit noch umbringen wird. Und er braucht Tina, rund um die Uhr, die außer ihm noch zwei Kinder hat. Also, die Töchter fallen weg, sind keine Hilfe.

Sie schleppt den Eimer mit dem Schaumwasser durch den Flur, holt den Staubsauger und macht sich an die Arbeit. Erst einmal die Regale abwischen, dann den Boden, und nur nichts verrücken, sagt sie sich. Am besten, er merkt gar nicht, dass sie im Herrenzimmer war.

Natürlich würden die Söhne einspringen, allein, um ihr unter die Arme zu greifen. Aber Walter muss rund um die Uhr arbeiten, um die Firma halten zu können, und Johannes hat mit Cleo und dem kleinen Hero auch genug um die Ohren. Und denkt, zu Recht, wie Agnes meint, dass erst einmal die anderen antreten sollen. Zumal er ja seinem Vater ein großes Geschenk gemacht hat, mit der Wahl des Namens für seinen Sohn. Was Hero auf beleidigende Weise nicht zur Kenntnis nimmt.

Agnes hat manchmal den Verdacht, dass Hero dabei ist, den Verstand zu verlieren. Man weiß nicht, vielleicht hat er ja Metastasen im Kopf. Das würde einiges erklären, wenn auch nicht erträglicher machen. Er benimmt sich so, wie soll sie sagen, *fremd*, so ohne Rücksicht. Jetzt, da sie alle wissen, dass er todkrank ist, ohne Hoffnung auf Rettung, und er es auch weiß, kennt er keine Tabus mehr.

Manchmal denkt sie, dass er sich jetzt vielleicht rächen will für ihre kleinen Heimlichkeiten. Vielleicht hat er doch gemerkt, dass sie sich jahrelang die Haare gefärbt hat, ohne ihm etwas zu sagen. Und dass einige der Speisen, die sie ihm serviert hat, doch nicht selbst gekocht, sondern fertig gekauft waren. Blaukraut oder Rote-Beete-Salat zum Beispiel, Gerichte, die er leidenschaftlich gerne aß, die aber immer eine endlose Sauerei in der Küche bedeutet hätten. Immerhin hat sie ihre eigenen Gewürze noch zugefügt. Und er hat das Essen in diesen Fällen sogar gelobt. Nur die Kinder hatten natürlich alles gewusst, aber die mussten dichthalten.

Sie hält es also für möglich, dass er sie schon damals durchschaut, aber nie etwas gesagt hat und das alles jetzt nur macht, um es ihr heimzuzahlen. Er will selbst das Beerdigungsinstitut auswählen, lässt sich Kostenvoranschläge machen wie für ein Bauunternehmen, will den Sarg aussuchen und die Blumen. Und das will er alles mit ihr besprechen, will verbindliche Zusagen von ihrer Seite, was die Wahl des Hemdes, die Innenausstattung des Sarges betrifft, sie soll mit entscheiden, welches Modell, ob Eiche Vollholz, oder Linde schwarz Hochglanz, das wären die teuersten, was nicht sein muss, sagt er. Aber als Firmeninhaber von *Baustoff Wieland* müsse er auf das Material achten, Buche käme auch infrage, Kiefer wäre doch zu billig. Wie sie denn das sehe.

Sie findet das geschmacklos, zumal er gleichzeitig Gespräche über Wesentliches vermeidet. Er ist dabei durchzudrehen. Das muss sie den Ärzten unbedingt sagen. Wenn er diesen Termin in der Klinik überhaupt wahrnimmt. Sie wollen ihn stationär für zwei bis drei Tage aufnehmen, noch einmal prüfen, ob nicht doch eine Chemo, wegen der Metastasen.

Agnes muss sich schnäuzen, das Wasser läuft ihr über die Wangen, nein, sie will jetzt nicht heulen. Fast trotzig zieht sie die Gummihandschuhe aus und setzt sich auf Heros Sessel.

Es kann natürlich sein, dass er nicht hingeht. Er hat seine Patientenverfügung geschrieben, und das gibt ihm diese für Agnes so ungeheuerliche Sicherheit, zu tun und zu lassen, was er will. Ohne groß mit den Ärzten oder mit ihr zu diskutieren. Leider. Sie hat das Gefühl, dass er sich entfernt hat von ihr. Heimlich liest sie alte Briefe von ihm, versetzt sich in die Zeit, in der sie noch jung und ein Liebespaar, nein, ein liebendes Paar waren. Bei all ihren Unterschieden. Versucht, den charmanten und geistreichen Mann wiederzubeleben, der aus den Briefen zu ihr spricht, den Mann, mit dem sie so viele Herausforderungen bestanden hat, ja, der selbst eine Herausforderung war. Mit diesem unbeugsamen Charakter. Der aber immer zu ihr gestanden hat. Jetzt ist da diese Distanz. Und sie weiß nicht, was sie dagegen machen könnte. Sie spricht darüber mit anderen, in der Frauengruppe, in der Gemeinde. Und erfährt, dass Todkranke sich oft isolieren, das aber so wahrnehmen, als ob die anderen schuld wären. Sie fühlen sich wie in einem tiefen Brunnen und tun so, als hätten die Gesunden draußen sie hineingeworfen. Dabei reißt sie sich doch die Hände auf, um ihn herauszuholen. Manchmal denkt sie, er will sie provozieren, etwas aus ihr herauslocken, aber sie weiß nicht, was.

Er sagt, dass er überlegt, aus der Kirche auszutreten. Und schaut, wie sie reagiert. *Warum, um Himmels willen*, hat sie gefragt. *Genau um Himmels willen*, hat er geantwortet.

Statt als Sterbender auf die Kirche zu vertrauen, will er angesichts des Todes *Mut beweisen,* wie er sagt, und allen zeigen, dass er auf Gott allein vertraut. Und eben nicht auf die Kirche. Und das ist es, was sie an seinem Verstand zweifeln lässt.

Agnes ist schon wieder am Wischen und zieht energisch den feuchten Lappen über den Boden. Bis Hero zurückkommt, sollte sie fertig und alles trocken sein.

Sie hat schon mit Pfarrer Merten gesprochen. Er kennt die Familie seit vielen Jahren und wird ihr helfen. Wenn sie also nicht verhindern können, dass Hero aus der Kirche austritt, wenn er irgendetwas unterschreibt, dann werden sie das annullieren. Agnes ist entschlossen, in diesem Fall ihren Mann für nicht zurechnungsfähig zu erklären. Allein schon wegen der Beerdigung. Ohne Pfarrer, wie ein Verbrecher, ein Gottloser. Aber das sagt sie ihm natürlich nicht. Das hat ja Zeit. Und noch hat sie Hoffnung, dass er das alles nicht so meint.

# 5

Martha, dick eingemummt und umhüllt von Schals und Tüchern, sitzt blass und rotnasig hinter dem Steuer ihres Geländewagens. Sie ist auf dem Weg zu ihrer Tochter Annabelle, rollt im Halbmeter-fahr-brems-ruck-Rhythmus mit der Wagenkolonne im Stoßverkehr auf dem Innenstadtring. Sie ist nicht nur erkältet, sondern verzweifelt, weil alles bergab geht. Sie sieht ihre Felle davonschwimmen, und nicht einmal Annabelle scheint Augen und Interesse dafür zu haben. Deshalb dieser Besuch heute.

Martha denkt, dass sie alles falsch gemacht hat. Das hat Andreas also erreicht. Eigentlich hat er alles erreicht, der Schweinehund. Annabelle ist ihr so fremd, als wäre sie auf einem anderen Kontinent aufgewachsen. Ist sie eigentlich auch. Schon bevor Andreas aufgetaucht ist. Aber er hat gezielt alles dazu getan, dass sie nicht mehr zurückkommen konnte. *Ich bin hier der Herr im Haus, was sucht die noch hier, sie hat selbst Familie.* Hatte sie aber nicht. Nur ein uneheliches Kind und keinen Vater dafür. Noch weniger als sie, Martha, damals. Udo war wenigstens ein Name, ein Mann, ein Gesicht. Von Lenas Vater weiß Annabelle gar nichts. Außer, dass die Nacht mit ihm schön war. Naives Dummchen. So sieht Andreas sie. Und mittlerweile sagt er zu ihr Sätze wie: *Hast du wohl von deiner Mutter. Du bist genau wie sie.*

Stimmt, denkt Martha, sie selbst ist nicht besser, ist auf ihn, auf dieses Miststück von Mann, hereingefallen. Er hat von Anfang an die Kinder gegeneinander ausgespielt, vor allem Kerstin und Lena, immer diese Vergleiche, immer Konkurrenz und Rivalität. Kerstin habe doch einen ganz anderen Charakter, sei schon wesentlich weiter, könne schon wesentlich besser … Und sie als Mutter war auch noch stolz.

Fand es normal, dass Annabelle sich mit Lena zurückzog. Zu den Großeltern hin. Bei denen sie von Anfang an ein Nest hatte. Es war damals wirklich erstaunlich gewesen, wie Agnes, als ob sie noch einmal neu anfangen wollte, sich auf Annabelle gestürzt hatte. *Mein jüngstes Kind.*

Unerwartet, als hätte eine unsichtbare Riesenhand kilometerweise Autos von der Straße gewischt, fließt der Verkehr wieder. Martha, auf der Überholspur, steigt sofort aufs Gas.

Annabelle hat Agnes jünger gemacht und Hero gönnerhaft. Muss ein gutes Gefühl sein, denkt Martha, von allen als toleranter und großzügiger Patriarch angesehen zu werden. *Und überhaupt nicht nachtragend.* Nein, gar nicht. Sie sieht das anders. Hero hat sie immer deutlich spüren lassen, dass er als Vormund ihrer unehelichen Tochter eine große Schande auszubaden hatte, eine Schande, die sie über die Familie gebracht hatte. »Das hätte ich nie von dir gedacht«, war der immer wiederkehrende Refrain. Aber genauso wenig hätte Martha von ihm gedacht, dass er so eifersüchtig sein würde. Auf einen kleinen Ganoven wie Udo. Ja, mittlerweile sieht sie ihn so, ein junger Wirrkopf. Aber einer mit Gefühlen. Und ehrlich. Einer, der keine faulen Kompromisse machte. Heiraten, bloß weil ein Kind unterwegs war, fand er einfach spießig und angepasst und lehnte das für sich ab. Doch so etwas wie Charakterstärke hat Hero ja nicht gesehen, und wenn doch, dann nicht geschätzt. Und auf Andreas ist er genauso reingefallen wie sie. Statt dass er sie gewarnt hätte. Im Gegenteil, er sagte, sie solle zugreifen, eine sichere Partie, sie dürfe nicht vergessen, dass sie eine Frau mit einer unehelichen Tochter sei. Und der Mann sei bereit, sie zu heiraten, das müsse man ihm hoch anrechnen. Als ob sie aussätzig gewesen wäre oder sie noch im Mittelalter lebten. Hero hat sich wie alle blenden lassen von diesem geschniegelten Lackaffen und sie damit ausgeliefert.

Martha hat den Verdacht, dass Hero sich bis jetzt blenden lässt. Und hinhalten. Sonst wäre er doch längst mit ihr zum Notar gegangen und hätte alles für den Fall einer Scheidung festgelegt. Zu ihrem Vorteil. Und für Kerstin, die immer sein Augapfel war. Sie versteht nicht, dass er nichts tut, um zu verhindern, dass Andreas das Sorgerecht beantragt. Er wird es nicht bekommen, hofft Martha, denn sie wird kämpfen. Nur ist Kerstin in einem Alter, in dem sie gefragt werden wird. Und Andreas setzt sie unter Druck, sagt ihr, dass er ohne sie nicht leben will und nicht kann. Und ähnliche Lügen.

Martha wird alles alleine durchziehen müssen. Hero ist mit seiner Krankheit beschäftigt, hauptberuflich, wie ihr scheint. Er interessiert sich für nichts mehr. Das letzte Treffen kurz nach Weihnachten, leider war Andreas dabei, hatte sich in Gänsebraten, Kartoffelknödeln und belanglosen, faden Gesprächen erschöpft. Ihr war anschließend so übel gewesen, als hätte sie saure Lunge gegessen. Ein Gericht, nach dem sie sich im Internat immer erbrechen musste. Diesmal hätte sie gerne, aber alles blieb stecken, wie wenn sie Zement verschluckt hätte. Selbst die halbe Flasche Genever am Abend hatte sie nicht erlösen können.

Seitdem telefonieren sie hin und wieder. Eigentlich zu selten. Sie hat viel um die Ohren, die Zeugnisse sind verteilt, jetzt kommen die Elternabende. Meist ist Agnes am Apparat, und meist beschwert sie sich über Hero, der sich nach ihren Aussagen sehr verändert. »Nicht zum Guten«, sagt sie. Als ob sie über einen pubertierenden Jugendlichen sprechen würde, der gerade dabei ist, auf die schiefe Bahn zu geraten. Einen, den sie mit konsequenten Erziehungsmaßnahmen daran hindern will. Hero scheint aber genau das nicht zu interessieren. »Er ist renitent«, sagt sie. Und klingt beleidigt.

Und Martha denkt, es kann doch nicht so schwer sein, die paar Dinge ins Reine zu bringen, bevor man geht. Für den Nachlass braucht man doch nur einen Bevollmächtigten. Und alles andere, um das Hero sich jetzt kümmert, ist doch Sache der Hinterbliebenen. Er soll Ruhe geben und dafür sorgen, dass er noch möglichst lange bleibt.

*Alles andere* werden sie dann schon regeln. Er soll nur sagen, was er will, dann würden sie das auch so machen. Nach Möglichkeit. Und sie wird sich vorsorglich einen Termin beim Notar geben lassen. Vielleicht kann sie Hero doch bewegen, mit ihr dahin zu gehen.

Martha ist angekommen. Sie parkt in der Nähe des Hauses, in dem Annabelle wohnt, zieht den Schlüssel aus dem Zündschloss und bleibt noch einige Minuten in Gedanken versunken im Auto sitzen.

# 6

Der Schreibtisch bleibt also leer. Es kommt ihn härter an, als er gedacht hat. In den letzten Monaten war Hero oft weggeblieben. Ohne Gründe anzugeben. Aber Walter hat erfahren, dass er Termine für Untersuchungen hatte. Und zwischendurch auch Ausflüge gemacht hat. Das hat ihn dann gefreut. Und trotzdem. Er hat erwartet, dass der Vater noch einmal mit ihm sprechen würde. Über diese vor ihm geheim gehaltenen Geschäfte. Er wartet bis heute. Herr Linder zeigt sofort dieses unterwürfige Lächeln, sobald Walter auch nur andeutet, dass da noch etwas ist, das geklärt werden sollte. Mit ihm. Und dann hat er wieder dieses Pokergesicht, lässt sich nicht in die Karten schauen. Genauso wenig wie Hero. Darin sind sie beide Meister.

Er ist froh, dass Teresa jetzt mit ihm zusammenarbeitet. Endlich jemand, der auf seiner Seite steht. Er wird hier einiges ändern. Den Schwerpunkt auf umweltfreundliche Baustoffe setzen. Die Idee hat er von Teresa. Bei Traudt, in ihrer früheren Firma, haben sie auch darüber nachgedacht, wollen aber noch abwarten, wie sich der Markt entwickelt. Er nicht. Er wird diesen Bereich sofort ausbauen und der Erste sein. *Baustoff Wieland – wie gut für das Land.* Oder so ähnlich.

Noch sitzt Teresa im Büro gleich neben dem Empfang. Bei Frau Murnau, dieser Sekretärin, die zu ihrem zehnjährigen Dienstjubiläum so einen Zinnober veranstaltet hat. Worauf Hero nachträglich eine kleine Feier ausgerichtet und Walter gerügt hat. Zwar unter vier Augen, aber Walter ist sicher, dass nicht nur Herr Linder eingeweiht war. Der Senior, dem die Firma immer die wichtigere Familie war. Der das aber nie zugeben würde. Und der Walter manchmal wie einen Spion empfunden hat, einen, der Vergleiche anstellen konnte zwischen den zwei Welten. Der Wissen hinübertragen konnte, zu Agnes zum Beispiel. Nicht, dass Hero Verbotenes trieb in seiner Firma, aber es war seine Domäne, von der er zu Hause nie etwas erzählte, einfach, weil er der Meinung war, dass niemand etwas vom Geschäft verstand. Dass das nach vielen Jahren tatsächlich so ist und außer Walter niemand über *Baustoff Wieland* Bescheid weiß, liegt also in erster Linie an Hero selbst, aber das sieht er nicht.

Vielleicht, überlegt Walter, will er sie schützen, die anderen, Agnes vor allem, vor diesem Geschäftsleben mit seinen Machenschaften und Marktgesetzen, die Hero selbst auch nicht liegen. Er hat sie sich mühsam angeeignet im Laufe der Jahre, die sogenannte Geschäftstüchtigkeit, und kann immer noch keinen darüber hinwegtäuschen, dass er lieber über die Entwicklung der Menschheit als über Stahlträger, Fermacell und andere Dämmstoffe sprechen würde. Der Historiker. Er hätte die Firma damals nicht übernehmen sollen, denkt Walter. Nur, weil sein Onkel so plötzlich gestorben war und sein Vater meinte, die Firma müsse in der Familie bleiben. Bleibt sie ja jetzt auch. Vorerst zumindest.

Walter wird Teresa zu sich holen. Hier in dieses Büro, genau an den Schreibtisch gegenüber. Er will aber noch abwarten, vielleicht kommt Hero doch noch einmal zurück.

Seit dem letzten Gespräch mit Roland hat er den Eindruck, dass die Ärzte wieder Hoffnung haben, nun doch auf Chemotherapie setzen. Oder haben sie erkannt, dass da jemand ist, an dem sie nicht mehr viel kaputt machen können. Ein geeignetes Opfer für Versuche. Wenn man an gesunden Tieren darf, wieso eigentlich nicht an kranken Menschen.

Walter bedauert, nicht mehr von Medizin zu verstehen. So kann er Hero nicht beistehen, eben, weil sie ihm alles erzählen können, mit diesen Fachausdrücken, für die er einen Übersetzer bräuchte. Er ist misstrauisch und glaubt diesen Ärzten nichts.

Was er glaubt, ist, dass es Wunder gibt, Spontanheilungen, die man nicht erklären kann. Es ist ja nicht so, dass er sich nicht umhören würde. Und so hat er kürzlich von einem Fall gelesen, hoffnungslos, voller Metastasen, und nach einer Fiebertherapie alles weg, völlig geheilt. Und die Ärzte sind stumm. Damit sie nicht aus Versehen *Bravo* rufen. Verstehen tun sie sowieso nichts. Und die erfolgreichen Heiler verstehen in diesem Fall auch nichts, aber das sagen sie ganz offen und freuen sich einfach. Sagen, dass jeder anders reagiert, man also nicht versprechen kann: *Macht das oder jenes, dann werdet ihr gesund.* Man kann nichts vorhersagen, und deswegen erkennen die Schulmediziner das nicht an. Sie wollen ein Schema, das bei jedem funktioniert. Haben sie aber selbst nicht, sie tun nur so.

Walter denkt, dass es auf jeden Fall einen Versuch wert wäre. Er hat auch schon die Klinik ausfindig gemacht, die diese andere Art der Heilung versucht. Er will Hero helfen. Aber er weiß nicht, wie er ihn, den Rationalen, der Vernunft und Verstand vergöttert und keine anderen Götter neben ihnen duldet, von etwas überzeugen soll, das sich gegen jede Erklärung sperrt.

Vielleicht, wenn er Agnes dafür gewinnen könnte, er braucht ein Sprachrohr. Auch, weil Hero nichts von ihm hält, von ihm nichts annehmen würde. Als Geschäftsmann nicht und als medizinischer Berater noch weniger.

Oder Tina könnte er einweihen, die für so etwas sicher ein offenes Ohr hat, sie hat ja gleich zu Beginn Ayurveda und andere Alternativen vorgeschlagen.

Aber da sah es noch aus, als ob …

# 7

Ich lese Ken vor. Aus dem Internet. Er weiß nicht, was ein Nierenzellkarzinom ist. Und ich auch nicht genau. Man kann fast vierzigtausend Seiten anklicken. Ich weiß nicht, was man mit dem Wissen anfangen soll. Zum Glück ist Hero nicht versiert im Umgang mit Computern. Das würde ihn umbringen. Alles im Detail. Ich bin auch so. Wahrscheinlich sind wir Hypochonder, und zwar die von der extremsten Sorte. Ich brauche nur von einer Krankheit zu lesen, noch eine Abbildung dazu, und schon habe ich sie. Mit allen Komplikationen. Wolf hatte einen *Pschyrembel*, so ein medizinisches Lexikon. Ich konnte mir den schönsten Tag verderben, und zwar gründlich, wenn ich irgendeine egal wie kleine Kleinigkeit nachschauen wollte. Eine Warze am Bein zum Beispiel, ich wollte nur wissen, ob das vielleicht etwas Gefährliches ist. Nicht, dass ich etwas versäume, und dann erweist es sich als tödlich. Aber bis ich zu Verrucae, wie die Teile wohl auf Lateinisch heißen, vordringe, bleibe ich an scheußlichen Bildern hängen von Varikozelen, das sind Krampfadern an Hoden, Varizen am Unterschenkel und der Aufnahme einer Gaumenspalte, die auf lateinisch Velumspalte heißt und somit auf dem Weg liegt. Ich klebe daran, bis mir schlecht wird.

Und jetzt kämpfe ich mich mit Ken durch die Einträge. Gottlob gibt es kaum Bilder. Das Nierenzellkarzinom ist selten, Hero ist also etwas Besonderes, war er ja schon immer. Nur zwei bis drei Prozent aller Krebsfälle. Häufigstes Auftreten in der Altersstufe zwischen sechzig und siebzig. Hätte er also beinahe geschafft, noch davonzukommen, wenn nicht genau an seinem siebzigsten Geburtstag noch ... Pech. Wir rekonstruieren. Er muss schon in Stadium III der Skala des National Cancer Institute, USA, gewesen sein, als er sich das erste Mal untersuchen ließ. Und was sie dann im Krankenhaus mit ihm gemacht haben, war folglich eine *radikale* Nephrektomie, Entfernung der Niere mitsamt den umliegenden Lymphknoten, vorher hätte eine *einfache* genügt. Und jetzt hat er Metastasen, das wissen wir auch ohne Internet. Und wo die genau sitzen, will eigentlich niemand wissen.

Die restlichen neununddreißigtausendneunhundert Seiten können wir uns also sparen.

Da man nichts mehr tun kann.

Doch das genau sollten wir nachschauen, sagt Ken. Aber ich denke, es ist aussichtslos. Hero würde nie etwas machen oder mit sich machen lassen, das wir aus dem Internet haben. Da könnten wir genauso gut einen Geistheiler empfehlen. Hero würde uns für verrückt halten. Sind wir vielleicht. Weil wir hin- und hergerissen sind zwischen ihn retten wollen und gehen lassen sollen.

Nigeria ist keine Lösung. Eigentlich schade. Würde mir gefallen, wenn Hero Vorteile aus meiner Beziehung, von meinem Partner hätte. Das sei kindisch, sagt Ken, wenn wir ihn schnell umbringen wollen, sollten wir ihn ruhig zu seinen Schwiegereltern schicken. Nicht wegen denen, aber die Verhältnisse, die Ärzte würden ihn umbringen. Und das Essen.

Hero geht es körperlich schlecht, das sieht man. Noch nicht lange, aber jetzt auf jeden Fall. Und er macht auch kein Geheimnis mehr daraus. Erzählt jedem, dass er demnächst stirbt. Aber in einem Tonfall, als ob er sagen würde *demnächst in diesem Kino*. Ich nehme ihm das nicht ab. Diese Ruhe, diese *gespielte* Gelassenheit. Ich sehe, dass es darunter brodelt und ihn fast zerreißt. Darüber verliert er natürlich kein Wort. Und darüber, dass er tierische Schmerzen haben muss und mit Sicherheit irgendwelche Mittel einnimmt, auch nicht.

Ich scrolle doch weiter und denke, das Einzige, was man laut Eintrag der Uniklinik Bonn noch versuchen könnte, wäre eine Immuntherapie. Da bräuchte ich auch nicht zu sagen, woher ich das weiß. Eine Universität. Das kann mir auch Roland gesagt haben.

Aber Hero will gar nichts mehr, denke ich.

Außer uns.

## 8

Hero hört leider nicht auf sie. Johannes und Cleo würden ihn gerne nach Mallorca mitnehmen, mit *little Hero*, wie sie den Kleinen mittlerweile nennen. Dort ist schon Sommer, und sie brauchen auch dringend Urlaub. Weihnachten war einfach zu kurz. Und liegt jetzt, vor Ostern, unendlich weit zurück. Sie könnten also zusammen hinfliegen, und wenn sie dann wieder nach Hause müssen, zur Arbeit, könnte Hero dort bleiben. Cleos Vater würde sich freuen, ja, er könne sich noch gut erinnern an den etwas mürrischen alten Herrn. Der solle nur kommen und ganz in Ruhe seinem Ende entgegensehen. Gelassen. »Wir haben Zeit und immer ein Zimmer für euch frei«, sagt er. »Wir sind jetzt eine große Familie. Cleo hat gut geheiratet. Und bei uns ist Herr Wieland schon im Paradies.«

Das wäre doch die beste Lösung. Aber Hero tut so, als hätten sie ihm angeboten, an einem Skispringen teilzunehmen. Oder an einem Überlebenscamp im Dschungel. Nein, kann er nicht, will er nicht, fühlt sich überfordert. »Komm, Hero«, sagen sie, »es geht nicht in die Berge, nein, an dein geliebtes Meer. Und die von dir so bewunderten Römer waren auch schon mal da, vor langer Zeit, es ist also auch kulturell von Interesse.« Er könne sich alles in Ruhe anschauen, beim letzten Mal war so wenig Zeit. Und wenn er müde sein sollte, könne er sich einfach nur auf die Terrasse setzen und das Meer anschauen. Johannes zwinkert seiner Mutter zu. »Mach es doch Agnes zuliebe, natürlich fährt sie mit. Und schau sie dir doch an, sie braucht dringend Erholung.«

Gut, die medizinische Versorgung sei vielleicht nicht so perfekt wie in Deutschland, Onkologie sei dort möglicherweise nicht gerade ein Spezialgebiet, aber er würde ja mit seinen Ärzten in Verbindung bleiben. Und er nähme ja hier auch kaum etwas in Anspruch. Schmerzmittel könne er sich verschreiben lassen, die würden sie dann mitnehmen. Und ein Arzt, der ihm das Zeug spritzt, wenn es nötig sein sollte, finde sich allemal, sagen sie. Und sind selbst überzeugt, dass das die beste Lösung wäre. Der alte Mann und das Meer, sagt

Johannes und lacht, das sei doch genau das, was er immer wollte. Oder etwa nicht?

Agnes schaut zweifelnd, sagt aber nichts.

Was soll werden, wenn er wirklich dort stirbt, denkt sie. Er wird sich alleine fühlen. Seine Familie kann ja nicht die ganze Zeit da sein. Keiner weiß ja, wann. Und außerdem, das muss man doch auch bedenken, eine Überführung kostet.

Und an all das denkt auch Hero.

# 9

Tina und Jens haben gehofft, da Hero kein richtig hohes Alter erreicht, bliebe ihm das mit der Demenz erspart. Sicher ist es nicht Ziel des Lebens, sich am Ende bei bester Gesundheit und unversehrt in die sechseckige Kiste zu legen. Es macht einfach mehr Sinn, wenn jemand ausgelaugt und kaputt ist. Aber das, was jetzt abläuft, hätte Tina ihrem Vater nicht gewünscht. So abgehalftert. Und hilfsbedürftig. Und das ausgerechnet ihm, der noch nie jemanden um Hilfe bitten konnte. Vielleicht ist es an der Zeit, sich an ein Hospiz zu wenden, denkt sie. Man sieht doch, dass er nicht mehr will. Also sollten sie ihm den Rest noch erträglich gestalten, dass er mit Würde gehen kann.

Tina weiß, dass Agnes auch am Ende ist. Sie ruft fast jeden Tag an und sagt, sie könne für nichts mehr garantieren. Vor zwei Tagen sei Hero morgens plötzlich weg gewesen. Und das Auto auch. Wo er schon seit Wochen nicht mehr gefahren ist. Sie war gerade dabei, die Polizei zu informieren, da ruft er an. Aus Berlin, er habe da so ein ultramodernes Krematorium besichtigt, gefalle ihm aber nicht. Als ob er den Ort für seinen nächsten Sommerurlaub suchen würde und der seiner Prüfung nicht standgehalten hätte. Eigentlich wollte er noch weiter nach Tschechien, da hatte er auch noch eine Adresse, sehr preisgünstig, sagte er. Mit integrierter Cafeteria für die Angehörigen, da könne man zuschauen, durch eine Glaswand. Agnes hatte ihn angefleht, sofort zurückzukommen. Und er war wohl müde, denn er kehrte wirklich um.

Zu Hause wälzt Hero Kataloge über Kataloge und Preislisten. Er vergleicht und will mit Agnes diskutieren, will, dass sie mit auswählt, seine Reise plant. Als ob sie gemeinsam verreisen würden. »Und, Tina, du musst dir sein Grinsen vorstellen, wenn er erzählt, dass er bei seinen Erkundungen immer hinzufüge, es sei für seinen Vater … Und diese Leute seien alle ausnahmslos so dumm, so gigantisch dumm, dass sie ihm das abnähmen. Als ob man nicht sehen würde.« Darüber kann Hero sich also totlachen. Agnes gar nicht. Tina weiß nicht, wie sie den beiden helfen soll.

Und Jens denkt natürlich, das sollten die zwei unter sich abmachen. Sicher sei Hero etwas *exaltiert*, wie er das nennt, aber das sei angesichts seiner Lage ja nicht verwunderlich. Wäre eher erstaunlich, wenn nicht. Aber manches sei vielleicht nur eine Masche, um seine Kinder an sich zu binden, richtig Aufsehen zu erregen, um sie alle herbeizutrommeln.

Sie sollten nur aufpassen, sagt er, dass Hero nicht irgendeine Dummheit mache, Tina wisse schon, wie Klara.

Aber ansonsten sei so etwas doch eine Sache zwischen Eheleuten. Alle anderen stören da bloß. Tina wisse schon, wie bei den vielen Köchen … Man könne Agnes später unter die Arme greifen, wenn es nötig sein sollte.

Und außerdem, sagt er, seien die anderen viel näher an Hero, Tina solle die nur machen lassen. Die Frühjahrskollektion hat nicht so eingeschlagen, der neue Werbeprospekt muss hinaus, sie wisse also, worauf sie sich die nächste Zeit konzentrieren müsse.

Auch auf die Kinder.

Sie hat ein Fotoalbum angelegt. Zur Erinnerung später. Richtig altmodisch, mit Papierfotos. Nicht, dass sie das nicht könnte, eine digitale Bildgalerie anlegen, aber sie denkt, sicher ist sicher. Und mit Kindern setzt man sich doch eher einmal vor ein Album als zu dritt vor den Bildschirm.

Doch schon in nächster Zukunft soll es die tollsten Möglichkeiten geben. Sie hat gelesen, dass man jemanden, den man fotografisch oder auf Video festgehalten hat, dann digital reproduzieren kann, mit dreidimensionalem Körper. Man könnte also Hero eingescannt auf künftigen Familienfesten einspielen und auf diese Weise teilnehmen lassen.

Aber bis dahin hat es noch Zeit. Vorerst sind Videos das Beste, aber sie hat nur wenige, auf denen Hero eine Rolle spielt. Eine Hauptrolle. Sein siebzigster Geburtstag. Aber ihre Kinder interessieren sich natürlich am meisten für die Szenen, in denen sie selbst vorkommen. Philip, wie er gerade mal wieder vom Stuhl fällt und dabei den Teller mit sich reißt, und seine Schwester, wie sie laut *Zappelphilipp* in die Kamera schreit. Dieselbe Anna in Großaufnahme, die, als sie sich unbeobachtet glaubt und einen Schluck Rotwein aus dem Glas des Großvaters nimmt. Bei der anschließenden Ermahnung hat Tina den Ton abgestellt. Man sieht Hero, groß, streng und nicht sehr vorteilhaft. Tina wird diese Sequenz ausschneiden. So sollen ihre Kinder ihn später nicht mehr sehen. Zumal sie die Bilder und Erzählungen für eigene Erinnerungen halten werden. Dabei wären die ohne das alles ganz anders. Oder eben gar nicht da.

Das Video von Mallorca ist schöner. Hero lacht. Es muss am Tag vor der Heimreise gewesen sein. Cleos Vater hat gerade erzählt, wie er für Gäste aus einer großen Ballonflasche Rotwein eingeschenkt hat, *ein besonders guter Tropfen*, hat er ihnen gesagt, und wie dann beim zweiten Nachgießen mit einem schmatzenden Geräusch plötzlich eine kleine Maus ins Weinglas flutscht. Tot natürlich. Und dann beschreibt er die Gesichter der Gäste. Und die Zuhörer biegen sich vor Lachen. Das hat sie gut ins Bild bekommen.

Sonst lacht Hero wenig. Auch auf den Fotos. Obwohl ein paar sehr gute dabei sind. Porträtstudien. Hero lächelt, wenn überhaupt, nur mit dem Mund, die Augen schauen immer nachdenklich, manchmal traurig.

Sie hat alles mit Zoom aus der Ferne aufgenommen, eigentlich sind es Schnappschüsse. Hero lässt sich nicht gerne fotografieren, wird schnell ungehalten und schneidet Grimassen wie ein Dreijähriger, nur, um ihr den Film zu verderben. Deshalb ist Tina stolz auf sich. Sie hat es geschafft – mit diesem äußerst schwierigen Objekt. Vielleicht wäre das ja auch eine berufliche Möglichkeit. Wenn Mode mal wirklich nicht mehr geht.

# 10

Annabelle ist die Einzige in der Familie, die etwas von Finanzen versteht, die mit Geld umgehen kann, ohne dass es verschwindet. Ohne dass es verdunstet und nichts als schlechten Geruch hinterlässt. Darin scheinen die anderen Meister zu sein, Hero allen voran. Er hat noch nie ein Wort mit ihr darüber verloren. War begeistert gewesen von ihrem Wunsch, Steuerberaterin zu werden, und hat für ihre Ausbildung Martha unter die Arme gegriffen. Denn alleine hätte die das gar nicht geschafft, das hat Annabelle aber erst jetzt erfahren. Von ihrer Mutter nach einem sehr feuchtfröhlichen Abend, der unversehens in feuchttraurig umgekippt war. Martha hatte sich bei ihr zum Abendessen eingeladen, sie müssten *einfach mal reden.* Es war dann sie, die pausenlos redete und nebenbei pausenlos trank.

Lena war bei einer Freundin zum Übernachten, und Kerstin war zu Hause bei Andreas geblieben. So hatten sie die Küche und später das Sofa im Wohnzimmer und noch später, als Martha nicht mehr gehen und auch nicht mehr sprechen konnte, das Schlafzimmer mit dem großen französischen Bett für sich.

Diesen einen Abend lang schwebte Annabelle als Traum ihrer Mutter durch die Räume, war die immer geliebte kleine Elfe, ihre immer Liebste. Und immer bedroht von der Vereinnahmung durch die Großeltern. Martha, die junge Mutter, als unermüdliche Beschützerin und Retterin. Bis sie nicht mehr ganz so jung war und Andreas auftauchte.

Später in der Nacht ist Martha nur noch eine Verlorene und Verzweifelte, die schnarchend und verschwitzt bei ihrer Tochter im Bett liegt. Und Annabelle überlegt, was ist Traum, was ist Wirklichkeit, wo gehen Träume in Lügen über. Andreas war nicht der Grund für die Entfremdung zwischen ihr und ihrer Mutter. Er war die Folge. Martha brauchte dringend jemanden, um nicht an Einsamkeit einzugehen. Deshalb konnte sie ja auch nicht genau hinschauen. Sie hätte sonst sehen *müssen*, dass sie ihre Tochter opfert.

Und jetzt sagt sie Sätze wie: Du musst mir helfen. Mach dieses Miststück fertig.

Schon am nächsten Tag kann oder will Martha sich nicht mehr erinnern. Aber Annabelle weiß jetzt, dass Hero doch näher war, immer. Also nicht draußen in der Brandung, sondern bei ihr. Sie überlegt, was wohl sonst aus ihr geworden wäre. Als sechstes Kind hatte sie Privilegien. Nicht als Einzelkind ihrer Mutter, und erst recht nicht, nachdem ihre Halbschwester Kerstin zur Welt gekommen war. Aber da war sie schon lange aus dem Haus und hatte kurz zuvor ihre eigene Kleine bekommen. Anlass für Hero, wieder einmal eine seiner Studien zu zitieren. Zu ihrer Entlastung, ja Verteidigung. Gegen diese spottenden und stichelnden Verwandten. Es gebe eine Untersuchung, sagte er, die aufzeige, dass unehelich geborene Mädchen mit *sehr hoher Wahrscheinlichkeit* als erwachsene Frauen selbst wieder unehelich geborene Kinder in die Welt setzten. Damit schien für ihn der Fall erledigt. Schicksal, sozusagen genetisch bedingt.

Wobei er bis heute bedauert, dass es weit und breit keinen sichtbaren Vater gibt. Annabelle auch, aber sie konnte dieses Wunder von Mann nirgends mehr aufspüren. Nach dieser einen und einzigartigen Nacht, in der sie auch noch ihren Eisprung hatte. Obwohl sie bis heute eine vage Hoffnung hegt. Man hört ja Geschichten. Dass nach Jahrzehnten jemand zufällig in eine Kneipe zurückkommt – und dann …

Mit einem anderen so zu tun, als ob, das kommt für Annabelle nicht infrage. Lena scheint sich normal zu entwickeln. Auch, wenn sie keinen Hero in der Nähe hat. Ein Urgroßvater ist einfach Äonen weit weg. Selbst, wenn er das Alter eines Großvaters hat. Den Lena ja auch nie hatte.

Und jetzt ist Hero von der Bildfläche verschwunden, nicht ganz, aber von der Firma hat er sich zurückgezogen. Und das erscheint Annabelle, und sicher nicht nur ihr, als würde er bald gehen, ganz. Bei diesem Gedanken spürt Annabelle, dass sie ihn vermissen wird, und gleichzeitig sieht sie jetzt, dass sie nicht zur ersten Riege gehört. Sie bleibt außen vor, während die anderen einen immer enger, immer undurchdringlicher werdenden Ring um ihren Vater bilden. Sie wollen alle noch etwas. Sie, Annabelle, nicht. Sie will nur, dass es gut ausgeht. Und das heißt, sie will, dass er kein finanzielles Desaster hinterlässt. Jede Achtung, ja Liebe seiner Kinder würde sich in Luft auflösen, oder noch schlimmer, sich in das Gegenteil verkehren. Das hat sie oft erlebt, sie hat Fälle bearbeitet, die einen das Gruseln lehren. Klienten aus strahlenden, gut situierten Vorzeigefamilien. Beim Tod des Erblassers plötzlich nur noch Ruinen und verbissene Kämpfe.

Sie ist froh, ihren eigenen Weg gemacht zu haben, von niemandem in der Familie abhängig zu sein. Die Kanzlei, in der sie arbeitet, gehört zu den erfolgreichsten der Stadt, und sie zu den gefragten Beraterinnen.

Von Walter erfährt sie einiges, aber immer hinter vorgehaltener Hand. Und immer mit der Auflage strengster Geheimhaltung. Er wisse ja selbst nicht alles, sagt er, aber was er glaube, sei einfach *unglaublich*.

# 11

Endlich lernt Robin den Großvater etwas genauer kennen. Und dann soll es schon zu Ende sein. Gerade haben sie sich angefreundet, hat Hero die Besuche bei Veli zu schöner Regelmäßigkeit verdichtet. Noch vor Kurzem hat er Veli ein Säckchen mit Werkzeug für Kinder mitgebracht, alles aus Holz – und *geprüft*, wie er stolz verkündet hat. Veli hat gejauchzt und mit dem roten Holzhammer zuerst den Parkettboden und dann die Schuhe der Erwachsenen behandelt. Sie haben versucht, ihre Füße zu retten, sind herumgesprungen und haben viel gelacht. Hero wirkt hier immer heiter und jung, als ob er der Opa von Veli sei. Führt ihn an der Nase herum, indem er sie wegzaubert, zwischen seine Finger, und mit ihr herumwedelt. Und dann zaubert er sie wieder zurück. Veli packt sie übermütig glucksend und hält schützend seine Hand darüber. Hero schneidet Grimassen mit seinem Habichtsgesicht und treibt Spielchen mit Veli, von denen Robin gar nicht wusste, dass er sie kennt.

Auch Meral ist überglücklich. Es hätte noch ewig so weitergehen können.

Doch dann fing er eines Tages damit an.

Robin ist gerade dabei, ein neues Regal in seinem Arbeitszimmer einzubauen, ein Billy-Eckregal. Drei Elemente, das mittlere, etwas breiter, verbindet sich durch seine sechseckige Kastenform mit den beiden anderen und wird mit seiner geraden Rückseite die Zimmerecke kaschieren. Hero kommt ins Zimmer, allein. Veli wird gerade von Meral gewickelt. Die beiden Seitenregale und dieses breitere Mittelteil liegen noch ohne Fachböden als Kästen im Zimmer. Man kann sich kaum rühren. Da murmelt Hero: »Könnte man doch als Sarg verwenden.« Und noch bevor Robin begreift, steigt er in das trapezförmige Element und legt sich hinein. Er faltet die Hände, schließt die Augen und lächelt. »Die Maße würden passen«, sagt er. Und bleibt reglos liegen.

Robin ist entsetzt, weiß nicht, wie er reagieren soll. Der alte Mann, ja, auf einmal sieht er entsetzlich alt aus und fremd, rührt sich nicht.

Robin denkt, *er atmet nicht mehr, Hilfe, er ist gestorben.* Er will nach Meral rufen und räuspert sich.

Da setzt Hero sich auf, schaut Robin ernst an und fragt, ob er Angst bekommen hätte. Dann lächelt er. Er sei mittlerweile Fachmann, sagt er. »Wofür?«, fragt Robin. »Fachmann für Sterben«, sagt Hero stolz. Als ob er eine Prüfung abgelegt und ein besonderes Zertifikat erhalten hätte. »Und für alles drum herum. Totenhemden, Sargmodelle, Bestattungsriten, Grabreden.«

Robin schluckt, sagt, er fände es besser, Hero würde leben und sich nicht mit solchen Dingen beschäftigen. Aber nein, in seiner Situation müsse man anfangen zu üben, sagt Hero und erklärt, dass er jeden Tag einmal sterbe. Schon seit einiger Zeit. Agnes sei zwar nicht begeistert, aber er denke, dass es auch für sie gut sei. Als Gewöhnung. Und er mache es ja nicht jedes Mal vor ihr. Es dauere auch nur zehn Minuten. Zuerst solle man sich flach auf den Boden legen, sagt er, sonst breche man sich womöglich etwas. Dann die Augen schließen, sich von allem verabschieden, warten, bis es innen dunkel wird, ganz schwarz, bis man nichts mehr höre, das sei ja das Letzte, was endet, das Hören. Und dann warten, bis man ganz tot sei …

»Und nach etwa zehn Minuten«, er lacht, »wenn man kann, steht man wieder auf. Langsam, so wie jetzt«, sagt er und steigt vorsichtig aus dem Regal. Übrigens, so etwas dürfe man nicht als Sarg verwenden, selbst, wenn es einen Deckel hätte. Furniertes Holz sei nämlich nicht erlaubt. Ganz der Fachmann. Robin schaut, als ob er gerade einen Horrorfilm mit der Alterszulassung ab siebzig gesehen hätte.

Es sei doch immer gut, über das Bescheid zu wissen, was auf einen zukomme, meint Hero und klopft ihm auf die Schulter. Aber er solle das hier den anderen trotzdem nicht unbedingt auf die Nase binden.

Am Abend, nachdem Hero nach Hause gegangen ist, sagt Robin zu Meral: »Es wird schwierig. Was machen wir, wenn er vor dem Kleinen …«

»Nichts«, sagt Meral. »Veli wird mitspielen.«

# 12

Kleine Krankheiten sind Vorboten des Todes, eine Erinnerung, ein Memento mori, sagt sich Herr Gerhard, der Krankenhauspfarrer, der bei allem Mitgefühl für den Patienten nicht leugnen kann, dass er sich freut, ihn wiederzusehen, diesen Herrn mit der Baustoffhandlung und dem Theologengesicht.

Ja, sie verführen zu einem besseren Leben, diese kleinen Malaisen, schwere Krankheiten dagegen erschlagen, erdrücken und lassen keine Wahl mehr. Lieben wird unmöglich, wenn der Schmerz den Ton angibt. Und dann ist plötzlich Einbahnstraße. Man kann nur noch nehmen. Nichts mehr zurückgeben. Er sieht das täglich, und er sieht sich mit seiner Krankheit auf dem direkten Weg dorthin.

Da kommt, gerade rechtzeitig, Herr Wieland noch einmal zurück. »Nur kurz«, sagt er bei der Begrüßung, »nur für diese Untersuchungen, diese lebensnotwendigen«, dabei verdreht er die Augen in Richtung seiner Frau, die diesmal an seinem Bett sitzt. »Nur für ein paar Tage.«

Er sieht aus, denkt der Pfarrer, als ob er das letzte halbe Jahr in einem Arbeitslager verbracht hätte, völlig ausgemergelt, fast verhungert. Er war ja, als er ihn kennengelernt hatte, schon von der mageren Sorte gewesen. Aber jetzt geht es wohl an die Substanz.

Aber er hat Humor. Sagt, die haben ja immer noch nichts gemacht. Er meint die Fassade, die jetzt im Frühjahr, von Regen- und Schmelzwasser geschwärzt, noch dunkler aussieht. Der Geistliche fragt sich, ob Herr Wieland wohl gedacht hat, dass die Krankenhausverwaltung ihren Gewinn in Kosmetik stecken würde. Als ob das hier eine Schönheitsfarm oder ein Wellness Hotel sei, wo man nach Prospekt buche. Hierher kommt man nicht, weil man die Wahl hätte, sondern weil man muss. Herr Wieland doch auch. Obwohl er so tut, als ob. Als ob er nur wegen seiner Frau hier wäre. Und er alleine anders entschieden hätte.

Ein paar Tage nur, denkt der Geistliche, das glaubt er ja wohl selbst nicht. Oder er meint nicht *hier in der Klinik*, sondern *überhaupt*. Auf dieser Welt. Das schon eher. Er sieht aus, als könnte man ihn mit einer Hand davontragen.

Es gibt einen Zusammenhang zwischen körperlicher Masse und überzeugender Wirkung. Man wirkt einfach beeindruckender, wenn etwas Masse, natürlich gut proportionierte, dahintersteht. Peter Ustinov zum Beispiel, wenn der Sätze sagt wie *die Kirche kennt meinen Nachbarn nicht*, als Replik auf das Gebot, seinen Nächsten zu lieben, dann lachen einfach alle. Jeder kann sich vorstellen, wie der stattliche Herr sich gegen diesen Nachbarn zur Wehr setzt. Bei Herrn Wieland hätten sie Mitleid.

So wie der Geistliche. Herr Wieland macht seine Scherze, hat etwas von einem Schauspieler. Aber eher vom tragischen Fach. Er erzählt, dass *sie*, damit meint er seine behandelnden Ärzte, überlegt haben, ihn auf die Liste für eine Spenderniere zu setzen. Falls die zweite Niere auch angegriffen sei. Er sieht das erstaunte Gesicht seines Gegenübers und beeilt sich zu erklären, nein, er solle nicht spenden, es sei ja Qualität gefragt, sondern empfangen. Möglichst von einem Angehörigen. Organe seien ja immer knapp. Also …

Und er sagt, er habe seinen Söhnen und Töchtern sicher das eine oder andere Unrecht getan, aber als Ersatzteillager habe er sie noch nie in Betracht gezogen und werde das auch in Zukunft nicht tun. Ende. Seine Frau schaut, als wolle sie etwas sagen. Dem Geistlichen alleine, unter vier Augen. Aber als der lacht, überlegt sie es sich anders. Er ist für sie kein Partner. Sie hat rechtzeitig gerochen, dass sie mit ihm nichts gegen ihren Mann unternehmen kann.

Herr Wieland fügt noch hinzu, abgesehen davon, dass er nichts entsprechend Hochwertiges mehr an sich habe, würde er auch nicht spenden. Nicht jetzt, wo er noch lebe, und schon gar nicht, wenn er tot sei. Bei Autos, sagt er, gehe das in Ordnung. Autofriedhof. Ausschlachten. Aber nicht mit ihm. Er wolle seine Ruhe, wenigstens, wenn er tot sei.

Er hat wieder seine Bücher mitgebracht. Und schaut nach einer Weile so begehrlich auf den Stapel, dass seine Frau sich verabschiedet.

Auch Herr Gerhard will gehen, aber der Patient hält ihn zurück. Aha, denkt der Pfarrer, da will jemand doch beichten. Aber wie man sich täuschen kann. Nein, eröffnet Herr Wieland das Gespräch, sobald seine Frau die Tür hinter sich geschlossen hat, als ob der Geistliche etwas gesagt hätte. Nein, er denke, es sei an der Zeit, reinen Tisch zu machen.

Er sei sein ganzes Leben lang nur aus Angst in der Kirche geblieben, sagt er. Aus Angst vor ewiger Verdammnis und vor seiner Familie, nun, eher vor der Spaltung seiner Familie. Denn seine Frau, Herr Gerhard habe sie ja kennengelernt, sei eine überzeugte Anhängerin der katholischen Kirche. Während er das immer so gesehen habe, dass er mehr oder weniger zufällig in diese Gemeinschaft hineingeboren wurde, und um größere Affronts zu vermeiden, habe er mitgespielt. Die Zeit der Pubertät und die nach dem Tod seiner Eltern ausgenommen. Und jetzt seien seine Kinder aus dem Haus, und er stehe vor dem großen Tor, und da stelle sich doch die Frage, ob er *auf immer und ewig* katholisch bleiben wolle, und da habe er gedacht: nein. Man könne so etwas doch nicht mit ins Jenseits nehmen, wenn man nur einen Funken Anstand habe. Wenn es diesen einen und einzigen Gott gebe, was er glaube, dann wäre es doch höchst peinlich, diese Abgrenzungen und Grabenkämpfe, die wir hier führen, all dieses Trennende, dorthin zu exportieren. Allein die Vorstellung, neben einem Angehörigen einer anderen Religion zu stehen und zu glauben, man selbst sei auf dem richtigen, dem kürzeren und besseren Weg angekommen. Und die anderen seien nur irrtümlicherweise auch da. Das sei doch, wie wenn jemand mit einem Hugo-Boss- oder Dornbusch-Hemd behaupte, das sei nicht nur besser als eines von Seidensticker oder irgendeiner anderen Marke, sondern es sei überhaupt das einzige Hemd. Der Schwiegersohn sei aus der Modebranche, fügt er erklärend hinzu. Man könne jedes Etikett als Beispiel nehmen. Und er denke, dass es ganz genau so viele Wege zu Gott wie Menschen gebe. Ob Herr Gerhard das nicht auch so sehe.

Zuerst ist der nicht sicher, ob Herr Wieland das ernst meint. Aber er kann in dem hageren Gesicht nichts außer einer Frage und ehrlicher Neugier entdecken. Und je länger er sich das Gesagte durch den Kopf gehen lässt, umso weniger kurios kommt es ihm vor.

Er lässt sich Zeit mit der Antwort. Dann sagt er, dass Herr Wieland vielleicht recht habe. Aber dass Gott, so wie er ihn sich vorstelle, sicher darüberstehe. Ja, dass er jedem antworte, egal, wie der ihn anrede. Und dass er vielleicht schmunzelnd darüber hinwegsehe, wenn die Menschen mit ihren Aushängeschildern der unterschiedlichen Konfessionen, beinahe hätte er »Konfektionen« gesagt, auferstehen. Ja, er glaube, Gott sei unermesslich groß. Und daher sollten sie sich nicht zu viele Sorgen machen. Falls Herr Wieland das also nicht mehr schaffen sollte mit dem Kirchenaustritt. Oder falls es doch zu belastend wäre, auch wegen seiner Frau, sagt er, dann würde Gott mit Sicherheit ein Auge zudrücken.

Herr Wieland wirkt erleichtert.

# 13

Was sie alle nicht wissen, ist, dass Hero aktiver ist, als er aussieht. Sie werden schon sehen, denkt er, dass er plant, sich um sie kümmert. Auch wenn es so scheint, als ob er nicht mehr könne. Ein Wrack, sagt Johannes hinter seinem Rücken zu Cleo. Ein Überlebender, aber nicht einer, der weiterlebt, sondern einer, der noch nicht gestorben ist. Betonung auf *noch.*

Genau diese verbleibende Zeit will er noch nutzen. Er arbeitet zu Hause in seinem Herrenzimmer, bei geschlossener Tür, jeden Tag, ohne Agnes zu sagen, woran. Und er zwingt sich zu gehen. Seinen Radius wieder auszudehnen. Aus dem Krankenhaus haben sie ihn nach zwei Tagen entlassen, nicht freiwillig. Für die Untersuchungen waren vier Tage angesetzt, aber Hero hatte gedroht, seinen Anwalt einzuschalten, wenn er nicht umgehend nach Hause könne. Anlass war die letzte Chefvisite gewesen, er war gerade im Begriff zu sagen, dass er wisse, wie es um ihn stehe, dass sie mit ihm sprechen sollten über Möglichkeiten … Doch der Pulk weiß gekleideter und unbeteiligt dreinschauender Männer und Frauen umstellte sein Bett, als ob sie einem himmlischen Chor angehörten und gleich anfangen würden zu singen. Sie grüßten kurz, das heißt, sie nickten, wie um sich gegenseitig den Einsatz zu geben, und dann unterhielten sie sich untereinander. Über ihn. Leise und mit abgewandtem Gesicht erklärte der Chef den Kollegen einen offensichtlich sehr spannenden Sachverhalt.

Hero konnte außer dem ihm bereits vertrauten *Nierenzellkarzinom* und *letaler Blässe* kein Wort verstehen. Erst beim Abschied glaubte er in den Mienen der Zuhörer eine gewisse Anteilnahme zu erkennen. Sie hatten es sehr eilig, wieder zu gehen. So eilig, dass es an der Türe einen Stau gab, wie bei einem Ausguss, wenn der Abfluss verstopft ist. Und da war das Maß voll, stand sein Entschluss fest.

Er rief Agnes an, ließ sich abholen. »Aus diesem infernalischen Versuchslabor«, wie er es nannte. »Man sieht doch schon von außen, was einen hier erwartet«, sagte er, als er vom Taxi aus noch einen Blick zurückwarf. Es war Abend, hier draußen roch es verlockend nach Frühling und Freiheit. Hero ließ sein Seitenfenster herunter und atmete tief ein, wie jemand, der nach jahrelanger Haft aus dem Gefängnis kommt.

»Wenn du sie brauchst, können sie dir helfen, wir haben hier in Neuburg keine bessere Klinik für dich«, sagte Agnes. Sie hätte ihn am liebsten wieder zurückgebracht, in Sicherheit. Aber sie wusste, dass sie nicht einmal daran denken durfte.

So ist er also wieder zu Hause. Und versucht, ihr nicht in die Quere zu kommen. Das heißt, er geht vormittags aus dem Haus, zu Fuß, er hat gelernt, öffentliche Verkehrsmittel zu benutzen, manchmal verfährt er sich, aber er hat ja Zeit. Er geht in die Firma, oder auch zu Meral und Veli. Alle anderen arbeiten. Und er schlendert durch die Stadt. Wie ein Tourist, ein Gast. Ist er ja auch. Ist in gewissem Sinn jeder, aber er nur noch für eine überschaubare Weile. Wie einer, dessen Visum in Kürze abläuft. Es wird von Tag zu Tag wärmer, er genießt den Anblick der Reisegruppen, die jetzt vermehrt ankommen wie Zugvögel. In der Michaelskirche schließt er sich einer Führung an. Hier hat er Agnes geheiratet, er schaut mit allen anderen nach oben, betrachtet die Abbildungen der Pflanzen und Tiere, hört die Kommentare des Fremdenführers, immer wieder entdeckt er neue Details, und er nimmt sich vor, mit ihr noch einmal zurückzukommen. Er geht in den angrenzenden Rosengarten, freut sich, dass das Café wieder geöffnet hat, die Saison hat schon begonnen, und bestellt sich einen Kaffee. Er schaut durch den Torbogen direkt auf die Rosen, jetzt noch knorrige kleine Krüppel, aber im Sommer … Ja, der Sommer kommt ihm auf einmal unerreichbar weit weg vor. Er holt tief Luft, ganz tief, bis sie hinter dem Bauchnabel ankommt, und schließt die Augen. Das tut gut, das kann man nicht mehr, wenn man tot ist. Jetzt hat er einen berauschenden Duft von blühenden Rosen in der Nase, erinnert sich an Sonntage, die er mit Agnes hier verbracht hat. Viel zu wenige.

Jeden Tag kehrt er pünktlich zum Mittagessen zurück. Das beruhigt sie. Und solange er kann, wird er essen. Denn auch das beruhigt sie. Sie ist so ängstlich geworden, dabei ist er es doch, der geht. Er zeigt ihr, wie es sein wird, wenn es bei ihr dann einmal so weit ist.

# 14

Frühling ist schwierig für mich, obwohl es schön ist, dass es wieder heller wird. Aber das Licht ist zu grell, und meine Nase tropft, und alles juckt. *Dich sticht der Hafer,* sagt Ken. Das hat er in einem Buch für Redewendungen gelesen. Er liebt so etwas. Voller Lust sucht er alles, was seiner Sprache Bilder schenkt, sie mit Farben und Gerüchen bereichert. Durch ihn habe auch ich gelernt, mir manche Worte auf der Zunge zergehen zu lassen.

*Frühjahrsallergie* gehört nicht dazu. Ich weiß, dass meine die unmittelbare Folge der Karfreitagsliturgie ist. Der Geschmack von Leiden und Tod, die im Altarraum wie Leichen hingestreckten Priester und Ministranten, wie nach einem Bombenangriff oder unmittelbar davor. Und dieser schauerliche Singsang. *Ecce Lignum Crucis,* seht das Holz des Kreuzes. Den ganzen Weg zurück, am Karfreitag gingen wir immer zu Fuß, mäandert es durch meinen Kopf, klappert und schnarrt es an den kahlen Bäumen wie Ratschen, die an diesem toten Tag die Glocken ersetzen. Das gleißende Licht leuchtet unerbittlich über fahlgrünem Gras auf diese freudlosen Gestalten meiner Familie. Ein unendlich öder Abend vor uns. Und da auf einmal die Tränen, das geschwollene Gesicht und das Gefühl zu ersticken. Da hat es angefangen.

Nach dem zweihundertsten Päckchen durchweichter Papiertaschentücher kamen die Ratschläge. Als Erstes der, sich zusammenzureißen, das sei alles eine Sache der Selbstbeherrschung. Dann, die Informationen drangen zwischenzeitlich bis zu unserer Familie durch, sich desensibilisieren zu lassen. Also mir auch noch die Zeit zu verderben, in der ich nicht litt. Denn genau dann, im Herbst, wenn man an alles erinnert werden will, aber nicht an eine Frühjahrsallergie, geben sie einem die Spritzen. Und eine Krankheit, die vorbei ist, hat für mich das Schöne, dass ich sie vergesse. Ich beschloss also, unempfindlich gegen alles zu werden, vor allem gegen Ratschläge, vor allem gegen die der Familie. Das half, und bis jetzt lebe ich nicht schlecht damit. Die Außentermine bei der Gestaltung von Grünanlagen überlasse ich in dieser Jahreszeit Horst, und wenn es sich nicht vermeiden lässt, nehme ich eben eines dieser Mittel. Hämmer, Keulen, die alles ausschalten und deren Beipackzettel man besser nicht liest. Wenn ich mal Nierenkrebs bekommen sollte, weiß ich also, woher.

Ken will nicht, dass ich so etwas einnehme, er amüsiert sich über jedes *Pitschü*, das kannte er vorher nicht, und es gefällt ihm. Und er freut sich über meine Erklärung, wie diese Allergie entstanden ist. Sagt, ich sei in meinem früheren Leben mit Sicherheit Afrikanerin gewesen. Solche Zusammenhänge sehe kein Europäer. Aha. Dann hat die Findelkindversion meines Daseins vielleicht doch einen realen Hintergrund. Und meine Mutter ist Afrikanerin.

Nun gut, ich lebe hier und bin weiß und allergisch gegen frühblühende Bäume und hoffe, dass Hero bei seinen ausgiebigen Recherchen nicht auf die Idee kommt, sich in einem Friedwald bestatten zu lassen. Ich könnte im Frühjahr nie dorthin gehen. Denn er würde sich bestimmt keinen Kiefern- oder Fichtenwald aussuchen, sondern einen malerischen Mischwald, mit Birke, Erle, Hasel, genau meinen Quälgeistern. Außerdem müsste er sich vorher verbrennen lassen. Und das ist doch Geschmackssache. Bisher sind alle von unserer Sippe in einem Stück in die Erde gekommen, nicht als Brösel. Ist doch eine beunruhigende Vorstellung, erst die Wartezeit im Kühlfach, dann das Krematorium. Und dann: wer sich womöglich mit wem vermischt. Die arbeiten doch bestimmt nicht so penibel und kehren alle Krümel vom Rost, bevor der Nächste daraufgelegt wird.

Nein, wir Wielands haben diese Tradition nicht, bis jetzt, und Hero soll bloß nicht damit anfangen. In Indien, sagt Ken, werden alle verbrannt, als ob ich das nicht wüsste. Da haben sie die Witwen gleich mitverbrannt, sage ich, es muss doch auch Vorteile haben, nicht in Indien zu leben. Nein, ich bin für Erdbestattung. Ist auch intimer. Kein Mensch schaut zu, wie du verwest. Im Krematorium machen sie mancherorts schon Events daraus. Die Angehörigen, die die letzten Zuckungen des toten Körpers noch beobachten. Womöglich filmen.

Dass Hero ein Krematorium überhaupt in Erwägung zieht, finde ich erschreckend. Ist es ein Zeichen, dass er, wie Agnes sagt, den Verstand verliert? Oder will er uns das Gruseln lehren? Vielleicht ist es wieder eine seiner pädagogischen Maßnahmen. Damit wir uns nicht zu gemütlich einrichten auf dieser Welt. Der Blick auf das Ende. Und am wirkungsvollsten der Blick auf ihn und sein Ende. Dazu passt, dass er mir Todesanzeigen vorliest. Ungefähr hundert, von ihm selbst verfasst, und ich soll ihm sagen, welche mir am besten gefällt. Als ob ich in der Jury für einen Literaturwettbewerb sitzen würde, und als ob es um *gefallen* ginge. Aber ich spiele mit. Wir haben drei Favoriten. *Nicht nur die anderen sterben. Diesmal bin ich es.* Das passt zu ihm, finde ich. Zu seiner nachdenklichen Art. Klingt wie das Resümee einer historischen Untersuchung. Er bevorzugt *Ich ziehe um. Ihr könnt mich begleiten. Am… Um…* Das Fehlende sollen wir dann ergänzen. Oder: *Ich bin vorausgegangen. Wann kommt ihr?* Aber das ist mir irgendwie zu direkt, klingt ja fast wie eine Aufforderung, sage ich.

Nein, das sei nicht so gedacht, sagt er. Er wünsche sich, dass wir leben. Doch das geht nicht mit dem dauernden Blick auf das Ende. Man muss das Recht haben, es zu verdrängen, und er hat es sein ganzes Leben lang ja auch getan. Ich glaube, indem er sich jetzt dauernd damit befasst, will er sich selbst die Angst abgewöhnen.

Er hat immer noch diesen aufmerksamen Habichtsblick. Wir gehen ab und zu alleine zum Friedhof. Er beobachtet alles, was ich jetzt mache, fragt nach meinen Projekten und nach Ken. Gestern sagt er auf einmal, er habe auch ein Projekt, über das er aber nicht sprechen wolle. Dabei drückt er mir einen Karton in die Hand, wie eine Schuhschachtel, nicht besonders groß und auch nicht besonders schwer. Ich solle raten. Er würde mir aber keinen Hinweis geben. Und falls ich nicht auf Anhieb richtig riete, müsse ich ihm versprechen, nicht hineinzuschauen, solange er noch lebe. Also erst, wenn er gestorben sei.

Er war sich seiner Sache so sicher, lachte in sich hinein. Ich hatte keine Ahnung. Irgendetwas rutschte drinnen hin und her, aber er muss dieses Etwas gepolstert haben, ich kam nicht darauf und wollte auch nicht ins Blaue raten. Sagte, ich würde nur hoffen, dass nichts Verderbliches drinnen sei. Und keine Schokolade.

Denn es könne ja noch dauern.

Ich solle mir doch nichts vormachen, sagte er, und ihm auch nicht. Und den Karton gut aufheben. Kurz denke ich an Fotos. Bei allen anderen wäre das eine Möglichkeit, aber nicht bei Hero.

Ich muss also warten.

# HINÜBER

# 1

Das Nierenzellkarzinom ist das Chamäleon unter allen Krebsarten. Es verwandelt sich, versteckt sich und hält alle zum Narren. Wenn es seine Zunge herausschleudert, hat das Opfer keine Chance mehr. Der Mann, der es übernommen hat, die Angehörigen aufzuklären, sieht selbst aus wie ein Chamäleon und ist bestimmt nicht der Chefarzt. Es muss irgendeine Hautkrankheit sein, die ihn so entstellt, eine, die mit starker Schuppenbildung einhergeht und mit eigenartig orangegelben Flecken. Er hat sich für einen Vortrag entschieden, hat sogar ein paar Blätter vor sich liegen, die er immer wieder anstarrt, aber wohl nur, um niemandem von der Familie in die Augen sehen zu müssen. Als ob er nicht einfach in ein paar Sätzen sagen könnte, wie es um Hero steht, denkt Nele. Sie wirken wie vollzählig, der Arzt kann nicht wissen, dass nur eine kleine Auswahl der Angehörigen vor ihm sitzt. Agnes, die alle angerufen hat, in der Mitte, flankiert von Walter, Teresa und Meral auf der einen, von Nele und Ken auf der anderen Seite. Die übrigen, die nicht da sind, arbeiten an diesem Vormittag, sie sind auf Abruf bereit, es reicht ja, wenn sie kommen, sobald es ernst wird. Nur Johannes mit seiner Familie ist weit weg, schon im Urlaub, der Flug war gebucht, und jetzt vor Ostern könne man zwar stornieren, bekomme dann aber keinen anderen Flug mehr. Doch das Mobiltelefon sei ja erfunden und immer dabei.

Sie sitzen in einer Art Sprechzimmer, der Raum ist viel zu groß und sieht aus, als sei sein eigentlicher Verwendungszweck etwas ganz anderes. Seminare oder Vorträge mit PowerPoint-Präsentation. Vier große Resopaltische im Quadrat mit Stapelstühlen an den Außenseiten und auch an der Wand entlang. Entsprechend fühlen sie sich. Das milde Frühlingswetter vor dem Fenster steht in schmerzendem Kontrast zur weißen Kälte hier drinnen.

Nele hat begonnen, sich mit einer Hand über das Gesicht zu fahren. Mit flachem Handteller, Daumen an der einen und die Fingerspitzen an der anderen Seite der Stirn. Immer wieder. Wie wenn man einem Toten die Augen schließen würde. Vorsichtig, mit einer gewissen Zärtlichkeit.

Ken beobachtet sie. Er könne das für sie übernehmen, flüstert er.

Hero liegt einen Stock tiefer auf der Intensivstation, und was seinen Zusammenbruch in der Nacht herbeigeführt hat, wird noch untersucht.

»Schöner Vergleich«, sagt Ken leise zu Nele. Nicht leise genug, denn alle schauen zu ihm. Der Arzt wirkt irritiert, wie aus dem Konzept gebracht. »Ja«, sagt Ken etwas lauter, »das Chamäleon kommt aus Afrika, und es gibt eine Geschichte, einen Mythos, darin ist es eigentlich der Überbringer der Unsterblichkeit, von den Göttern geschickt, nur war es zu langsam, und die Eidechse mit der Botschaft des Todes hat es überholt …«

Der Arzt hat sich wieder gefasst. *Sehr interessant*, sagt er. Und: *was ich damit sagen will …* Er könne also keine genauen Vorhersagen machen, wie es mit Herrn Wieland weitergehe. Man müsse abwarten und beobachten und dem Patienten die größtmögliche Erleichterung bieten. Agnes nickt beruhigt, mehrmals, als könne sie so ihr schlechtes Gewissen auf den Tisch vor sich kippen. Sie hat ihn einweisen lassen, obwohl es gegen seinen Willen war. Ursprünglich. Aber da hat er sich bestimmt nicht vorgestellt, dass er auf dem Weg zur Toilette das Bewusstsein verlieren und stürzen oder stürzen und dann das Bewusstsein verlieren würde, denkt sie. Er hat sich nichts gebrochen, deshalb gehen sie von der ersten Möglichkeit aus. Hätte sie ihn da liegen lassen sollen? Sie musste den Notarzt rufen. Und sie musste ihm erklären, wie es um Hero steht. Also hat sie gar nichts falsch gemacht, sie hätte es nicht verhindern können. Das sagt sie sich und den anderen immer wieder. Vor allem, wenn sie die vorwurfsvollen Blicke von Nele sieht, die wortlos fragen, warum sie denn nicht als Erstes jemanden von der Familie angerufen hat. Sie hätten doch gemeinsam vielleicht anders entschieden. Agnes lehnt sich beruhigt zurück. Jetzt hören sie es alle, vom Fachmann, dass Hero hier am allerbesten aufgehoben ist.

Nele fragt, ob man den Patienten, ja, sie sagt nicht, ihren *Vater*, sondern den Patienten mit nach Hause nehmen könne, wenn er aufgewacht sei, und fügt schnell hinzu, natürlich sei die entsprechende

Pflege gewährleistet. Es gebe nämlich eine Patientenverfügung. Dass ihre Stimme leicht triumphierend klingt, hat sie nicht beabsichtigt, kann es aber nicht verhindern.

Der Arzt wirkt auf einmal wie mit rosa Zuckerguss glasiert, nur die Ohren bleiben gelblich. Er glänzt vor Schweiß. Das könne man sicher in die Wege leiten, wenn es so weit sei, meint er, aber er würde dringend raten, nichts zu überstürzen, und Agnes lächelt zum zweiten Mal erleichtert. Der Mann scheint sie zu verstehen. Und wie Nele sich das wieder vorstellt.

Er bittet sie, jetzt nach Hause zu gehen und auf Nachricht zu warten, da man im Moment eben wirklich nichts sagen und auch nichts tun könne.

Ken und Nele sind als Erste draußen.

»Und das Chamäleon ist deshalb zum Symbol für Unsterblichkeit geworden, weil es bei der ersten Versammlung aller Tiere zu spät kam«, sagt Ken, als ob er nicht unterbrochen worden wäre. Er läuft immer einen Schritt vor ihr her, so muss er sich halb umdrehen, um ihr ins Gesicht zu sehen. »Als die anderen es beschimpften, sagte es zur Entschuldigung, dass es nur vier Hände, aber keine Beine bekommen habe. Da verbot Gott allen Tieren, das Chamäleon zu fressen. Und so sagt man, *weil es langsam ist, hat es den Tod besiegt.*«

Er macht eine kurze Pause, um Luft zu holen. Nele geht sehr schnell, sie sind gleich beim Aufzug oder nebenan beim Treppenaufgang. »Und außerdem ist das Chamäleon bei uns auch ein Symbol für die Zeit, für die Einheit von Vergangenheit, Gegenwart und Zukunft. Es kann nämlich gleichzeitig nach hinten und seitlich und nach vorne schauen.« Er redet, als ob er sie ablenken, sie unterhalten müsste, um jeden Preis. Und das muss er auch, denn Nele soll jetzt besser nicht zum Nachdenken kommen, soll nicht erkennen, in welche Richtung das Ganze geht, dass es doch so aussieht, als sei Hero in eine Falle geraten, als werde er an Schläuchen eine endlose letzte Zeit verbringen müssen. Ohne dass jemand etwas dagegen unternimmt.

# 2

Er muss die vielen kleinen Fische fangen oder zumindest zur Ruhe bringen, die blau und grün glitzernd durch das spiegelglatte Wasser des Aquariums flitzen. Seine Gedanken sind das, und das glasbegrenzte Gefäß ist sein Gehirn. Sie stoßen sich an den unsichtbaren Wänden, prallen zurück und wirbeln ohne erkennbares Muster so wild durcheinander, dass Hero schwindelig wird. Sie lassen sich nicht fassen. Und er weiß, wenn er überleben will, muss ihm genau das gelingen. Einen klaren Gedanken fassen.

Gesichter tauchen vor ihm auf, konkav verzerrt, Agnes mit geröteten, geschwollenen Augen. Er ist sehr verliebt in sie, gerade frisch verheiratet. Weshalb weint sie? Und wie ist sie so schnell gealtert? Diese hängende faltige Haut. Diese unglaublich großen, fleischigen Nasenflügel. Und die schwarzen Haare in den Nasenlöchern. Bei seiner Frau? Dahinter taucht jetzt jemand anderer auf. Agnes verschwindet.

Dann wird alles schwarz.

Als er später in der Nacht zu sich kommt, fühlt er sich wie ein mit Steinen gefüllter, hingeworfener Sack. Ungeheures Gewicht bohrt sich mit knochigen Kanten in den weichen Morast seiner Matratze, drückt ihn hinunter, tiefer und tiefer und entzieht ihm seine letzte Kraft. Er verliert wieder das Bewusstsein.

Erst Tage später kann er die Bedeutung gesprochener Worte verstehen.

»So sehen wir uns also noch einmal«, sagt jemand. Beim Klang der angenehmen Stimme schlägt er die Augen auf. »Mir scheint, Sie haben versucht, einen Haken zu schlagen«, fährt die Stimme fort. »Ich habe in den letzten Tagen öfter einmal hier vorbeigeschaut, Ihre Frau hat mich darum gebeten, doch Sie schienen weg zu sein, weit weg. Aber jetzt sind Sie ja glücklicherweise zurückgekommen.«

Die Stimme verstummt, und Hero erkennt mit Anstrengung den Krankenhausseelsorger.

Nun ja, diese Umgebung animiere ja nicht gerade zum Bleiben, fährt der Pfarrer fort und zeigt mit einer vagen Handbewegung, der

Hero nicht folgen kann, auf die Apparaturen der Intensivstation. Außer, man habe ausreichend Kraft, um schnell wieder zu gehen. Und die scheint Herr Wieland ja zu haben, nachdem er in Kürze wieder auf Station gelegt werden soll. Habe er gehört. Hero will reden, bringt aber durch die Schläuche in seiner Nase nur ein sehr undeutliches »Was war?« hervor. Der Geistliche versteht ihn trotzdem. Erklärt ihm, dass er einen Herzinfarkt hatte und ihn, soweit man sehen kann, gut überstanden hat. Aber er sei kein Arzt, wie es mit der Hülle weitergehe, könne er nicht sagen. Nicht einmal bei sich. Ihn interessiere mehr das Innen. Dabei klopft er sich mit den Fingerspitzen zweimal leicht auf die Brust. Aber dafür werde er ein anderes Mal kommen, wenn Herr Wieland wieder bei Kräften sei. Er streicht ihm zum Abschied mit der flachen Hand vorsichtig den Arm entlang. Bis zur Beuge, wo die Schläuche unter einem weißen Pflaster verschwinden – oder hervorkommen, je nachdem. Hero will, dass er bleibt, will ihn zurückhalten, aber ein Vorhang schiebt sich zwischen ihn und die Welt, er kann sich nicht mehr bemerkbar machen.

Eine Krankenschwester erscheint, und noch bevor der Geistliche das Zimmer verlassen hat, ist Hero wieder eingeschlafen.

# 3

Sie geben ihm Morphium. Wir können kaum noch mit ihm reden. Und er ist so plötzlich hineingeraten in das alles, dass er diesmal keine Regeln aufgestellt hat, kein Verbot, ihn zu besuchen, vielleicht wünscht er sich das jetzt sogar. Und alle kommen. Aber nie alle zusammen, da passe ich auf. Er hat mir einen Traum erzählt, früher schon. Er fühlte sich gestört, fand die Welt zu voll, zu viele Menschen überall, und versuchte im Traum verzweifelt, diesem Gedränge, dieser Dichte zu entkommen. Und freute sich auf seinen Tod. War voller Hoffnung, allem zu entkommen. Und kaum war er gestorben, fand er sich wieder in unerträglichem Gedränge. Und war völlig verzweifelt, weil es keinen Ausweg mehr gab, diesmal also für alle Ewigkeit …

Dann sagte er, und dabei lächelte er verlegen, er habe vergessen, dass es ja mehr Tote als Lebende gebe. Und ich sagte, um ihn zu trösten, dass das heute nicht mehr stimme, weil mittlerweile mehr Lebende auf der Welt seien als alle Gestorbenen zusammengerechnet. Dass aber im Jenseits sehr viel mehr Platz sein werde für alle, dass das Wort *unendlich* sich mit Sicherheit nicht nur auf die Zeit, sondern auch auf den vorhandenen Raum beziehe, er also keine Angst zu haben brauche.

Das war, als er noch sprechen konnte, auf einem unserer Gänge durch die Stadt. Und deshalb kümmere ich mich darum, dass sie nicht alle gleichzeitig in sein Zimmer drängen. Ich plane, teile ein, wer wann kommen kann. Sie sind froh, dass ich das mache. Keiner will ja *die ganze Zeit* an seinem Bett sitzen. Also, und für mich hat es den Vorteil, dass ich mich selbst einteile, so oft ich will. Und ich will oft.

Ich komme mir vor wie der kleine Dienstag in *Emil und die Detektive*, der nicht die Hauptperson, aber eigentlich am wichtigsten ist, weil er alles koordiniert. So wie ich jetzt. Ich habe gekündigt bei Horst, wollte ich ja sowieso, und jetzt war die Gelegenheit. Ich habe gesagt *wegen meinem Vater*, das konnte Horst besser verstehen, als wenn ich gesagt hätte, *kann sein, dass ich wieder einsteige, weiterstudiere.* Aber das ist noch offen, hängt auch davon ab, wie viel ich von Josepha erbe.

Ich habe also Zeit. Und obwohl er die meiste Zeit nur schaut und nichts sagt, denke ich, dass er sich freut. Und ab und zu erfahre ich doch etwas. *Was eigenartig ist, Cornelia,* sagt er auf einmal, ja wirklich Cornelia, *dass wir uns so spät kennenlernen. Wir sind doch verwandt.*

Das sagt er so erstaunt, mit dem Mund noch eine Weile offen, dass ich abwarte, aber es kommt nichts mehr, und ich weiß nicht, ob er das genau so meint, wie er es gesagt hat. Und ob ich ihn richtig verstanden habe. Erst nach einer ganzen Weile dämmert mir etwas. *Schade,* sagt er noch und sucht meine Hand. Ich nehme seine. Sie ist ganz weiß und blau und erschreckend zerbrechlich.

Ich will ihn fragen, ob ich etwas für ihn tun könne, wenn er mal wirklich nicht mehr will, wenn er nicht mehr reden kann, aber will, dass es aufhört und keiner es merkt. Für den Fall also wäre es gut, wenn wir etwas ausmachen würden. Ich könnte ihn leise fragen, direkt ins Ohr, ob es genug für ihn sei, und wenn er ja sagen wolle, aber nicht mehr könne, dann solle er nur mit den Augen zucken oder nicken, dann würde ich einen der Schläuche rausziehen. Ich muss nur schauen, welcher der Wichtigste ist. Aber man kann ja nicht viel falsch machen. Wäre nur gut, wenn es nach Zufall aussieht, nach Unfall, als ob Hero sich ungünstig bewegt hätte.

Als ich ihn dann also frage, vorsichtig, man weiß ja nicht, vielleicht denkt er, ich will ihn ermorden, lächelt er. Und dann sagt er, ich sei sein *Zeremonienmeister.* So ein schweres Wort. Aber ich verstehe schon wieder nichts. Und jetzt sagt er nichts mehr, sondern schließt die Augen und schläft.

Wie die meiste Zeit. Hat man Träume, wenn man unter Morphium schläft?

# 4

Der Geistliche muss sehr nah an ihn heran, mit dem Gesicht, sonst versteht er ihn nicht. Obwohl sie ihm die Schläuche bis auf einen wieder entfernt haben. Herr Wieland will reden, das sieht er. Und auch, dass es wohl ein langer Kampf werden wird. Mittlerweile weiß er, welche Krankheit der Patient hat. Und dass die Ärzte jemandem mit seiner Diagnose einen Herzinfarkt eigentlich wünschen, aber einen tödlichen. Und trotzdem haben sie ihn zurückgeholt. Die Metastasen sitzen überall und sind unberechenbar. Und können Schmerzen verursachen, die ohne Umwege in den Wahnsinn führen.

Er hat Träume, sagt er. Ja, das haben fast alle, und in dieser Lage erinnert man sich. Seine Firma, die er im Traum besucht hat, ist *Wieland Bestattungen* geworden, also nichts mehr mit Baustoff. Und sein Sohn sitzt im schwarzen Anzug und mit pomadisierten Haaren in Herrn Wielands Büro. Das ist im Traum auch nicht mehr seines, und es schmerzt ihn, dass der Sohn auf seinem, dem Chefsessel sitzt. Gleichzeitig ist er nicht mehr der Vater dieses schwarz gekleideten Herrn, sondern ein berühmter Historiker, der soeben für seine Forschung über den Zusammenhang von Herrscher und Einzelkind einen bedeutenden Preis erhalten hat. Er hat hier einen Auftrag zu erledigen, muss eine Bestellung aufgeben. Sieben einzelne Grabsteine für ein Familiengrab. Das ist im Traum wieder seine Familie. Jeder besteht auf einem eigenen Stein mit persönlicher Aufschrift. Er hat gute, historisch belegte Texte für jeden gefunden. Darüber lacht der Herr des Beerdigungsinstituts so laut, dass Herr Wieland aufwacht.

Der Kranke fragt den Geistlichen, heiser und hüstelnd, was das zu bedeuten habe. Der sagt, er sei kein babylonischer Traumdeuter, aber beruflich habe er sich damit schon befassen müssen. In der Bibel werde ja immer wieder darauf hingewiesen, Moses, Daniel, um nur zwei zu nennen, aber das hier sei wohl etwas anderes, gehe eher in die psychologische Richtung.

Herr Wieland drückt ihm die Hand. Hat noch ganz schön Kraft, der alte Herr, denkt der Seelsorger. Er will ihn offensichtlich nicht gehen lassen. Also fragt Herr Gerhard ihn nach seiner Firma, nach dem Sohn und diesem Herrn Linder. Und damit gewinnt er erst einmal Zeit. Der Patient hat Mühe mit dem Sprechen, aber erzählt ausführlich von seinem Unternehmen, von seiner Familie, von allen Kindern. Und als er fertig ist, hat er, so glaubt der Geistliche, das Wesentliche schon selbst erkannt. So sagt Herr Gerhard nur, dass es ihm vorkomme, als ob diese große Familie aus lauter Einzelkindern bestünde. Herr Wieland sagt nichts, schaut ihn nur an, und der Geistliche hat das Gefühl, ins Schwarze getroffen zu haben.

Er betrachtet ihn, wie er so daliegt, und denkt auf einmal, dieser Mann hat Würde. Soweit man Würde haben kann, wenn einem ein Schlauch aus der Nase hängt. Und man nichts anhat außer einem schlabbrigen weißen Hemd. Aber genau das ist es, das stört nicht, weil er so schaut. Erhaben, als ob er oben auf einem Horst sitzen würde. Er hat den Überblick, alle unter sich und unter Kontrolle.

So ist Herr Gerhard fast neidisch, er, der ihn gerade noch bedauert hat, denkt jetzt, dass er auch gerne schon so weit wäre. Und dass er froh wäre, wenn es bei ihm auch so ausginge.

Aber man kann ja noch nichts sagen. Weder bei ihm noch bei diesem Herrn Wieland. Und hat nicht schon Ovid gesagt, dass man sein Leben nicht vor der Beerdigung loben soll?

# 5

Die Zeit verstreicht, Tage, Nächte, und Hero weiß nicht, ob seine Tage mit denen der Welt draußen übereinstimmen. Kurze Gespräche mit verschiedenen Gesichtern wechseln mit langen Pausen in Dunkelheit. Eigentlich alle kommen – und gehen wieder. Und mit ihnen die Gespräche und das Leben.

Als er wieder einmal aufwacht, sitzt der Geistliche neben seinem Bett. Es ist Tag und das Zimmer hell, mit einem großen Fenster, das die zitternden Äste einer Pappel umrahmt.

Wo seine Tochter, wo seine Familie sei, fragt Hero leise.

Er glaube, es sei noch zu früh, sagt der Geistliche.

Warum?, denkt Hero. Wollen sie warten, bis ich gestorben bin? Was heißt zu früh?

Es scheint, als könne der Pfarrer Gedanken lesen.

Zu früh am Tag, sagt er, das Licht täusche. Im fünften Stock sehe man den Tag schon viel früher als unten in der Stadt. Er selbst könne nicht mehr schlafen und wollte den Morgen bei ihm verbringen, vorausgesetzt, dass er das auch wolle und sich stark genug fühle.

Und so sitzen sie wie zwei zum Tode Verurteilte, zwei, deren Urteil zwar gefällt ist, die aber nicht wissen, wann es vollstreckt wird. Und auch nicht, wie. Nur, dass sie nicht gleichzeitig abtreten werden. Und trotzdem lachen sie. Der eine füttert den anderen mit einer Art Brei und klingelt der Krankenschwester, um bei ihr einen Kaffee zu bestellen. *Wie in einem Hotel*, sagt er zu Hero und bedankt sich bei der Schwester für den freundlichen Service.

Und dann sagt Hero, dass er das Leben sehr einfach und leicht finde, jetzt. Man habe sich doch immer viel zu viele Sorgen gemacht.

# 6

Ausgerechnet an diesem Samstag will ich mit Ken gemeinsam kochen. Für Hero habe ich Agnes eingeteilt, die in letzter Zeit das Talent hat, überall und gleichzeitig nirgends zu sein. Sie bewegt sich wie auf der Flucht, der kleine Hero brauche sie als Babysitterin, sagt sie, die Gemeinde komme ohne sie nicht aus, und Martha auch nicht, die jetzt ihre Mutter entdeckt hat. Als Klagemauer.

Wir fahren zum Markt, kaufen an einem afrikanischen Stand Yams und getrocknete Chilis und geräucherte Makrele für Apapafubu, eine Erdnusssuppe. Okras würden auch hineingehören, aber ich kann diese schleimigen Schoten nicht ausstehen, daher nehmen wir stattdessen kleine Zucchini.

Zu Hause in meiner Wohnung legt Ken eine CD mit Fela Kuti ein, und während wir den Fisch filetieren und die Zucchini hacken, hören wir *Monkey Banana,* und Ken singt laut mit, und wir sind richtig ausgelassen. Hero hat die Nacht gut geschlafen, Walter war bei ihm, er hat ja am Wochenende frei und kann sich dann zu Hause ausruhen. Heute Abend gehe ich wieder. Wenn er uns nicht stört, wolle er mitkommen, sagt Ken, und ich sage, dass er damit gar nicht erst anfangen solle. Er schaut mich an wie ein dunkles Fragezeichen. Mit *wenn ich nicht störe,* sage ich. Das kennen wir doch. »Wenn du willst, kommst du mit. *Welcome.«* Aber was, wenn Hero reagiere wie damals, fragt er, und ich sage, »mein Vater ist so friedlich wie noch nie zuvor. Und das, was wir unter vier Augen klären mussten, von meiner Seite, haben wir. Außerdem redet er nicht mehr viel.«

Gerade setzen wir uns zum Essen, die Suppe riecht sehr verlockend, da klingelt das Telefon. Wir sollen so schnell wie möglich … wenn wir ihn noch einmal sehen wollen.

# 7

Er hat das Gesicht zur Seite gedreht und schaut ins Zimmer, ohne etwas zu sehen. Fast fühlt er sich behaglich in dem großen Bett. Es ist ihm auch nicht mehr kalt. Und er ist ganz klar im Kopf. Stimmengemurmel erfüllt den Raum, und Hero weiß, dass sie alle gekommen sind. Er hat doch eine gute Familie. Er wird ihnen jetzt eine schöne Abschiedsrede halten. Er holt tief Luft und räuspert sich, doch als er anfangen will zu sprechen, merkt er, dass er keine Stimme mehr hat.

Nun gut, alles ist gesagt. Die Zeit des Redens ist vorbei. Er versucht zu verstehen, was an Worten zu ihm dringt. Schöne Worte, schmeichelhaft wie Schmetterlinge, und gleichzeitig stark, wie er es liebt. *Tapfer* hört er und *Held.* Vielleicht ist es Nele. Sie sollen doch näher kommen.

Er lebt noch und ist doch schon auf der anderen Seite. Sie, die hier im Zimmer stehen, das nimmt er an, er hat nie mehr als zwei Stühle gesehen, sie werden alle weiterleben, werden in der Sonne spazieren gehen, lachen und Feste feiern. Zuerst einmal seine Beerdigung, das nächste Familienfest. Sie, die Lebendigen, werden alles erledigen.

Irgendjemand wird ihn, sobald er tot ist, ausziehen und waschen und für das Begräbnis herrichten. Sie werden ihn dann beerdigen, ja, direkt in die Erde, ohne Krematorium, in einem Buchentruhensarg 70 Kirschbaum hell, auf dem Neuburger Friedhof, und dann werden sie Essen gehen und weiterleben.

Erleichtert und dankbar stellt Hero fest, dass ihn diese Gedanken nicht mehr erschrecken.

Es ist so. Er ist so weit.

# Epilog

Er ist gestorben wie ein Held, da sind sie sich einig. Ein gutes Ende, und das wollen sie drucken lassen. Als Todesanzeige in den beiden größten Zeitungen und auf den Sterbebildern, genau so. Doch Nele erhebt Einspruch. Sie hat den von Hero ausgewählten Text mitgebracht. Und da sind alle stumm. Nein, man will sich seinem letzten Wunsch nicht widersetzen. Sie sagt nicht, dass sie mit ausgewählt hat. Nur *sein* letzter Wille.

Seufzend sagt Agnes: »Ja, dann soll es wohl so sein.« Damit gibt sie den Weg frei.

Und so verläuft die Beerdigung von Hero Wieland zunächst genau so, wie er sie geplant hat. Dazu scheint die Sonne, die Vögel schlagen fast Purzelbäume vor Lebenslust, das hat er nicht geplant, würde sich aber sicher freuen, wenn, ja, wenn er das sehen könnte. Seine selbst verfasste Rede wird vorgetragen, nicht von Pfarrer Merten, sondern von Herrn Gerhard, dem Geistlichen, der Hero im Krankenhaus betreut hat. Er hat sich gut vorbereitet, liest nicht, sondern hält die Rede so, als ob er persönlich die Familie ermuntern würde, zusammenzuhalten und den kommenden politischen, ökonomischen und ökologischen Katastrophen gemeinsam zu trotzen. Hero hat seinem Ruf als Barockprediger alle Ehre gemacht. Die Eitelkeit der Welt kommt vor und der Verfall und dann der Ausblick. Trost und Seligkeit in der Hinwendung auf das Andere, Jenseitige. Aber erst einmal die Vorbereitung, die Hausaufgaben hier. Der Geistliche schmunzelt bei diesem Abschnitt. Sagt zum Abschluss, er werde ihn vermissen, seinen Wegbegleiter. Er habe ihm zu danken für die wertvollen Gespräche.

Hero ist nicht aus der Kirche ausgetreten, die Zeit reichte nicht mehr und auch nicht die Kraft, das sagt der Geistliche aber nicht, nur, dass Herr Wieland ihn gebeten habe, seine Beerdigung zu übernehmen. Und dass ihm das selbst ein Anliegen sei.

Agnes denkt, dass sie Pfarrer Merten bevorzugt hätte, der doch Größe beweist, indem er trotz allem anwesend ist. Aber es ist ja Heros Beerdigung, denkt sie weiter, soll er bestimmen.

Und so läuft alles weiterhin, wie er es sich gewünscht hat. Die Rede in der Kapelle, der Gang zum Grab, keine Musik, weder hier noch dort, aber kurze gemeinsame Gebete, auf jeden Fall ein *Vater unser* und ein *O Herr, gib ihm die ewige Ruhe.*

Danach Zeit für stilles Gebet. Ende.

»Mal sehen, ob ich dann auf irgendeine Weise schon mitbekomme, was ihr denkt«, hatte er irgendwann während der Planung einmal zu Nele gesagt. Sie findet den Gedanken erschreckend. Flüstert mit Ken.

»Aber ich lasse mich nicht von ihm ins Bockshorn jagen«, sagt sie, und Ken nimmt das dankbar in seine Sammlung von Redewendungen auf.

Nach der Trauerfeier dann die Überraschung. Die Geistlichen, die Familie und die Angestellten der Firma *Baustoff Wieland* sitzen nach dem Essen in einem italienischen Restaurant noch zusammen. Neles Wahl. Hero hat sich dafür nicht interessiert, er sei ja nicht mehr dabei, ihm müsse es nicht schmecken. Also. Und sie kennt das Lokal von ihrem Italienischkurs und weiß daher, dass man hier sehr gut essen kann. Aber das sagt sie den anderen nicht. Sollen die doch glauben, Hero hätte das ausgesucht.

Walter hat eine kurze Tischrede gehalten, Kaffee und Kuchen werden serviert, und gerade beginnen die Ersten zu überlegen, wie sie geschickt den Aufbruch in die Wege leiten könnten. Das gestaltet sich bei Trauerfeiern oft besonders delikat. Man kann ja schlecht sagen »es hat gut geschmeckt, danke, wir gehen dann mal, das Wetter ist so schön« und die Leute mit ihrer Trauer alleine zurücklassen. Die hat man schließlich nicht mit aufgegessen. Und man ist es dem Toten ja schuldig, dass man sich pietätvoll verabschiedet, also nicht zu schnell wieder ins Leben zurückrennt. Hero Wieland vor allem, dass man seine Hinterbliebenen nicht im Stich lässt, zusammenhält. Das war es doch, was er sich immer gewünscht hat.

Da steht Nele auf, nickt Lena zu und geht zum Klavier, das zuvor niemand bemerkt hat. Lena trägt ihr Saxofon in der Hand, und Agnes schaut so entsetzt, als ob jetzt eine Striptease-Nummer folgen würde. Nele schlägt ein paar Töne an, Lena bläst einen langen Ton, die beiden lächeln sich zu, wie um sich Mut zu machen, und beginnen zu spielen. Zuerst ein elegisches Notturno von Gabriel Fauré und unmittelbar im Anschluss, bevor jemand reagieren kann, ein heiteres, afrikanisch anmutendes Stück, bei dem Ken auf einmal neben Nele sitzt, ihr den Rücken, den Gästen das Gesicht zugewandt, und den Rhythmus trommelt.

Sie enden, es bleibt kurz still. Dann beginnen Annabelle und Angestellte der Firma zu klatschen, leise zuerst, dann immer lauter, Walter, Teresa und ihre Söhne schließen sich an, dann zögernd alle anderen. Die kleineren Kinder sind aufgeregt, Veli ruft »Bavo, Bavo«, was Agnes an einen kuriosen Zwischenfall und einen heiteren Abend erinnert. Tränen, die nicht bitter sind, eher süß vor Rührung, fließen ihr über das Gesicht.

Nele, Ken und Lena verbeugen sich und gehen wieder zu ihren Plätzen zurück. Diesen Moment nutzen die Mitarbeiter der Firma, sie bedanken sich für die Einladung und verabschieden sich. Zurück bleibt die Familie. »Das hat er bestimmt nicht festgelegt«, sagt Agnes zu Johannes, der für die Beerdigung angereist ist, alleine, er wird am Abend wieder zurückfliegen zu seiner Familie nach Mallorca. Er denke nicht, dass Hero das noch mitbekomme, sagt er. »Ich hoffe doch – und auch, dass es ihm gefallen hat«, sagt Lena im Vorbeigehen.

Nele klopft an ihr Glas und sagt, dass sie noch einen Auftrag habe von Hero. Den Auftrag, etwas auszuteilen. Sie öffnet einen kleinen Karton, etwa so groß wie eine Schuhschachtel, sagt, dass sie selbst nicht wisse, was jetzt komme. Sie habe versprochen, nicht nachzusehen, bevor Hero tot sei.

Agnes weint, als ob sie erst jetzt begreifen würde.

Nele hebt ein Bündel Kuverts aus dem Karton. Briefe, von Hero mit Hand adressiert, an seine Söhne und Töchter, einen an Agnes und einen an Annabelle.

Sie teilt die Umschläge aus, als würde sie Lohntüten verteilen oder Zeugnisse, und jeder schaut konzentriert auf seinen Brief, wie um zu prüfen, ob der Name auch richtig geschrieben ist. Niemand öffnet. »Das lese ich dann wohl besser in Ruhe«, sagt Walter und spricht für alle. Auf einmal blendet die Sonne, die ins Zimmer fällt. Es hilft, wenn man nach unten schaut. Und sich mit der Hand schnell über die Augen fährt.

Annabelle, die als Einzige aus dem Kreis der Enkel ein Kuvert bekommen hat, und Martha mustern sich, unsicher und abwägend. Dann stecken sie die Umschläge in ihre Taschen. Ohne ein Wort.

Wie die anderen auch.

Die lärmenden Kinder und Gespräche der übrigen Erwachsenen übertönen das Schweigen der Geschwister. Und auch das Weinen von Agnes. Kann Schweigen untergehen?, fragt sich Nele.

Erst am Abend dann ein Rundumtelefongespräch. Jeder mit jedem. Hast du auch? Ist bei dir auch? Sie können es nicht glauben. Jeder hat einen Brief bekommen mit einer Art persönlicher Bankrotterklärung von Hero. Und – und das ist es, was alle so überrascht – einen Lottoschein mit Quittung, Laufzeit acht Wochen. Davon etwas mehr als zwei vergangen seit Abgabedatum. Also seit Hero noch laufen und hinausgehen und Pläne schmieden konnte. Für sich und sie alle. Sie vergleichen ihre Zahlen, Hero hat für jeden alle Spielfelder einzeln ausgefüllt. Mit allem Drum und Dran. Mit Super 6 und Spiel 77.

Unendliche Möglichkeiten.

Sie werden in Verbindung bleiben.